Máscaras

HISTÓRIAS DA TRILOGIA *NÃO PARE!*

E MUITO MAIS

FML Pepper

Máscaras

Rio de Janeiro, 2018

1ª Edição

CAPA
Raul Fernandes

FOTO DE CAPA
Sandra Cunningham/Trevillion Images

FOTO DA AUTORA
Simone Mascarenhas

DIAGRAMAÇÃO
Kátia Regina Silva

Impresso no Brasil
Printed in Brazil
2018

CIP-BRASIL. CATALOGAÇÃO NA PUBLICAÇÃO
SINDICATO NACIONAL DOS EDITORES DE LIVROS, RJ
MERI GLEICE RODRIGUES DE SOUZA – BIBLIOTECÁRIA CRB-7/6439

P479m

Pepper, FML
Máscaras: histórias da trilogia Não Pare! e muito mais / FML Pepper. – 1. ed. – Rio de Janeiro: Valentina, 2018.
272p. ; 23 cm.

ISBN 978-85-5889-074-8

1. Ficção brasileira. I. Título.

CDD: 869.3
18-50945 CDU: 82-3(81)

Todos os livros da Editora Valentina estão em conformidade com
o novo Acordo Ortográfico da Língua Portuguesa.

Editora Valentina
Rua Santa Clara 50/1107 – Copacabana
Rio de Janeiro – 22041-012
Tel/Fax: (21) 3208-8777
www.editoravalentina.com.br

"Eu sou a ressurreição e a vida; quem crê em mim,
ainda que esteja morto, viverá;
e todo aquele que vive e crê em mim nunca morrerá."

JOÃO 11:25-26

Quero agradecer a três leitoras em especial: Juliana Queiroz, Luana Muzy e Nádya Macário. O entusiasmo arrebatador com que brindaram esta leitura, o olhar certeiro para ver o que eu não fui capaz e o amor pelos personagens que transcendeu às páginas me fizeram acreditar que a "história por detrás da história" não era apenas um eco, mas tão pungente e bela a ponto de merecer ser contada. Valeu por tudo, meninas! Vocês são mais que sensacionais!

E, CLARO, PARA ALEXANDRE.
HOJE E SEMPRE.

PRÓLOGO

Destroços.

Uma vida construída sobre um apanhado deles, prisioneiro de um castelo de sombras, mentiras e areia.

Grãos sobre grãos...

Traiçoeiros amontoados de encanto e expectativa.

Tão frágeis quando reunidos.

Tão perturbadoramente poderosos quando solitários.

Serei um grão.

Por dentro e por fora.

Uma ilha de solidão e fúria.

Livre.

Selvagem.

Alçarei voo infinito, uma partícula alada nas mãos do vento.

Serei parte do sol e ele de mim.

Construirei meus músculos e meu destino de seu fogo incandescente.

Um esqueleto indestrutível, forjado em decepção, titânio e ira.

Frio como o gelo, como a lua... A grande bola de luz prateada, outrora repouso dos meus antepassados, também me virou as costas.

Novamente sem refúgio. Outra vez enganado.

Sem trégua, persistirei. Suportarei de cabeça erguida as bolhas do descaso que se rompem nas solas dos meus pés e as chagas da frustração que se agigantam em minha alma. *Se é que eu a tenho...*

Arrancarei com os dentes qualquer semente de piedade que ouse germinar no deserto que cresce em meu peito.

Se sobreviver a isso, serei insensível como a lua e implacável como a noite.

Se sobreviver a isso, serei aquilo em que me transformaram:

A fera que habitará os dias de Zyrk*!*

1

RICHARD

Água. Água. Água.

Minha mente descontrolada, febril, repete a maldita palavra incessantemente, aquela que a língua grudada ao palato não tem mais forças para pronunciar. Há duas luas absolutamente nada entrou por minha boca e fisgadas insuportáveis avançam pelo meu abdome e destroem minhas esperanças. Curvo-me de dor, os olhos se contraem, impotentes e em brasas, mas obrigo meus pés a irem adiante, a se arrastarem pelas areias escaldantes do deserto e a carregarem a menor das minhas feridas.

Não vou voltar para casa.

Em hipótese alguma clamarei por socorro, haverei de encontrar um riacho pela região. A sede cruel acerta-me a face num tapa feroz, arde como o fogo, urgindo em desintegrar cada célula de orgulho que ouse se manter de pé, ansiosa em me ver curvar.

Não vou voltar para casa.

Aperto a cabeça com as mãos e finalmente confesso minha derrota: ainda que quisesse, não conseguiria. Estou perdido e, se sobrevivi às apavorantes noites de *Zyrk* foi por pura sorte, porque encontrei fendas em rochedos, o suficiente para esconder meu corpo, ainda que espremido. Por duas vezes aqueles monstros horrorosos passaram perto…

Mas não vou viver me escondendo como um rato, tampouco pedirei ajuda!

Algo expande violentamente em meu peito e traz nova energia às minhas pernas: fúria. Guimlel está apenas aguardando por isso. Ele quer que eu rasteje aos seus pés, que peça perdão por ter fugido, que me retrate.

Mas não o farei!

Foram eles que me enganaram! Com a desculpa de que cuidavam de mim, eles me mantinham atrás das grades da escuridão e da ignorância.

Nunca fui um filho. Apenas um… *Prisioneiro!*

A palavra queima como ácido em meus lábios rachados. A saliva se desintegra em minha boca. Engulo a dor que me disseca por dentro e ultrapassa qualquer tipo de dano físico. Fizeram da minha existência um amontoado de mentiras. Pior, baniram-me de ter uma vida, de ser alguém. Sou o caminho, mas em momento algum serei o fim; o invólucro, jamais o conteúdo. Nunca fui importante. Sou somente aquele que deverá gerar o "Salvador de *Zyrk*" e, a seguir, ser descartado.

Meus punhos se fecham involuntariamente diante da verdade arrasadora: sou apenas aquele cuja vida precisa ser mantida, o solo propício para que os sonhos *deles* possam germinar e florescer.

Ah, mas estão redondamente enganados…

O latejar em meu peito fica ainda mais furioso e decidido. Posso ser a semente e o fruto em outras terras. Não viverei sem rosto ou sonhos como uma sombra, encolhido sob o manto perverso de uma profecia milenar. Quero ter luz própria e fazer a diferença em algum lugar onde meu futuro eu mesmo haverei de traçar, ainda que seja às custas do meu sangue.

As horas passam e, soberanas, fazem-me curvar ainda mais sob seu peso. Levo os joelhos ao chão, sinto a areia quente embrenhar-se em meus poros, o corpo começando a falhar, exausto, recusando-se a obedecer meus comandos. Tento a todo custo recuperar o equilíbrio, esfrego as mãos pelo rosto suado, o gosto salgado na ponta da língua me faz arrepiar por inteiro. Minha cabeça lateja, o mundo derrete.

Água.

Minha visão embaralha.

Água.

Estou perdendo os sentidos e a sanidade.

Água.

Vou com a testa no chão.

E, sem a minha permissão, o pedido de ajuda se materializa na forma de um murmúrio decadente. Mas, inesperadamente, ele não é para Guimlel ou para Brita.

— Tyron, por favor, me ajuda.

E, como mágica, um tremor fortíssimo passeia por minha pele e corre como um raio pela minha espinha. *Oh, não! A febre está piorando. Estou delirando!*

O chão torna a vibrar sob mim. Levanto a cabeça e estremeço com a visão inesperada. Um grupamento de uns cinquenta homens, todos montados a cavalo e vestidos de preto, se aproxima com velocidade. À frente, um soldado carrega uma bandeira com o belo desenho de uma rosa. Brita já havia me explicado sobre os brasões dos quatro reinos de Zyrk. *Apesar do delicado símbolo, aqueles homens pertenciam a Thron, o clã mais sanguinário de todos!*

Tento engolir, mas, como era de esperar, não encontro saliva, orgulho ou medo. Não há mais nada dentro de mim. *Então não tenho nada a perder...* Levanto-me com toda dignidade que ainda resta em minhas pernas cambaleantes e aceno.

— Ôôô! — grita um dos sujeitos do pelotão da frente. Ele não é alto, mas é extremamente forte. — Chequem as imediações!

Imediatamente três grupos de homens puxam suas espadas e se deslocam em direções opostas.

— O que está fazendo sozinho por essas bandas, garoto?

— Água, por favor — imploro com o resquício de voz que me sobrou.

O sujeito franze a testa e apenas me encara.

— É uma armadilha — afirma outro soldado de cabelos compridos e olhar desconfiado.

— A que clã você pertence? — torna a indagar o homem musculoso sob o olhar curioso dos demais.

— Não pertenço a clã algum, senhor.

— Hum. O coitado é apenas uma isca. — Ele repuxa os lábios com ironia. Os homens acham graça da piada idiota e riem em uníssono, caçoando da minha condição. Contraio os punhos. — Fiquem alertas. Os mercenários que estão com ele vão tentar alguma emboscada e...

— Não sou isca, senhor. Eu me perdi. Estou só, juro por Tyron — interrompo-o sem perder contato visual. — Água, por favor.

Montados em seus animais, eles fazem um círculo ao meu redor.

— Só... — Ele estala a língua. — Qual é a jogada, moleque? — O sujeito de cabelos compridos se aproxima. — Ninguém se perde por essas bandas. Todos sabem que entrar sem estar preparado no deserto de Wawet é caminho sem volta. Diga logo! Como chegou tão longe sem ajuda?

— O garoto não está em bom estado, isso é fato — comenta com ar displicente outro sujeito de barba e cabelo cor de fogo.

Novas risadinhas irônicas.

— Água, por favor — arranco à força o pedido de dentro de mim. Meu orgulho acaba de passar o trinco na última porta da educação. E da humilhação.

— Não há nada pela região. O infeliz deve ser cria de alguma *sombra* desgarrada! — comunica um soldado que retorna da inspeção pelas redondezas.

— Ótimo! Então vamos embora. Já perdemos tempo demais — acelera em dizer outro grandalhão.

Aliás, todos são fortes. Mas, curiosamente, isso não me amedronta...

— E faça o favor de partir logo desta dimensão! Menos uma boca para alimentar nesses tempos difíceis — diz o de cabelo cor de fogo, impaciente.

— Não quer ter o prazer de adiantar minha partida? — Enfrento-o com uma fúria sem medidas. Instantaneamente todo cansaço desaparece das minhas células e me sinto vivo e alerta.

— Como é que é, seu...

— Lute comigo! — Eu me jogo na frente do cavalo dele.

— Lutar?!? — Ele solta uma risada, mas não se mexe. — Não. Eu vou é te matar.

— Que seja — rebato com determinação. — Mas, se eu vencer, você me dá água.

As gargalhadas explodem, preenchendo o deserto. O sujeito me encara com um misto de afronta e descaso. Está desesperado para aceitar meu desafio, mas parece aguardar o comando de alguém. Pelo canto do olho vejo um animal enorme surgir à minha direita e, ainda que negro como os demais, destaca-se no grupo. Todos se afastam para sua passagem, mas ele não se aproxima. O homem que o monta me estuda de longe, o corpo completamente coberto por vestes soturnas e a metade do rosto está oculta por uma máscara negra metalizada e adornada por dentes enormes. Entretanto, não é pela fisionomia apavorante que ele se destaca no bando. O sujeito tem a envergadura mais larga e mais imponente que já vi na vida.

O mascarado, o líder do grupo, meneia minimamente a cabeça: *Autorização concedida!* Sob risos e pedidos de "moderar", o homem de cabelo cor de fogo desce do seu animal com olhar triunfante.

— Toma, moleque! — Um sujeito com barba espessa me joga uma espada. Agarro-a no ar. — Para não dizerem que os homens de Thron não são justos!

— Grande honradez a sua, Morris! Bem sabe que em menos de cinco respirações o infeliz estará morto — comenta outro de bate-pronto.

O sujeito barbudo dá de ombros, o grupo se afasta e o ruivo, vestindo um sorriso desanimado, vem em minha direção, mas erra o alvo e acerta o ar quando eu me esquivo com facilidade do ataque.

Ele arregala os olhos, surpreso, absolutamente convicto da minha sorte de principiante, e ataca novamente.

E, como da vez anterior, eu me esquivo do golpe.

Ele solta um discreto rosnado e sorri, mas sua expressão é clara e cristalina: está perdendo a paciência. Seus companheiros se contorcem de rir. Meu adversário respira fundo, apruma o corpo e avança com determinação.

Mas passa como uma flecha e erra o alvo. De novo.

Sou rápido. Na verdade, sou muito rápido.

— Pare de fugir e lute, sombra idiota! — ruge.

A cólera fervilha em seu semblante à medida que as gargalhadas e as piadinhas jocosas dos colegas se multiplicam.

— Cada um usa a arma que tem — devolvo com a voz isenta de emoção.

E sorrio de volta. Um sorriso desafiador.

Dá certo!

— Vou te matar, mas antes vou arrancar sua língua! — Como um bicho raivoso, ele vem para cima de mim com os dentes trincados.

Tão previsível!

Deixo que o idiota se aproxime o máximo possível. Recuo, fingindo estar apavorado com a brutal investida. Os homens uivam em antecipação. Acreditam que sou a presa acuada. Meu adversário acelera e avança com fúria. Sorrio intimamente. *Nem de longe* é tão veloz quanto precisaria ser.

Quando o imbecil está prestes a me acertar, jogo meu corpo para o lado, mas não sem antes deixar um dos pés no caminho. O sujeito vai de boca ao chão no mesmo instante que a minha espada afunda em seu pescoço. A cabeça repleta de cachos vermelhos rola para o lado. Arfo forte, a adrenalina disparada em minhas veias pelo que acaba de acontecer. Um prazer estranho se espalha por minha pele e músculos, deixando-os ainda mais eletrizados. *É a primeira vez que elimino uma vida, mas, para o meu espanto, não me sinto mal por isso.*

As gargalhadas são trocadas por sons abafados e exclamações. As faces que me rodeiam evidenciam mais surpresa que descontentamento.

— Água — digo com a cabeça erguida.

O sujeito barbudo levanta o cantil, mas seu movimento é bruscamente interrompido por um colega. Dois homens pulam de seus animais e, com fisionomias assassinas, vêm em minha direção com as espadas em punho.

Franzo o cenho, a ira fazendo meu corpo ferver em resposta. *Mentirosos! Os homens de Thron são, de fato, desonestos!*

Olho de relance para o líder, ingenuamente acreditando que ele interviria na covardia em andamento, mas ele nada faz a não ser observar meus movimentos com ávido interesse, os dedos esfregando a máscara negra repetidamente.

Bando de sádicos! Vão pagar caro!

Executo com os dois homens o mesmo que fiz com o imbecil anterior: estudo seus movimentos. Se não posso me igualar no quesito força, tenho a inteligência e a agilidade como armas poderosas. Como não conheço seus golpes, preciso ser ainda mais rápido e cuidadoso para me esquivar de dois ao mesmo tempo. Mas, depois de meia dúzia de ataques fracassados, é fácil antecipar o que virá pela frente.

Contra-ataque!

E assim eu o faço. Espero o momento oportuno, fugindo e me esquivando como posso. Então, após cansá-los ao máximo, seguro o ar com força e me preparo para a jogada definitiva.

Chegou a hora de perder para ganhar!

E, aproveitando o momento em que um deles está mais afastado, permito que o outro sujeito se aproxime perigosamente. O homem que permanece em seu lugar escancara um sorriso vitorioso, imerso na crença de que iria ver o comparsa desferir o golpe fatal. Ledo engano... *Eles haviam mordido a isca!*

Na iminência de ser mortalmente atingido, giro o corpo o suficiente para tirar meu peito da direção da arma que avança, permitindo, entretanto, que ela resvale em minha carne. Suporto a dor com os dentes trincados e aproveito o rápido momento em que a espada inimiga desliza pelo meu ombro — e nossos corpos se chocam — para tomar-lhe o punhal que estava em sua cintura e fincá-lo em seu pescoço. A ponta afiada da lâmina agora ocupa o lugar do pomo de adão. Ele arregala os olhos e engasga, emitindo um chiado medonho. Numa fração de segundo, puxo o punhal de volta. Agarro-me a ele, girando e empurrando seu corpo sem vida em direção ao comparsa. O homem desvia, aturdido, mas não tem tempo para mais nada. No instante seguinte eu me jogo no chão com a velocidade de um raio e passo a lâmina afiada em seus tendões de aquiles. O sujeito emite um berro ensurdecedor e vai de joelhos ao chão, para, em seguida, sentir o ar escapar e a voz falhar quando meu punhal finalmente perfura seu pulmão.

Fim da luta.

O prazer da vitória se espalha por minhas células e esquenta meu corpo de uma maneira única. *Matar... Agora é certo e cristalino. Gosto disso.*

— Água! — ofegante, ordeno com fúria para o bando de expressão atordoada enquanto comprimo o sangue que verte da ferida aberta no meu ombro. A dor, para minha surpresa, é mais tolerável do que previ.

Um silêncio sepulcral envelopa tudo até ser rompido por uma gargalhada estrondosa que ricocheteia pelos meus tímpanos e pelas areias do deserto de Wawet. O líder de negro ri com força, uma risada altíssima, de surpresa e contentamento. Os súditos o encaram paralisados e igualmente assombrados.

— Não ouviram? — Sua voz grave e poderosa emana em meio às risadas incessantes. — Água.

— Mas Shakur...? — Um homem de cabelos muito compridos e lisíssimos tenta argumentar.

Ah! Aquele era o temido Shakur!

— Tragam água! — comanda o líder entre espasmos. Ele parece satisfeito, realmente maravilhado com a situação. *É um louco?*

— Mas ele matou três dos nossos! — retruca o sujeito de cabelos compridos, sacando a espada da cintura. Camuflo o tremor que me toma. Já não suportaria uma nova luta. Eu havia perdido sangue, estava exausto, enfraquecido. Nesse momento apenas o orgulho me mantinha de pé. — Ele vai... Argh!

Um baque surdo e o corpo do soldado de cabelos compridos perde o tônus e despenca do animal. Há um punhal cravado em seu crânio.

— Não fui claro o suficiente? — A voz pungente do líder de Thron acabava de aniquilar qualquer sombra de insubordinação.

Instantaneamente um soldado de pele morena me joga um cantil. Abro-o e me sirvo com desespero avassalador. Deixo a água abrir passagem por minha garganta e recobrar meu espírito. Sinto toda a energia perdida retornar ao meu corpo. Respiro aliviado.

O musculoso corcel de ébano, muito maior que todos os demais, abre caminho e finalmente se aproxima de mim. Sobre ele a figura do líder de negro fica ainda mais imponente. E assustadora.

— Quantos anos você tem, garoto? — Shakur se dirige a mim.

— Treze. Eu acho.

— Hum... E qual é o seu nome? — Ele parece calcular as palavras. Vejo as marcas da morte em sua pele, mas em seus olhos, de um azul forte e marcante, cintilam faíscas de emoção e vida.

— Richard.

— Richard... — ele matuta alto.

— Só Richard — reitero sem perder contato visual. — Não tenho clã ou passado.

Os lábios do líder se curvam para cima.

— Não me interessa o seu passado, *filho do deserto*. Passado nunca é interessante mesmo — ele afirma com sarcasmo ferino. — Mas tenho uma proposta a lhe fazer. Para o futuro. — Shakur se adianta, o peitoral subindo e descendo muito rapidamente. *Por que isso se não estava assim até instantes atrás? Estaria ele ansioso?* — Adote Thron como sobrenome, ajoelhe-se perante mim e farei de você um grande resgatador. Mais do que isso. Pelo que acabo de presenciar e pelo que minha intuição me diz, você tem todos os predicados para se transformar no melhor resgatador desta dimensão.

As respirações paralisam. O ar congela. Nada faz sentido.

Os homens têm a expressão perturbada, como se não conseguissem acreditar no que acabaram de escutar. Nem eu. Arregalo os olhos com a proposta impensável e, ao mesmo tempo, tentadora demais. Há cinco minutos eu era um garoto com sentença de morte declarada, abandonado, sem destino ou moradia. Agora não apenas ganhava um novo lar, como teria aquilo que jamais imaginei: a oportunidade de ser alguém e não apenas um procriador, uma casca, um ser descartável. Ali, no meio de estranhos, eu faria meu nome ter peso e minha existência carregaria um sentido.

— Serei o resgatador principal de Thron? — disparo, entre a tensão e a euforia.

— Se fizer por merecer... — Shakur estreita os olhos, me estuda. Novo murmurinho generalizado. O grupamento está visivelmente em choque. — Se aceitar minhas condições, a partir de hoje você será Richard de Thron, meu pupilo, e prestará obediência apenas a mim, Shakur, seu senhor e único mestre. Ajoelhe-se — comanda ele com os olhos reluzindo força e algo mais que não sei decifrar.

Um sorriso genuíno me escapa. A proposta não é apenas tentadora. Ela é perfeita! Sou a ausência de dúvidas. Ajoelho-me perante o líder de negro e, de repente, escuto uma forte trovoada e, em seguida, o uivo altíssimo do vento arranha meus tímpanos como uma bradada advertência. Estremeço e, sem compreender o que está acontecendo, vejo meu corpo ser envolvido por um inesperado redemoinho de areia e expectativa.

Uma voz distante chamava por mim?

A voz berrava meu nome, mas não havia ira embutida. Na verdade, ela implorava. Alertava-me que aquele era um caminho sem honra e sem volta e que, se eu aceitasse a oferta de Shakur, me tornaria o pupilo de um sádico sanguinário, de um monstro. Contraio os punhos ao reconhecê-la: *era a voz de Guimlel!*

Vasculho ao redor, atordoado demais, mas não o encontro. Aliás, não há mais uivos do vento ou redemoinhos. Não há nada a não ser a estática e os olhos arregalados do líder de negro. Chacoalho a cabeça. *Aquilo havia de fato acontecido, afinal?*

— Levante-se, Richard de Thron. — Sem perder tempo, Shakur estende-me a mão enluvada.

Respiro fundo e faço conforme ele ordena. Nas pontas dos pés, elevo minha mão direita e o que vivencio não é apenas um mero aperto de mãos. Estou selando um pacto, abrindo a porta para um novo destino, contudo, fechando muitas outras.

Vivencio, atordoado, uma sensação nova surgir durante o cumprimento, algo entre o torpor e a plenitude, como se uma energia agradável fluísse do estranho líder para mim e trespassasse todas as células do meu organismo, aquecendo-as. Sinto-me verdadeiramente bem desde o nefasto passeio com Guimlel, quando tudo em que eu acreditava se desintegrou e meu mundo ruiu, quando as mentiras me arremessaram ao chão e o descaso com o que sou, com o que sentia ou com o que desejava aniquilou o que havia de bom dentro do meu ser.

Sorrio. Agora poderei reconstruir um mundo novo a partir das cinzas do meu passado. E aniquilaria todos os obstáculos do caminho.

Pouco importa *quem* eu me tornaria.

Pouco importa *o que* eu me tornaria.

Agora eu não seria apenas o meio para um fim, eu seria alguém.

Agora eu teria um nome *completo.*

Eu serei Richard de Thron!

2

GUIMLEL

VÁRIOS ANOS ANTES

O sol se põe. Toque de recolher.

É a hora *delas.*

A nós, os homens mais respeitados, cabe apenas sair sem sermos percebidos, destituídos dos nossos pomposos cargos no mais grandioso lugar de *Zyrk*: o Grande Conselho.

Um sorriso irônico me escapa. Quando vibrei ao saber que pertenceria à elite de *Zyrk*, que seria um mago com poderes, imaginava que faria a diferença, que conseguiria sair dessa vida medíocre a que somos confinados, que teríamos poder sobre a noite, que a terceira dimensão finalmente se reergueria e deixaríamos de ser o mundo desprezível, o que restou de um passado de glórias, mas...

Nada mudou.

Que alegria ou honra há em aqui viver, em ser um mago? Que infeliz condição é essa em que somos obrigados a nos esconder todas as noites, fugitivos de nós mesmos, restos repudiáveis de outra dimensão? Que triste poder é esse em que tomar conhecimento do nosso tamanho e insignificância pode ser algo especial? Viver na ignorância talvez seja o grande prêmio, afinal. Compreender o que somos me corrói por dentro. Tão pequenos, partículas minúsculas de uma maldição milenar, apenas sobras...

Mas está perto de mudar!

— Guimlel, amanhã sairemos para uma busca em Thron. Agora que assumiu seu posto, não quer se juntar a nós? — Sertolin segura minha mão de repente, resgatando-me de meus pensamentos e me impedindo de sair despercebido do salão dos cristais após o término da sessão. Não estou com humor para conversas fiadas.

— Mestre, eu bem que gostaria, mas tenho um trabalho importante e... — Abaixo a cabeça, desconfortável por ter sido pego em flagrante. Do alto dos meus dois metros de altura, preciso me abaixar muito para compensar a diferença gritante entre as nossas estaturas.

— Ainda no Nilemarba? — Ele arqueia uma sobrancelha. — O que tanto lá procura?

Droga! Ele havia notado! Sertolin pode ser pequeno por fora, mas é um gigante em espírito e ações. O único que merece meu respeito.

— Senhor, estou muito perto de conseguir as respostas. Talvez a chave esteja na questão da procriação, temos negligenciado tal quesito nos últimos anos e...

— O entendimento da procriação está muito além do nosso alcance — rebate sem pestanejar.

— Mas deve haver uma solução, uma forma de sairmos dessa prisão a que fomos arremessados por Tyron! — confesso minha angústia. — Ainda não sei, mas...

— O Nilemarba foi escrito há tempos imemoriais. — Sertolin me interrompe, apertando meus dedos com condescendência. — Não leve tudo ao pé da letra, Guimlel.

— Mas tenho certeza de que a resposta está lá dentro, mestre. Eu sinto.

— O que você precisa sentir está aqui. — Ele leva uma das mãos no meu peito.

— Não! — rebato e me afasto. — Está no Livro Sag...

— Shhh! — Sertolin não recua. — Você precisa aprender a interagir, Guimlel. Não devia viver tão isolado.

— Os livros são a minha companhia.

— De fato, são uma ótima companhia, mas você sabe o que quero dizer. — Sertolin estreita os olhos miúdos por detrás dos óculos e me conduz para uma área afastada, onde os demais magos não sejam capazes de escutar a conversa. Na verdade, ele fica tão pequenino ao meu lado que, de costas, parece uma criança sendo conduzida por um adulto. — Você já é um mago e ainda não se entrosou com os demais.

— Eu vou tentar, magnânimo. Prometo. Mas outro dia, não amanhã — afirmo apenas para me livrar de sua investida.

Ele repuxa os lábios, os olhos atentos como os de uma águia, porém, solta a minha mão e assente de um jeito gentil assim que Napoleon se junta a nós com um sorriso traiçoeiro, estudando-me por detrás de seu rosto falso e cadavérico. *Como me entrosar? Se não fosse por Sertolin, pelo respeito que tenho a ele, não falaria com ninguém deste ou de lugar algum.*

Meneio a cabeça e desapareço pelos corredores de vidro e magia. Aperto o passo em direção a Mandscann, nos subterrâneos de Sansalun, onde fica, abandonada e esquecida, a triste história de *Zyrk*. Dentro da penumbra da ampla e úmida câmara sem janelas encontra-se o que restou de uma peregrinação milenar, os pergaminhos e os manuscritos de um povo sem rosto ou raízes, tão indiferente aos erros do passado quanto às incríveis possibilidades do futuro.

Talvez não mais!

Porque eu sinto que a resposta está perto! Dentro do Nilemarba!

Apesar de raramente, Sertolin é o único que ainda recorre a ele. O Nilemarba, o grande Livro Sagrado, foi todo escrito em santrin, uma língua antiga, em desuso, e, por consequência, requer muito tempo e paciência para os que o desafiam decifrar. Séculos atrás, uma junta de magos trabalhou durante anos a fio para executar sua complexa tradução e a colocou em um outro livro, que é o que os demais colegas utilizam, de forma que o original ficou completamente esquecido.

Até eu presenciar Sertolin, meu grande mestre, diante de uma questão complexa, deixar todos os manuscritos de lado e, limpando a grossa camada de poeira, consultar o livro de capa de couro preta e letras douradas.

Se quiser estudar algo a fundo você não pode aceitar crenças ou interpretações. Tem que ir à fonte, decifrar o problema em sua origem, e só então tomar sua decisão.

Milorde tinha razão. Como sempre.

Mas, ainda assim, cometeu o erro que eu não deixaria passar: o descaso.

Não pode ser! Em Thron?!?

Quase engasgo quando a resposta surge em meio a símbolos nas folhas amareladas pelo tempo. Coço os olhos com força, acreditando que a exaustão causada por tantas noites em claro esteja nublando meu raciocínio. Solto o ar de uma única vez e um sorriso incrédulo me escapa. De fato, o destino tinha percursos sinuosos e inexplicáveis.

"A cada nova geração, entre a trigésima sexta e a quadragésima lua do calendário original, a poderosa energia do predestinado haverá de emergir no seio da traição e se fazer reluzir, subjugando nosso único astro com sua força sem igual. Quando o nome de Tyron for pronunciado através do sangue e dos lábios do seu segundo ascendente direto, a luz do perdão cintilará no céu mais negro de *Zyrk* e refletirá no azul da redenção."

Inimaginável! O ascendente do grande procriador estaria justamente no mais brutal dos reinos? Azul da redenção? O que isso quer dizer? Algo cintilar no céu além da nossa lua? Impossível! Não há estrelas em Zyrk. *Só pode ser linguagem figurada dos meus antepassados, ou alguma charada...*

Mas os meus cálculos afirmam que faltam apenas duas gerações para o grande enviado, aquele que livrará *Zyrk* da maldição das bestas da noite! Dou um salto no lugar. *Por Tyron! Estamos na trigésima nona lua do calendário original, aquele que é usado na segunda dimensão e não em* Zyrk! *Preciso agir o mais rápido possível, caso contrário, terei que aguardar por mais um ano inteiro para ter minha tão desejada resposta!*

O sorriso indeciso se transforma em triunfante, se agiganta, e uma gargalhada estrondosa me escapa. Sinto um bem-estar indescritível com a atordoante descoberta. Sertolin me admirará, todos haverão de respeitar o mago que foi capaz de identificar aquele que nos conduzirá ao predestinado, o zirquiniano que nos livrará da maldição das bestas e mudará a história do nosso povo. Eu serei a inteligência que trará a semente da mudança de volta para a terceira dimensão!

Eu, somente eu!

Escuto a trombeta da caravana e, adormecido sobre minhas descobertas, dou um salto do lugar.

Droga! Droga! Droga! O grupamento estava de partida para Thron!

— Sertolin! — berro a plenos pulmões e saio em disparada pelos corredores de Sansalun, esbarrando e derrubando tudo pelo caminho, enquanto corro em direção ao grupo de magos montado em seus cavalos brancos. A quadragésima lua humana começaria amanhã. Teria pouquíssimo tempo para descobrir o segundo ascendente do predestinado, ou melhor, o avô do nosso salvador. — Mestre, deixe-me ir com você!

— Guimlel?!? — Com um sorriso, Sertolin gira seu animal para acompanhar minha atrapalhada aproximação. Napoleon me observa com a testa lotada de vincos. — Que bom que mudou de ideia! — solta satisfeito, fazendo sinal para que um aprendiz traga outro cavalo.

— Obrigado, senhor — digo após recuperar o ar. E libero a mentira sem hesitar: — Milorde tem razão. Preciso mudar meu jeito de ser, me socializar.

— Tomou a decisão correta. — Ele me estuda, passando uma das mãos na barba grisalha. — No bem-querer quem mais ganha é quem mais se doa.

3

ISMAEL

— Quero a revanche! – desafia Shakur, filho de Prylur, estalando o pescoço. Reconheço o brilho assassino reluzir de seus olhos. *Pronto! A matança vai começar.*

— Você já ganhou o bastante. Deixe isso para lá, homem. — Peço em seu ouvido, mas a algazarra no antro de jogatina é tanta que mal consigo escutar minha própria voz.

— Cala a boca, Ismael! — Ele se vira na minha direção, a expressão perturbada, um sorriso cheio de dentes, grande demais. Eu sei que não está olhando para mim, que não enxerga nada. Shakur está cego dentro da cortina de sangue e de escuridão que a loucura o arremessou.

Respiro fundo, tentando controlar meus nervos. Está cada vez mais difícil suportar os rompantes desse sujeito prepotente e cruel, ainda que seja o filho do meu líder. O adversário aceita o desafio, mal imagina o trágico destino que o aguarda. Shakur pode ser louco, mas é um guerreiro habilidoso. E sádico ao extremo. Nunca se contenta apenas em brigar. Ele quer matar. Mais do que isso. Precisa torturar. Delicia-se com o sofrimento, os berros e o desespero alheios. Os dois colocam as moedas de ouro sobre a mesa e as cartas são distribuídas sob o olhar atento do bando de mercenários. Há alguns dos nossos infiltrados entre eles, soldados de Thron obrigados a ficarem disfarçados para dar cobertura no perverso esquema do filho de Prylur.

Checo as cartas de Shakur. São excelentes. Não precisará colocar o plano em prática, mas a ideia nem lhe passa pela mente. Ele quer ir até o final.

Mas eu não.

Olho firmemente para ele, faço sinal que estou de saída. Ele apenas retribui com um semblante entre o frio e o demoníaco, fazendo um gesto com os olhos transtornados para que eu fique onde estou, que lhe obedeça como sempre e que me atenha ao plano.

Nada mais de carnificina! Chega de ajudar um sádico mimado!

Sem pensar duas vezes, saio dali, subo no meu cavalo e rumo em direção a Thron, cavalgando a toda velocidade pelas minas de *Zyrk*. Quero chegar ao meu reino antes do anoitecer.

— Ismae-eel! Onde você se escondeu? — Acordo com o chamado de Shakur ecoando na área entre o primeiro e o segundo muro que contornam a grande construção vulcânica. O tom é de deboche, mas sei que ele está apenas disfarçando, que se encontra furiosíssimo por eu ter desobedecido a sua ordem.

Exausto, parei para comer algo e acabei adormecendo em um banco situado na área externa do salão principal, na base da escadaria, ao invés de ir para o meu aposento. Escuto as engrenagens do segundo portão e os sons de cascos ganham força. Muitos deles. *Pelo visto veio tirar satisfação, mas não sozinho, é claro.*

— Aqui, querido! — respondo no mesmo tom jocoso.

Segundos depois Shakur e mais cinco soldados surgem e descem de seus animais, vindo em minha direção. Ele até pode camuflar o corpo com as vestes negras, mas o largo capuz se desloca no solavanco e expõe seu rosto, única parte descoberta, denunciando o que tanto o consome. Onde deveria encontrar o branco leitoso da sua doença de pele, deparo--me com o vermelho escarlate da ira.

— Ismael, Ismael... — Ele estala a língua com falso pesar. — Não sei se estou satisfeito ou chateado. Ter que acabar com você, logo o melhor dos meus homens...

— Sério? — indago irônico, farto das suas ameaças. — Hum... O que a sua mente doentia arquitetou para mim: comer meus olhos fritos no azeite ou a sangue-frio?

— Adoro seu senso de humor. — Ele solta um assovio fino.

— Pois eu tenho nojo do seu.

— Não complique as coisas para o seu lado. Posso fazer sua partida ser mais terrível do que conseguiria imaginar.

— Eu nunca subestimaria sua capacidade no quesito barbárie.

— Você é um sujeito muito corajoso. — Ele libera uma risada estranha, está com os nervos à flor da pele. Vai explodir a qualquer momento. Ótimo! Prylur não admite lutas entre os seus em Thron e isso pode lhe render alguma punição. — Esqueceu que me deve obediência?

— Eu devo obediência a Prylur.

— Sou o resgatador principal.

— Você é um sádico e eu não recebo ordens de loucos! Se quiser continuar com as carnificinas, que assim seja, mas não vou mais compactuar com a sua insanidade.

— Cala. Essa. Boca!!! Quem você pensa que é para falar assim comigo? — Shakur perde o controle e saca a espada. Os soldados que o acompanham fazem o mesmo. *Excelente!* — Eu mato quando e *quantos* eu desejar!

— Se ainda fossem humanos... Mas matar zirquinianos a troco de nada? — questiono ácido e, por precaução, deixo a minha espada a postos. — Você é doente! EU sou o estrategista do grupo! VOCÊ é apenas um guerreiro desequilibrado!

— Você é um homem morto. — Ódio escorre por seus lábios sem cor.

— Acha mesmo que isso me assusta? — Dou um passo à frente. — Por acaso sabe quem treinou os soldados que te dão cobertura?

— Seu merda! — Ele rosna. — Fiquem. — Com o orgulho em xeque, ele ordena aos subordinados. — Vou mostrar a esse verme o porquê da minha fama.

Shakur ataca. Preciso ter cuidado. Sou melhor que ele, mas o louco tem seus truques e é um excelente guerreiro. Após algumas investidas de ambos os lados, acerto-lhe o pulso com um golpe veloz e sua espada voa para longe de suas garras. Em seguida livro-me da minha. Não lhe dou tempo de abrir o sorriso demoníaco. Avanço e caímos os dois no chão com estrépito.

— Você anda merecendo essa surra há um bom tempo, idiota! — Acerto-lhe uma sequência de socos violentos quando, de repente, uma nuvem branca embaça tudo, surgindo como uma parede espessa entre mim e Shakur, separando-nos. Em seguida escuto aplausos acalorados. *Uma plateia?*

Giro-me rapidamente e meu rosto fica mais branco que tudo ao redor ou as roupas dos homens que me encaram, estupefatos.

Magos do Grande Conselho? Em Thron?!?

4

GUIMLEL

Preciso identificar o procriador entre os thronianos. Ainda não decifrei o significado do azul na charada, mas algo me diz que eu deverei procurar pelos espécimes mais impressionantes deste reino. Preciso me afastar do grupamento e começar minha varredura pelo lugar o mais rápido e discretamente possível, mas toda vez que faço meu cavalo ficar para trás, Sertolin me chama ou vem em minha direção. Parece radiante com a minha presença e não sai um instante sequer do meu lado. *Arrr!*

— Chame seu líder, throniano! Avise que temos pressa. — Napoleon ordena para o soldado moreno que acaba de subjugar o oponente de vestes negras assim que cruzamos o segundo muro do sombrio clã. — Diga-lhe que o grande Sertolin o aguarda.

O homem fica rapidamente de pé, é alto e tem boa envergadura. Seus olhos azuis triplicam de tamanho ao se deparar envolto pela energia paralisante de Sertolin, por nos ver ali. Ele inclina o corpo em sinal de respeito, mas, no momento em que ameaça se afastar, uma multidão de soldados irrompe no pátio onde estamos.

— É assim que eles se divertem por aqui? — questiona Ferfelin com uma fisionomia indecifrável. Eu diria que ele ficou animado demais depois de assistir à luta.

— Estou deveras ansioso para esta busca, caro Guimlel. Como há muito não me sentia — confessa Sertolin em um sussurro particular enquanto aguarda a aproximação do líder de Thron.

— Algum motivo em especial, milorde? — Mostro falso interesse. Na verdade, minha cabeça está a mil por hora, meus pensamentos, perdidos por entre os becos e paredões de rocha negra carbonizada.

— Teremos um eleito atípico, por assim dizer. — Sertolin pisca para mim com a expressão travessa.

— Hã?

— Nosso escolhido é um guerreiro e não um sábio, Guimlel! Pela primeira vez na história de *Zyrk*, Sansalun escolheu um resgatador para a função de mago. Isso não é incrível? Sinto os ventos da mudança se aproximando, novas possibilidades e...

Tá. Tá. Tá. Já entendi! Reviro os olhos, impaciente. O eleito de Sansalun pode ser um sábio, um guerreiro, um mercenário, até mesmo um humano (rio da minha piadinha infame). Pouco importa! O que eu preciso é sair logo daqui, vasculhar Thron em busca do procriador.

Pisadas fortes se avolumam e ecoam pelo ambiente. O pequenino Sertolin segura meu braço e vibra em antecipação. *Ah, que ótimo.*

— Senhor, será que eu poderia me ausentar por um breve momento? — Meu murmúrio sai sem força.

— Mas... Por quê? — Ele estreita os olhos em minha direção.

— É que... — Passo a mão na barriga. — Preciso usar o sanitário.

— Tudo bem. Pode ir. — Ele está tão eufórico que nem percebe a mentira deslavada. Com um sorriso congelado no rosto, mal repara em mim. Apenas observa Prylur descer lentamente as escadarias que conduzem ao castelo negro, cercado por uma guarda armada até os dentes. O líder estuda cada um de nós e, com uma fisionomia ilegível, checa o estado dos dois sujeitos que brigavam no pátio.

— A que devo a honra dessa nobre e inesperada visita? Se não me engano é a primeira vez que os imaculados magos colocam os pés neste reino desprezado.

— Caro Prylur, seu reino não é desprezado, pelo contrário. Ele foi presenteado com uma graça sem precedentes. — Sertolin toma a palavra para si.

— E que graça seria essa?

— Pela primeira vez na história de *Zyrk*, Sansalun determinou um eleito oriundo de Thron, mais do que isso, um guerreiro! — Vibra meu mestre, entusiasmadíssimo.

Prylur arregala os olhos. É a vez do líder de Thron perder a cor e ficar apático. Ele checa ao redor e observa o batalhão de 28 homens armados, em formação piramidal de sete filas, provavelmente a tropa de elite do seu clã e, após roçar a barba, fixa os olhos no resgatador de olhos azuis que agora permanece de cabeça baixa em sinal de respeito.

Aproveito-me do momento de expectativa generalizada, da atenção de todos os olhares voltados para Prylur e Sertolin e, sorrateiramente, afasto-me do epicentro da tensão e caminho em direção à saída. Ainda de costas escuto a gargalhada estrondosa do líder. O chão treme e abafa meus passos. Ótimo!

— Você está me dizendo que... um resgatador vai se transformar em um mago? — A voz de Prylur retumba pelo sombrio lugar.

— Exatamente.

Mais alguns passos e começarei minha busca...

— Posso saber o nome do afortunado, mago?

Um instante de silêncio.

— Ismael — murmura Sertolin, a voz geralmente sempre tão grave, agora sufocada por uma nota de emoção. — O nome dele é Ismael, caro líder.

— Não!!! — Alguém pragueja com cólera mortal.

— Shakur! Pare! — troveja Prylur.

— Arrrh! Por Tyron! — Escuto um ganido alto, um clarão arde em minhas retinas e o chão é violentamente arrancado dos meus pés.

Zonzo, giro o corpo num rompante e vejo todos os olhares estupefatos, assim como o meu, se voltarem para o céu iluminado. Não há nada que justifique uma claridade dessa magnitude. Mas eu sei o que acabara de acontecer e encaro com o coração na boca o sangue escorrendo pela camisa do soldado moreno que fora covardemente alvejado pelas costas pelo filho do próprio Prylur. Seus olhos se arregalam antes de se estreitarem de dor. A penumbra torna a lançar seus tentáculos sobre as faces catatônicas de todos, reassumindo seu reinado sobre Thron, mas ela não é rápida o suficiente para camuflar o azul que me atinge como um raio e que reluz dos olhos do tal Ismael. "... A poderosa energia do predestinado haverá de emergir no seio da traição (...) a luz do perdão cintilará no céu mais negro de *Zyrk* e refletirá no azul da redenção."

Olhos azuis...?!? *Era ele!*

Meu pulso para. Entro em choque. A charada tinha sido decifrada, entretanto, tudo pelo qual eu incansavelmente trabalhara, ano após ano, acabara de desintegrar e virar pó.

Não. Não. Não!!!

Droga! Droga! Droga! Tem que ser um engano!

Que tipo de armadilha ardilosa de Malazar é essa agora?

Sinto-me sufocar nas amarras da ira e do inconformismo. Fascinado como está pelo único "mago guerreiro" da história de *Zyrk*, mesmo o justo e todo-poderoso Sertolin não será imparcial em seu julgamento. Ele acha que estou cego e obcecado pelos estudos da procriação, jamais acreditaria nos enigmas que decifrei, que Ismael tem um destino a ser cumprido. Meu mestre não arriscará perder o pupilo que o encanta lua após lua, desde que o curou e o trouxe para Sansalun, há quase um ano, após ter sido gravemente alvejado por Shakur. Tudo que ele mais deseja é que Ismael se transforme em um mago assim que concluir seu tempo como aprendiz. E Ismael também é o homem que eu procurava, aquele que será o ascendente do procriador, o avô daquele que colocará um fim às bestas que assombram nossas noites e nos aprisionam nesta medíocre existência.

Mas, para isso acontecer, Ismael precisará procriar.

E magos estão proibidos de procriar sob risco da perda total de seus poderes!

Eu encaro, transtornado, o Nilemarba pela milionésima vez. Os mensageiros interplanos confirmaram meus cálculos e me deram a tão aguardada data. O dia do acasalamento de Ismael se aproxima...

E agora? O que fazer?

Alcanço o jardim suspenso anexo ao grande átrio de vidro determinado a ter a conversa definitiva com meu mestre, expor minhas incríveis descobertas assim como os desígnios que Tyron preparou para Ismael. Tenho a mais absoluta convicção de que ele não ficará satisfeito com a notícia, mas haverei de abrir seus olhos e fazê-lo compreender a grande verdade. Vejo, para minha surpresa, Sertolin e Ismael em uma conversa particular. Ismael parece perturbado. *O que será que está acontecendo?* Não há como escutá-los de onde estou, mas posso produzir magia para, no anonimato, invadir as travas de segurança do lugar. Sorrio intimamente. *Ninguém consegue fazer isso tão bem quanto eu.* Recuo, sento-me em um banquinho por entre as plantas e finjo ler um livro enquanto aguardo o mestre. Produzo o encanto de maneira sorrateira e, em pouco tempo, as vozes dos dois ganham vida em meus ouvidos:

— Ismael, você precisa treinar sua concentração. Seus dons me surpreendem, mas, enquanto não tiver foco, sua magia será incapaz de se expandir. *Foco para expandir.* Essa é a máxima que move os grandes, meu querido.

Meu querido?!?

— Com todo o respeito, milorde, mas é impossível o que me pede. Nunca conseguirei o grau de concentração que deseja. Nasci para as armas. Sou um zirquiniano apegado às coisas palpáveis, à minha vida.

Prefiro uma boa batalha a poderes, magia e... — Ismael se interrompe, ciente da visível mancada. — Desculpe, eu não...

— Essa é mais uma das suas inúmeras qualidades. É tão autêntico, tão cristalino, que chega a ser ingênuo. — Sertolin se adianta, em nada chateado. — Eu o compreendo. Está estampado no seu rosto. Ainda tem dúvidas. Você se vê como um engano, um erro do Grande Conselho, mas eu lhe afirmo, não é — diz e, encarando o céu cinza-claro, ele solta a bomba: — Isso deverá permanecer em segredo, pois causaria agitação desnecessária entre os nossos, mas... capto energia humana dentro de você, desde o início. Energia positiva.

— Energia humana? Dentro de mim? Tyron me livre de tamanha desgraça! Sinto muito, mas está cometendo um equívoco terrível, milorde! — Ismael rebate com pavor desmedido. — Fui um resgatador! Eu *caço* humanos. Eu detesto os humanos!

— Shhh! Acalme-se, querido. É tudo muito recente e, como eu mesmo disse, você precisa estar com os poderes mais evoluídos para entender o que digo.

Ismael geme alto, visivelmente desorientado. Meus olhos se arregalam e o livro despenca das minhas mãos ao me deparar com o inacreditável: nosso mestre o puxa para um gesto nada típico dos zirquinianos, como um humano abraçaria sua cria. Ismael, quase tão alto como eu, se encolhe para caber nos braços do pequenino Sertolin.

Fui um cego! Um tolo! Sertolin nunca me escutaria. Ele acabava de deixar evidente: Ismael era o seu preferido!

Meus punhos se contraem, assim como algo dentro de mim.

Tanto estudo e dedicação para ser trocado por um simples guerreiro? Se Sertolin acha que fará de Ismael seu sucessor está muitíssimo enganado. Ah, se está...

— Um passo de cada vez, certo? Por ora, vamos focar apenas em sua concentração. Você necessita treinar em uma área neutra, um local isento de interferências para que consiga sentir o fluxo da sua própria energia. Há muita magia por aqui e isso com certeza está prejudicando sua concentração — Sertolin acelera em dizer ao ver a expressão derrotada do pupilo.

Uma área neutra? Hum...

Um sorriso me escapa. Agora eu tinha a solução para os meus problemas!

— Tem certeza de que é esse o lugar a que Sertolin se referiu? — Ismael me pergunta, hesitante, pela terceira vez. Está agitado e suando. — Estamos perto de um portal, existem três minas nas redondezas e...

— Não há olheiros de Thron por aqui, aprendiz. Fique tranquilo — garanto.

— Shakur é que deveria ter medo de mim — afirma e se senta no chão arenoso. — É que estou me sentindo meio estranho desde cedo, não entendo...

Seguro o sorriso. *Tudo caminhando de acordo com o planejado.*

— O deserto de Miak é excelente para os treinamentos de concentração e, além do mais, tenho uma experiência para realizar aqui por perto. Assim Sertolin uniu o útil ao agradável ao nos colocar neste exercício juntos. — Desconverso. A grande verdade é que hoje é o dia da procriação de Ismael e por isso ele está assim. — Posso te ensinar truques para acalmar a mente.

— Isso existe? — ele indaga estupefato. Os olhos azuis chegam a reluzir de contentamento. — Por que ninguém nunca me disse nada? Estou penando para conseguir essa tal concentração que o mestre tanto deseja.

— Você acha que nossos colegas facilitariam as coisas para o nosso lado? Os magos são todos adversários uns dos outros, concorrentes ao posto máximo. — Alfineto, lançando-lhe um olhar penetrante e inquisitivo.

— Ser o líder do Grande Conselho? — Como se possível fosse, os olhos de Ismael se arregalam ainda mais e ele solta uma gargalhada estrondosa. — Não aceitaria o cargo nem se me pagassem com todas as moedas de ouro de *Zyrk*!

— Você diz isso agora.

— E direi sempre, Guimlel. Tenho arrepios só em imaginar! — ele confessa e, por mais que eu o ache um impostor, uma serpente prestes a dar o bote em meus sonhos, capto honestidade em suas palavras.

— Olhe dentro dos meus olhos e visualize a cor negra. — Sento-me à sua frente.

— Não seria mais fácil fechar os olhos então?

— Faça conforme eu digo. — Peço e ele se empertiga, sem graça. — Foque dentro dos meus olhos e vá caminhando pelas cores, deixe-as escurecer, mas nunca, *nunca* permita que a cor branca invada seus pensamentos. Fui claro?

Ismael assente e o faz, confiando cegamente em minhas palavras. *Como é ingênuo!* Mas, para minha surpresa, ele tem uma defesa perturbadoramente resistente para um iniciante. Preciso me concentrar ao máximo e durante um tempo muito maior do que o imaginado, usando todo o meu poder para destravar sua mente e fazê-la submergir ao estado hipnótico induzido por minha magia. A constatação me perturba: *ele tem dons.* Não tolero aceitar que meu mestre tenha razão, que esse mero resgatador seja realmente o mais forte de todos e seu futuro sucessor.

Mas não será mais! Perderá todos os poderes assim que acasalar! É o que aconteceu com os magos que ousaram tentar!

Ótimo! Agora era partir para a parte B do plano: trazer a zirquiniana.

Deixo-o ali em estado de hipnose enquanto caminho em direção à mina adjacente, o lugar em que eu havia deixado a mulher. Tive de fazer isso porque Ismael não poderia ter qualquer lembrança dela, e vice-versa. Algum tempo depois estou de volta, trazendo o corpo da guerreira de belas feições levitando em minha bolha. Deixá-la em estado de transe foi bem tranquilo. O que me deu trabalho foi precisar "dar um jeito" em todos os infelizes que decidiram aparecer em meu caminho.

Pronto!

Vibro, satisfeito, ao colocar Ismael e sua parceira de procriação um ao lado do outro e saber que, após realizarem o gestual animalesco dos primitivos humanos, ela estará prenha daquele que será o grande procriador, o pai do salvador de *Zyrk*. E eu vigiarei sua cria de perto, quer no tempo em que ficará com as inférteis, quer no clã que a adotará, até o momento em que chegará a vez do seu acasalamento, a geração do filho mais importante de *Zyrk*. Eu e minha magia faríamos isso acontecer, seríamos parte do alvorecer de uma nova era para o meu povo.

Meu nome seria imortalizado na história de Zyrk*!*

Comando as ações dos hipnotizados e, como é a data determinada pelos mensageiros interplanos, o processo corre sem intercorrências. Observo, com repulsa e desprezo, o ritual de acasalamento entre Ismael e a zirquiniana.

Está feito!

Exausto por manipular tamanha quantidade de magia, mal consigo vibrar ao término da procriação. Minhas pálpebras cedem ao cansaço.

— Nãoooooooo!!! Por Tyron, o que foi que eu fiz?!?

Acordo e dou de cara com Ismael mirando, do próprio corpo despido, o corpo nu da mulher desacordada. Mais parece um animal possuído em dor e cólera extremas. Eu o chamo pelo nome, tento acalmá-lo a todo custo, mas ele está transtornado, completamente cego e surdo para tudo.

— Ismael, não! — brado ao vê-lo colocar as calças às pressas, montar seu cavalo e partir como um louco para o portal.

Maldição! Ele vai entrar na segunda dimensão?

Tento impedir, mas é em vão. Minha energia se foi e não tenho mais forças.

E, para piorar tudo, não posso ir atrás dele porque já sou um mago! O Grande Conselho é taxativo neste quesito: se o fizer, perderei meus poderes! Tudo que posso fazer no momento é desaparecer com essa mulher e aguardar o retorno de Ismael. Não tenho como chegar sem ele em Sansalun. Checo a sombra escura ganhar intensidade no cinza do céu. Em breve anoitecerá e ele não poderá retornar. Respiro aliviado.

Até amanhã minha energia estará restaurada.

Até amanhã bolarei um novo plano.

— Ismael! Finalmente! — chamo seu nome aos brados ao vê-lo retornar a *Zyrk*, duas luas depois, acompanhado do resgatador de Marmon que contratei para procurá-lo no *Intermediário* e trazê-lo para cá. Coloco as moedas de ouro no bolso do guerreiro de índole duvidosa, mas não sem antes apagar sua memória, claro...

— Saia da minha frente, Guimlel! — exclama com fúria assim que o outro sujeito se afasta, mas seu semblante é de derrota. Aliás, seu estado é deprimente: descabelado, olheiras profundas, roupas sujas. — Preciso confessar meu erro desastroso a Sertolin. Não sou e nunca serei um mago. Aliás, devo ser condenado ao *Vértice*.

— Que erro? *Vértice*?!? Ismael, sobre o que está falando? Que sangue é esse em suas roupas? Não me diga que...? — Faço-me de desentendido.

Ele me encara ao abrir um sorriso demoníaco.

— Sim. Eu matei um humano, se é o que quer saber. O que mais um resgatador faria para aliviar sua tensão?

— Não diga tolices, homem! — Aliso a trança da minha barba. — Sou eu o culpado. Fui eu quem o submeteu à magia para ajudar na sua concentração.

— Sobre o que está falando?

— Sobre o transtorno psíquico que o submeti.

— Hã? Você enlouqueceu? — Ele franze o cenho. — Eu violei as leis de *Zyrk* e procriei sem autorização. Não bastasse a burrada que fiz, ainda liquidei com a vida de um humano e perdi meus poderes! — Ismael leva as mãos à cabeça, exasperado.

— Acalme-se, aprendiz. Você não está falando coisa com coisa. Você não procriou com ninguém e, talvez, não tenha perdido seus poderes.

— Como não? Eu vi a zirquiniana nua sob meu corpo também nu. O que mais isso poderia significar? — Ele gira a cabeça de um lado para outro.

— Você ainda estava em estado de hipnose quando teve o surto, Ismael! — Seguro seu braço com força e o faço olhar para mim. — Imaginou ter visto uma mulher despida, mas não havia ninguém ali além de mim.

— Não?

— Por Tyron! É óbvio que não!

— Mas então... e-eu...

— Cometeu um erro apenas... matar um humano sem ordem expressa, mas, afinal, para que servem os humanos além disso, não é mesmo? — Minha piada sem graça parece funcionar e a expressão de Ismael ganha vida. — Sou o grande culpado dessa confusão. Não permitirei que chegue sozinho em Sansalun. Aliás, vou contar o ocorrido a Sertolin, explicar que você não teve culpa.

Ele alarga o sorriso e me estende a mão trêmula.

— Obrigado, Guimlel. Saiba que tem em mim um amigo.

Sorrio de volta.

O plano segue bem!

5

GUIMLEL

— Vai sair novamente, Guimlel? — indaga Napoleon, pegando-me de surpresa. A cascavel cadavérica está cada vez mais desconfiada e vem me seguindo de perto.

— Sim. Deseja que lhe traga algo? — Reviro os olhos, impaciente. Tenho pressa.

— Talvez. Depende do onde. Ou não? — Ele tenta me encurralar em seu joguinho de palavras. *Sujeito repugnante!*

— Que tal dizer o que é? — Rebato com um sorriso tão falso quanto a cara dele.

— Guimlel anda cheio de segredos. — Ferfelin surge e, com as sobrancelhas arqueadas, coloca lenha na fogueira. — O que Trytarus teria a dizer?

Bando de cretinos! Se mal reparam que eu existo então por que estão tão interessados em saber para onde vou?

— Mestre Trytarus tem mais a fazer do que bisbilhotar a vida de seus colegas. — Ismael surge repentinamente no hall de vidro e entra em minha defesa. Desde o episódio do acasalamento, o infeliz não sabe o que fazer para agradecer a "ajuda" que eu lhe dei. *Tudo o que mais desejo é que todos desapareçam da minha frente, raios! Ele e esse bando de magos repugnantes!* — Acho que *todos* nós temos mais a fazer, não?

O pupilo de Sertolin vem ganhando respeito e, a cada lua, suas palavras ecoam com mais força em Sansalun. Neste momento, entretanto, sua ajuda é muito bem-vinda.

— Quer companhia, Guimlel? Precisa de ajuda?

— Não, Ismael. Obrigado.

Ele assente e coloca, respeitosamente, uma das mãos em meu ombro. Sou surpreendido pela energia calmante que sinto fluir do corpo dele para o meu e uma sensação de bem-estar me invade. Ela é forte e aquece minhas células e meu espírito. Todos já haviam comentado sobre o raro dom de Ismael. De início não acreditei, não seria possível para um mago que havia acasalado, mas então me dei conta de que fui eu o estúpido da história, que Ismael ainda era um aprendiz (e não um mago!) e que, querendo ou não, era ele o predestinado a se deitar com aquela zirquiniana. A questão é que ele, por ser homem, poderia esconder seu ato. A coitada, entretanto, teria que carregar na barriga o fruto de um homem que nunca conheceu. *Não conscientemente...*

— Então vá! E que Tyron esteja com você — ele diz e se afasta.

— Pode parar aí! — Determina, inflexível, a chefe das inférteis.

— Como é que é?!? — Chacoalho a cabeça. Posso não ter ouvido direito.

— Sinto muito, mago, mas nem mesmo o senhor vai entrar com essa criança amaldiçoada aqui.

— É apenas um bebê! — rosno e, desorientado, desato a balançar o minúsculo ser recém-nascido que chora e berra em meus braços.

— Se não tem a braçadeira de um clã, na certa é fruto de um acasalamento proibido por Tyron, cria de uma sombra.

— Ele não é filho de sombra alguma, raios!

— Pois então prove e traga a ordem por escrito do Grande Conselho, mago — rebate a mulher de cabelo ruivo e olhar duro. — Não vou submeter minhas crianças a uma contaminação desnecessária com essa erva daninha. Só acatarei tal ordem se o Grande Conselho disser que é ausente de perigo.

— Perigo? Olha o tamanho desta pobre criatura! Isso é ridículo! — brado, transtornado. Chego a pensar em utilizar de magia para fazê-la aceitar, mas outras inférteis descobririam e meu segredo acabaria chegando aos ouvidos de Sertolin e de seu séquito de magos egocêntricos. — Até a ordem chegar esta criança estará morta!

— Seria um favor que faria para todos!

Mal espero o dragão de cabelos vermelhos acabar de falar e desapareço dali. Minha ira é tanta que, se ficasse um segundo a mais, na certa a estrangularia com meu escape de energia.

— Por que está berrando? Ela está com fome? Será sede? — Dou umas batidinhas na barriga da criança e indago para a mulher à minha frente. É óbvio que não receberei qualquer resposta. Ela está sob o efeito da minha magia, em transe. É a responsável por cuidar do bebê quando estou ausente, a única forma que vislumbrei para manter a criança viva sem que o Grande Conselho ou mais ninguém em *Zyrk* soubesse enquanto arrumo uma saída para essa loucura em que me meti. — Céus! O que é agora? Não pode ter feito cocô de novo! — Checo o tecido que o enrola. Não está sujo ou molhado. O menininho grita a plenos pulmões e me deixa tão tonto, tão desorientado, que arranco meus últimos fios de cabelo. *Como alguém tão pequenino pode ter tanto fôlego?* — O que eu faço? O que você quer? — pergunto exasperado e, num rompante, puxo-o para perto de mim. A intenção é apertar sua minúscula boca contra o meu corpo e abafar seus berros enlouquecedores, mas no instante em que eu o envolvo, escuto-o respirar fundo, como se esse pequeno ser se sentisse seguro e protegido com o meu gesto e então vejo seu corpinho se aninhar em meus braços e seus olhos se fecharem em uma soneca tranquila. Minhas pernas ficam bambas. Preciso me sentar. O que me nocauteia é o entendimento do que acaba de acontecer ou a estranha sensação que aquece meu peito?

Aconchego?

Por Tyron! Era isso o que ele queria o tempo todo?

Luas e luas se passaram e, vivendo em minha vida dupla, finalmente consegui falsificar uma autorização do Grande Conselho para que a criança possa ser criada pelas inférteis. Se os magos soubessem o tesouro que tenho em minhas mãos, na certa o trariam para cá e o contaminariam.

Não vou dividi-lo com mais ninguém!, a fúria contida dentro do pensamento me pega desprevenido. *Por que me sinto tão diferente, quase um bicho, quando o assunto é defender o menininho? Convenço-me de que é porque ele é uma criança. Mas não sou eu que odeia crianças assim como qualquer coisa que respire?*

Não quero pensar sobre isso...

Abro a porta da cabana, o esconderijo que montei para ele ficar, mal contendo a empolgação em meu tom voz:

— Como está o meu rapazinho?

— Gui! Gui! — O rosto do bebê ganha vida e ele vibra ao me ver.

Instantaneamente abro um sorriso gigantesco quando ele joga os bracinhos para cima do cercado de madeira. Quer que eu o segure nos braços.

E eu o faço com satisfação.

— Vem cá! — Rodopio seu pequenino corpo no ar e ele gargalha com o vento que faz seus olhinhos azuis se fecharem. — Gosta de velocidade, não é mesmo? Sabia que o Guimlel aqui já voou num monstro de ferro? — pergunto e ele balbucia alguma coisa que não compreendo. — É uma boa invenção dos humanos. Uma máquina pesada que consegue flutuar no ar. — Ele balança as pernas rechonchudas. O danadinho quer mais vento no rosto. — Tá bom! Tá bom!

— Gui! — ele repete e gargalha. E eu também.

Eu gargalhei?

— Hoje você vai sair daqui, rapazinho. — Arranho a garganta. — Vai para um lugar cheio de crianças, um ambiente adequado.

— Gui!

Engulo em seco. Essa sílaba é tudo que ele consegue dizer nesta vida solitária que é obrigado a ter. Muito pouco, até mesmo para um zirquiniano. E essa diferença piorará com o passar do tempo se eu o mantiver nessas péssimas condições.

Então observo a zumbi (é a forma como eu chamo a infeliz que cuida dele) e sinto algo estranho, pesado, dentro do peito. Durante todo esse tempo privei o coitadinho do mundo. Ele vive prisioneiro, refém de um corpo sem espírito, de um robô que não lhe dirige uma palavra sequer...

Mas hoje isso acabaria!

Ele seria criado como qualquer zirquiniano. Teria uma vida normal para se transformar em um homem normal e não em um louco, um desequilibrado. *Para ser o grande procriador de* Zyrk *ele não podia mais viver nestas condições!*

Chego ao núcleo das inférteis carregando a criança em meu colo. A carta de autorização queima na palma da minha mão.

— Não pode chorar, tá? Tem que ser forte, afinal você já é um rapazinho — digo e parece que ele entende porque inclina a cabecinha para o lado e leva as mãozinhas ao meu rosto que, estranhamente, estão mais quentes que o normal.

— Mago Guimlel! — recepciona-me uma infértil. Uma garotinha a acompanha de perto.

— Quero falar com a sua chefe — digo de forma incisiva.

— Sou Jamile, a responsável no momento. Milka está adoentada. Em que posso ajudá-lo? Essa criança... — Ela arregala os olhos.

— Tome. — Entrego-lhe a carta de admissão do Grande Conselho.

— Ah! — solta, ainda mais pálida. Há um emaranhado de medo e preocupação estampados em seu semblante. A garotinha ao seu lado, entretanto, parece animadíssima em brincar com o bebê. — Onde estava o menininho até então?

— Não imagino. Por que o interesse? — Ataco, pois não tenho resposta para dar e não posso deixá-la raciocinar. A mulher se retrai. Ótimo! — Fui apenas encarregado de trazê-lo para cá, assim como da vez anterior.

— Ele é tão lindinho! — Vibra a menina que a acompanha.

— Qual a idade dele? — A infértil torna a avançar.

— Não sei. Mal tive contato.

— Deixe-me ver os dentes — determina ela de bate-pronto.

— Para quê? — indago, desconfiado.

— Para eu ter uma ideia da idade do pobrezinho e colocá-lo no grupo correto. — A expressão da mulher é um misto de descaso e superioridade. Como se cuspisse na minha cara que magos não sabem de tudo. *E não sabem mesmo!*

Como sou muito alto, inclino o corpo para que a boca do meu menininho fique na altura dos olhos dela. A mulher se aproxima e, como se estivesse dando uma aula para a menina, pergunta:

— Qual a idade aproximada dele, Tess?

A garota fica na ponta dos pés e estica o pescoço. *Arrrh.* Abaixo ainda mais.

— Ele já está com dezessete dentinhos e a gengiva está inchada em alguns pontos. Ele deve ter entre um ano e meio e dois — afirma com desenvoltura.

— Parabéns, Tess — solta a mentora, satisfeita, e se dirige a mim: — Mago, preencha estes papéis, por favor. E deixe-o em pé enquanto isso.

— Ele não fica em pé ainda — respondo com jeito azedo.

Por que me incomodo em dar essa resposta?

— Nem apoiado?

Meneio a cabeça em negativa.

— Hum. — Ela franze o cenho e observa a criança com mais atenção. — Então coloque-o sentado no chão.

Eu o faço, mas o bebê, apesar de robusto, não tem equilíbrio e, depois de algum tempo girando como um pião, tomba de lado no chão.

— Ele ainda não consegue ficar sentado? — indaga horrorizada, a expressão de desprezo estampada nos vincos de sua face asquerosa. — É retardado, não percebe? Não entendo por que o Grande Conselho se preocupa em proteger um bastardo de *Zyrk*! Ainda mais um doente?

O comentário me gera mal-estar imenso. Algo em mim não admite o fato de a mulher tratar o bebê com tamanho descaso. Minhas mãos esquentam.

— Eu posso segurá-lo! — intromete-se a menininha.

Bem a tempo! Eu estava quase utilizando minha magia para sufocar essa víbora infértil com a própria língua!

A garotinha se abaixa. Ela só quer ajudar, posso perceber, mas o bebê a estranha e, ainda deitado no chão, grita meu nome para, em seguida, abrir um berreiro sem lágrimas.

— Gui! Gui!

O envolvo rapidamente em meus braços. O choro interrompe na mesma hora.

— Mal o conhece e já quer pronunciar o seu nome?!? — estranha, com uma sobrancelha arqueada, e eu me estremeço. Experiente, a infértil desata a falar com ele, estimulá-lo. — Curioso... — murmura ao perceber que "Gui" é todo o som que a criança consegue pronunciar.

— Tudo certo? — pergunto ao vê-la examinar o documento por tempo demais.

— Tudo em perfeita ordem. — Abre um sorriso amarelo e estende os braços para o bebê. — Venha, criança.

Novamente meu menininho desata a berrar forte e afunda o rosto em meu peito, soluçando sem parar. Sinto uma dor profunda se espalhar pelo meu abdome.

— Shhh. — Minha voz sai num sussurro fraco. — Será para o seu bem.

— Por que tanta demora nessa despedida, mago? — Se já estava desconfiada, agora a mulher tem absoluta certeza de que há algo errado acontecendo. *Droga! Depois eu precisarei voltar para fazer uma lavagem cerebral nela...*

— Fique comportado, está bem? — Viro seu rostinho vermelho e quente para mim. A fisgada em meu abdome piora consideravelmente. — Venho te visitar sempre que possível. Prometo.

— O mago não deve prometer aquilo que não poderá cumprir.

— Não poderei cumprir? — Estreito os olhos em sua direção e minha calva desata a suar.

— Visitas são terminantemente proibidas.

— Mas eu sou um mago! — rujo e avanço sobre ela.

— Então sabe melhor do que eu que apenas cumpro as ordens do Grande Conselho! — Ela não recua e rebate com atrevimento no seu um metro e meio de altura.

Perco a voz.

Perco novamente o chão.

Mas não perderia o meu menininho!

O que eu faço? O que eu faço? Tyron, me ajude! Me ajude!

Como um louco desorientado, perambulo com a criança nos braços pelos campos neutros de *Zyrk*. Não posso deixá-lo com as inférteis! Não posso levá-lo para Sansalun! Ninguém deve colocar os olhos nele! Não posso abandonar o plano. Não consigo aceitar que nunca mais o verei. São tantos nãos que meu cérebro mal consegue raciocinar.

Não! Não!! Não!!!

O bebê desata a berrar. Sento-me no chão, coloco-o em meu colo e lhe ofereço o resto de leite que vinha trazendo em meu odre. Ele o traga com vontade e pede mais.

— Você é muito esfomeado. Parece um saco sem fundo! — reclamo.

— Gui! — Ele abre um sorriso e balança o corpinho quente. Meneio a cabeça, derrotado. Ele parece um minimago disfarçado, usando sua poderosa magia sobre mim, num timing perfeito para destruir a minha carranca e sacar um sorriso verdadeiro de meus lábios. — Gui! — Refém do silêncio e da solidão desde o nascimento, ele arregala os olhos ao escutar a trovoada, e, em seguida, espreme o corpinho trêmulo e cada vez mais quente junto ao meu, num misto de medo e excitação. Sua pequena cabeça gira para cima e acompanha, fascinada, um relâmpago riscar o céu com incrível velocidade. — Guiiiiii!!!

— Não tem medo, rapazinho? — indago enquanto observo seu semblante maravilhado. — Interessante...

Coloco-o deitado no chão. Preciso pensar. *Para onde vou levá-lo? O que devo fazer?* Em breve anoitecerá. Olho para a pequena criança. Uma sensação ruim, um desconforto celular me possui, corpo e espírito. Eu sou o mal na sua existência mais pura. Nesta idade, um zirquiniano já estaria andando, ao menos engatinhando, e o pobrezinho mal consegue manter-se sentado. Sem estímulo desde o nascimento, está bastante atrasado na coordenação motora. Mais do que isso, a fala está visivelmente prejudicada e tenho medo que tenha lhe causado algum comprometimento cerebral irreversível.

E isso com certeza poderia ser um entrave ao grande plano que tenho em mente, à procriação do nosso salvador!

Levo as mãos à cabeça e, atordoado, ando de um lado para outro. Logo vai anoitecer e eu tenho que protegê-lo, guardá-lo em algum lugar seguro, mas não mais sob os cuidados de algum zirquiniano submetido à minha magia. Não posso aprisioná-lo a essa vida sem sentido. Se Sertolin descobrir que venho usando meus poderes para tal ação, na certa me banirá de Sansalun, mas não sem antes me fazer pagar...

A criança geme, a expressão de dor tão clara em seus grandes olhos azuis.

— O que foi? — Voo em sua direção. Seguro-o em meus braços e tenho vontade de dar um soco na minha própria cara.

Como fui tão desligado? Não é preciso ser mago para compreender o que se passa. O pobrezinho está ardendo em febre! *Céus! O que fazer?*

Tento resfriá-lo. Produzo água com a minha magia, mas é em vão. Seu corpo parece uma bola de fogo.

— Gui... — quase sem forças, ele balbucia meu nome e, fascinado com a luz sobre nossas cabeças, tenta levantar a mãozinha para o céu, mas tudo que vejo é seu miúdo braço trepidar no ar e desabar.

— É a lua — balbucio, apático, observando seu estado piorar rapidamente e eu nada conseguir fazer. Praguejo, inconformado. *Sempre fui péssimo no quesito curas...*

— G... — É o som que escuto quando, horrorizado, vejo seu corpinho estremecer da cabeça aos pés e desfalecer em meus braços.

Abraço-o com desespero, apertando com tanta vontade o pequeno amontoado de inocência junto ao meu peito, como se pudesse fundi-lo ao meu corpo, desejando ardentemente passar parte da minha energia para ele. Em breve o sol cairá e as bestas da noite de *Zyrk* retomarão seus postos. Isso não me preocupa. Posso produzir um campo de magia para nos proteger.

Arrasado, faço uma prece a Tyron enquanto observo a lua, o único astro que dá vida ao céu de *Zyrk*, subir por detrás das montanhas que contornam o lado sul de Windston.

Montanhas de Windston?!? Como não pensei nisso antes?

Tem que ser por aqui! Concentre-se, Guimlel! Ela tem que estar por aqui! O Grande Conselho afirma que é nesta região que fica o esconderijo da curandeira. Foco, homem!

Com a criança nos braços e protegido por minha bolha de magia, subo e desço as reentrâncias no paredão rochoso inúmeras vezes. Como um lunático, ando de um lado para outro, checo cada canto. *Mas nada. Nem sinal dela ou de seu esconderijo.*

Duas feras passam perto, nem notam a nossa presença. Checo a energia vital do menininho. Está pior. Muito pior. *Não! Não! Não!*

E então faço o que jamais imaginei que faria na vida: eu imploro.

— Socorro! Labritya, eu sei que você pode me ouvir! — berro com toda a força dos meus pulmões. As bestas não podem me escutar. — Por favor, a energia dessa criança está se exaurindo! E está além dos meus conhecimentos! Preciso da sua ajuda! Por favor, salve este inocente! Por favor! Por favoooooor!

— Shhh! Meus ouvidos vão explodir com mais um desses berros! — A voz feminina chega até mim. De repente, um ponto de luz verde, como uma cabeça de alfinete, desata a crescer e, por sua transparência, evidencia uma fenda em meio às rochas. — Entre, mago. Rápido! — Uma mulher gorda e baixinha faz sinal para que nos aproximemos.

Obedeço e, após cruzarmos um comprido corredor nas entranhas da montanha, eu a sigo para um pequeno pátio descoberto dentro do próprio rochedo. Há um fogão a lenha em seu centro e vários aposentos ao redor separados por canteiros de girassóis e rosas amarelas. Ela nos conduz para um deles.

— E-ele nunca teve nada. Sempre foi tão forte e... Está pelando! P-perdeu os sentidos e n-não consigo... — gaguejo tentando explicar.

— Shhh! Já entendi. Acalme-se. Seu estado energético não está ajudando...

— Estou calmo.

— Ah, claro. — Ela sorri e suas bochechas se destacam. — Coloque-o aqui. — Aponta para uma cama. — Hum... — ela remove a roupa dele e checa cada centímetro do corpinho desacordado. Hum... — Torna a fazer esse som com a boca e estou prestes a explodir de agonia. Preciso desesperadamente de respostas. Se ela fizer outro barulho desse eu não me responsabilizarei pelos meus atos e... — Hum...

— Maldição! Hum... o quê, droga? — rosno, enlouquecido.

— Você se importa com ele — ela afirma ainda de cabeça baixa.

— Claro que sim! É uma criancinha.

— Você sabe o que eu quis dizer. — Então ela estreita os olhos em minha direção. Sinto a energia pulsante do seu olhar. *É fortíssima!*

— E-eu não...

Ela apenas me encara.

— Quer que eu o salve?

— Oh, por favor! É o que mais quero! Você acha que...

— Shhh! Talvez eu consiga — diz muito lentamente, o olhar enigmático. — Se me disser a verdade.

— Hã?

Recuo.

— Você me escutou muito bem. E quanto mais tempo demorar a responder, menores as chances da criança. — Ela olha rapidamente para o meu menininho e torna a me encarar. — Por que um mago do Grande Conselho pediria ajuda a mim e não aos colegas? Sei que nutre bons sentimentos pelo menino, não adianta negar. Eu sinto — diz com convicção irredutível. — Mas não é isso... — matuta. — Que segredo por detrás desta criança é tão importante a ponto de o senhor arriscar a própria posição?

Enfrento-a do alto dos meus dois metros de altura e, apesar de eu achá-la uma baixinha bisbilhoteira, instantaneamente a mulher ganha algo que até hoje apenas Sertolin conseguiu: meu respeito.

E eu concordo, com a condição de que jamais contará o segredo a ninguém. Mas percebo que concordaria com qualquer imposição, desde que conseguisse salvar a criança.

E então, eu conto tudo. Por incrível que pareça, sinto-me aliviado em dividir o peso da aterradora verdade.

— Pelo tridente de Tyron! — exclama, boquiaberta. — Então ele será o...

— Exatamente! O procriador do nosso salvador! Aquele que trará nossa liberdade de volta — concluo com o coração acelerado.

— Ele vai livrar *Zyrk* das bestas da noite?

— É o que decifrei dos textos sagrados.

— O Nilemarba afirma isso?

— Sim... Quero dizer... Não existe outra interpretação.

— Mas... E se não for ele?

— É ele! Tenho certeza absoluta! Mas é segredo! — Seguro seu braço em desespero. — Prometa, Labritya! Prometa que isso jamais sairá daqui!

Então a curandeira se solta da minha pegada, ajeita o lenço na cabeça, apruma o corpo e diz com força e determinação:

— Prometo, mago. Farei mais que salvá-lo. Eu o ajudarei a manter esse pequenino distante de todos os abutres de *Zyrk*. Ele precisa crescer longe das maldades do nosso povo para que tenha um desenvolvimento saudável. — Arregalo os olhos. Mal posso acreditar no que ela está me propondo, no maior presente que eu poderia receber. Há um misto de espanto e emoção embaralhados no meu peito. — Faremos mais que isso. — Um sorrisinho diabólico lhe escapa e ela me estende a mão, lançando um pacto no ar. — Vamos criá-lo como um filho! E eu o batizarei com o nome que daria ao meu próprio filho, caso não fosse proibida de ter um — anuncia, uma emoção diferente pairando sobre sua face rechonchuda. — Richard. Ele será o nosso Richard.

Sorrio de volta e lhe estendo a mão.

Que assim seja!

6

GUIMLEL

— Ele chegou! Guimlel chegou, Brita!!! — Os gritos de felicidade de Richard me recepcionam.

É difícil segurar o sorriso bobo que me escapa e a satisfação que sua demonstração de bem-querer gera em meu peito. Nunca tive que me ausentar por tanto tempo e o reencontro confirma, a despeito de eu tentar me convencer do contrário, o quanto sinto falta dele e não apenas de saber que ele está vivo e bem. O Grande Conselho precisou de mim para destravar áreas suspeitas em Marmon, possivelmente magia negra de Von der Hess, mas não tivemos sucesso. Todas as pistas desapareceram da noite para o dia, assim como a estranha energia. Com a ausência de perigo iminente, os magos resolveram interromper as buscas para se fortalecerem em Sansalun, até porque Sertolin não anda nada bem desde o desaparecimento de Ismael, o seu adorado pupilo. Estaria ele realmente morto como comentam?

O pequeno menino que corre em minha direção, este por quem nutro o melhor dos sentimentos, nada mais é que a cria do desaparecido Ismael...

— A postos, Guimlel! — Rick surge na minha frente com uma espada de madeira empunhada e joga outra para mim. Está saudável como um touro, ainda mais alto e mais forte que da última vez que o vi. Faço conforme ele me pede. Sou um mago e não um guerreiro e, obviamente, péssimo com espadas. Mas, pelo meu porte e por ele ter apenas seis anos de idade, acho que ainda tenho algum sucesso. — Perdeu! — solta ele, triunfante, após retirar a espada das minhas mãos com absurda facilidade.

Fico assombrado com a velocidade e desenvoltura que possui para uma criança tão pequena. Sorrio orgulhoso. Ele está mais adiantado do que qualquer zirquiniano da sua idade. Labritya vem fazendo um ótimo trabalho. Rick é forte, destemido e sempre bem-humorado. *Gostaria de ver a cara daquela infértil asquerosa que o chamou de retardado...*

Sem perder tempo, Richard sobe em uma pedra adiante e, com um berro potente dá um salto no escuro, totalmente confiante de que eu o segurarei. E é o que faço. Assim que está em meus braços ele me puxa para si em um abraço apertado.

— Estava com saudades, Gui! — ele diz, os olhos azuis cintilando, ainda mais marcantes que os do pai. Estremeço com o pensamento, mas, em seguida, respiro aliviado. A pele alva e os cabelos lisos fazem com que se pareça com a mãe. — Brita fez broa de fubá! Obaaa!!! — Ele comemora, pega a espada e desparece feito um raio pelo quintal. *Como o danadinho é rápido!* — Vou te mostrar a arma que eu construí sozinho, Gui! Espera aí! — grita já ao longe, atropelando as falas umas sobre as outras em meio a tanta euforia.

— *Hummm...* Acabou de sair do forno! — Labritya acena para mim da pequenina sala de estar. — Acho que acertei o ponto.

— Adora um elogio, não? — Coloco um pedaço fumegante da broa na boca e reviro os olhos. — Você sempre acerta.

— Por que demorou tanto? — Ela me lança um sorrisinho travesso. — Sentimos saudades.

— *Saudades*? Labritya, você não deveria usar esses termos na frente do Richard.

— Ué? Por que não?

— Não é óbvio? — devolvo e checo para ver se ele não está por perto.

— Não. Não é.

— Eu sei que as crianças pequenas não são como os adultos, que foram protegidas da maldição da insensibilidade, mas... Você não acha que Rick está ficando muito emotivo, delicado demais até mesmo para um menino zirquiniano?

— É disso que tem medo? — Ela arregala os olhos e gargalha alto. — Nosso menino apenas coloca para fora o que sente. Isso não significa ser "delicado". — Ela faz aspas com os dedos.

— Mas vai ficar um frouxo! Vão caçoar dele!

— Caçoar? Por acaso não enxerga o que está crescendo bem debaixo do seu nariz? — Ela me enfrenta.

— Não sei aonde quer chegar — rosno baixinho.

— Rick não se enquadra em nenhum padrão zirquiniano. Não há magia correndo em suas veias, mas ele está acima de qualquer um dos nossos.

— Não fale bobagens.

— Guimlel, preste atenção. Eu sei que pode ser difícil para você entender, mas nosso Richard é diferente.

— Só porque é o...

— Shhh! Não é nada disso. — Ela me cala. — Richard reage com intensidade diante de todas as emoções, boas e más, e isso me intriga e... me encanta. Não acho que seja porque ainda é muito novo. Nunca vi criança zirquiniana com tanto interesse em aprender, em melhorar, em se superar a cada dia e, principalmente, nunca vi nenhum dos nossos pequenos contar as luas e os minutos para reencontrar o pai adotivo e se jogar em seus braços.

Engulo em seco. Não sei se é porque Brita expôs em alto e bom som aquilo que eu já vinha percebendo ou se é devido às palavras que massageiam meu ego:

Pai adotivo...

— Humpf! Não vejo a hora de ser um adulto de verdade e poder guerrear pra valer — afirma do alto dos seus nove anos de idade. — Por que não posso sair daqui?

— Já expliquei mil vezes. Faz parte das leis de *Zyrk*. — Sinto-me mal em mentir para ele, mas suas afirmações estão cada vez mais afiadas e, inteligentíssimo, Rick elabora perguntas perspicazes, deixando tanto a mim como Labritya em situações complicadas.

— Lei estúpida! — Bufa com as bochechas vermelhas. — Não entendo por que as crianças devem ser mantidas presas até a idade adulta.

— Para ficarem protegidas — respondo.

— Quem nos faria mal?

— Existe muita maldade no mundo, meu querido. Sente-se, está na hora de você saber de algumas... — digo e Brita assente ao longe. Até ela não está mais conseguindo se esquivar das investidas dele. Rick arregala os olhos e obedece. Adora me ouvir contar histórias. Desta vez, eu falo a verdade e confesso o horror das noites de *Zyrk*.

— Por Tyron! — ele exclama, e, para minha surpresa e preocupação, não detecto medo e sim desafio em suas feições. — Então serei o melhor guerreiro de *Zyrk* e, quando eu for adulto, vou fazer as minhas próprias leis — diz com força e determinação. — E aniquilarei todas as bestas da noite! Eu juro, Guimlel!

Estremeço com a força e a profundidade da promessa que acaba de ser proferida. Ela é tão ingênua, tão inocente e, ao mesmo tempo, tão perturbadoramente verdadeira.

— Eu quero sair daqui! Não aguento mais! Quero conhecer o lado de fora! — Richard está aos brados, transtornado, quando chego à casa de Brita.

— Não há nada de interessante do lado de fora, meu querido. — A gentil curandeira tem as feições derrotadas ao responder.

— Então deixe-me ver com meus próprios olhos, droga!

Ao invés de diminuir com o passar dos anos, as reações de Rick ficam cada vez mais acaloradas. Agora tenho certeza: ele é diferente de todos da sua idade e isso me gera orgulho e preocupação.

— Quero sentir o vento no meu rosto e não apenas pela frestinha do rochedo! Eu quero sair daqui! Só um pouquinho, Brita! Por favor? Você sai! Guimlel sai! Por que só eu tenho que ficar?

Labritya encolhe ainda mais sob o peso das investidas de Richard.

— Crianças não podem! Quantas vezes preciso repetir? — esbravejo.

Rick se vira em minha direção com as sobrancelhas contraídas ao máximo. As bochechas rubras destacam-se na pele alva.

— Todas as crianças vivem como eu? Espremidas entre paredões rochosos?

— O que você entende sobre paredões rochosos, garoto?

— Tudo que li nos escritos de Brita! — ele responde com atrevimento. — Conheço o mapa de *Zyrk* de olhos fechados.

— Labritya! — Repreendo-a por deixá-lo ter acesso a tais informações.

— Como acha que eu conseguiria mantê-lo distraído aqui dentro durante todo esse tempo, Guimlel? Ele já tem onze anos! — devolve ela, aborrecida.

E tem razão. No fundo, nada, nada do que está acontecendo me surpreende. Richard sempre foi inteligente demais para a idade e, a cada ano, fica ainda mais esperto.

— Tudo bem — anuncio taxativo.

— Hã? — Brita arregala os olhos e espreme o avental entre as mãos.

O azul-turquesa nos olhos de Richard ganha novo brilho.

— É isso o que quer? Então vamos dar um "passeio" por *Zyrk* e acabar definitivamente com esse assunto por aqui.

— Guimlel, você parece cansado. Tem certeza...? — Labritya indaga com a testa cheia de vincos, mas igualmente desejosa em colocar um ponto final na ladainha diária.

Eu aceno com um mínimo movimento de cabeça. Richard abre um sorriso gigantesco e corre para me abraçar.

— Obrigado, Gui. — Com o rosto afundado em minha barriga, sua voz sai abafada, mas transborda felicidade. A energia corre desvairada por sua pele e me atinge em ondas fortes. Sinto-me bem com a reação, mas estremeço em seguida.

Não é normal um zirquiniano sentir tanto assim...

— Gui, isso é demais! Veja! — Há mais de duas horas Richard corre como um relâmpago de um lado para outro com a boca paralisada em um sorriso imenso e contagiante. Sua emoção em sentir o vento navalhar o rosto é tanta que extravasa pelos poros e me contagia. — Olha o que eu consigo fazer! — anuncia ao saltar de pedras cada vez mais altas. — Droga! Vou tentar de novo! — pragueja com fúria quando erra no cálculo e se machuca. É temperamental demais para um zirquiniano da sua idade. Mas também tem força, controle motor, velocidade, inteligência e tantos outros adjetivos acima da média. Ele tem dons, isso é fato.

Certamente será um grande guerreiro...

E, como tal, pode acabar se ferindo seriamente em uma luta! Destemido como é, isso também não me surpreenderia... O pensamento me paralisa. Varro-o para longe e, quando volto a mim, perco a voz com o que acontece bem diante dos meus olhos.

Ah, não! Como pude me distrair dessa maneira?

— Rick, venha para cá! — berro ao me dar conta que, seguindo em seu vai e vem interminável, havíamos contornado a cordilheira pelo lado sul, justamente a região com uma larga abertura em sua base, como um túnel, que permitiria identificar, ainda que distante, a grande muralha de Windston.

Richard está tão entretido em sua brincadeira que ainda não viu o batalhão que acaba de surgir ao longe, através da fenda. Os cavalos têm pressa em chegar ao reino antes que a noite caia por completo, o que acontecerá em questão de minutos.

Droga! Uma caravana de Windston!

— O que foi?

— Vamos embora! Está anoitecendo cedo! — brado e ele o faz sem questionar.

Desce o amontoado de pedras com destreza e velocidade incríveis, mas algo inesperado acontece: o som altíssimo de uma trombeta reverbera pela planície desértica e nos atinge em cheio. Richard finalmente olha para o que se encontra do outro lado da fenda, e paralisa, catatônico, com o que seus olhos lhe confidenciam.

Acaba de descobrir o mundo de mentira em que eu e Labritya o aprisionávamos!

Esperávamos que ele estivesse adulto para contar, que ele pudesse compreender nossas complexas razões. Mas agora tudo foi por água abaixo e só há tempo para agir. As explicações terão que ficar para outro momento. Produzo então uma bolha de magia e, sem demoras, o envolvo firme em meus braços.

— C-crianças...? Cavalos! Tão... lindos... — a voz sai falhando, emocionada, quase indistinguível em meio às rajadas do vento.

Imóvel como uma estátua, Rick apenas observa, entre o fascínio e o aturdimento, a multidão organizada que passa a alguma distância de onde estamos. Então a intricada muralha de pedras de Windston se abre e as pessoas, entre adultos e adolescentes, desaparecem através dela. O portão se fecha no mesmo instante em que a noite cai.

Apático, Richard deixa a cabeça tombar sobre o próprio corpo por um longo momento. Sua reação me gera terrível mal-estar. Estou arrasado, perdido. Nunca tolerei dar explicações do que faço para ninguém, mas... *Quero desesperadamente conversar com ele!* Preciso que ele compreenda os porquês. Olhar nos olhos do meu menino e deixar que ele veja que foi para o seu próprio bem. Que, apesar de me fazer de indiferente, sinto bem-querer por ele. Que sua vida é muito importante para mim, para *Zyrk*. Desorientado com a situação, minha energia oscila e a bolha se desfaz.

— Vocês mentiram para mim! Mentiram o tempo todo! Eu odeio vocês! Odeio! — Richard esbraveja, altíssimo, assim que o encanto de proteção desaparece.

Nem mesmo a penumbra é capaz de camuflar toda a gana e a decepção que deformam seu rosto assustadoramente. Ele gira o corpo para ganhar impulso, em uma desesperada tentativa de se afastar de mim. Tento segurá-lo como posso, mas é em vão. Ele é violentamente arrancado das minhas mãos e seu pequeno corpo é arremessado contra a parede de rochas. O solavanco é tão forte que perco o equilíbrio e vou de cara ao chão. O golpe é traiçoeiro, mais rápido que um simples piscar de olhos. A cena é tão brutal que fico incapacitado de raciocinar por alguns instantes.

— Arrrh!!! — O gemido de Richard faz algo dentro de mim se retorcer. A dor da compreensão é uma lâmina em brasa atravessando minha garganta.

Um ganido pavoroso, como o estrondo de mil trovões, reverbera em meu crânio e espírito. *Não pode ser! Não! Não! Não!*

As gigantescas garras surgem, lentas e triunfantes por detrás da bruma protetora, para concluir a tarefa. *Tirar a vida daquele cujo descendente faria o mesmo com a dela!*

Meus olhos voam para poucos metros adiante e vejo, com o coração pulsando dentro da boca, seu corpo retorcido e desacordado. Não precisaria ser um mago para compreender, para captar o forte escape de energia. As feridas são profundas demais.

Richard está morrendo.

— NÃÃÃOOO!!! — É a vez do meu berro reverberar com fúria pelas superfícies frias e traiçoeiras de *Zyrk*.

Dor. Dor. Dor é tudo o que sinto!

Mas sou um zirquiniano. Não consigo chorar.

Então, no lugar de lágrimas, há energia pura, de ira e sofrimento, extravasando de cada célula do meu ser, e produzo um tufão de proporções arrasadoras. Os uivos altíssimos do vento são o meu pranto seco.

Não vou apenas distrair o monstro. Quero que ele sofra, que padeça até morrer, que experimente o sabor da ferida que gerou não somente no pequeno garoto à sua frente.

Mas em mim. Porque a dor está dentro de mim.

A dor é minha.

A dor sou eu.

— Onde vocês estiveram? Por que demoraram tan... Por Tyron!!! O que houve com ele? — Labritya indaga, atordoada, assim que reapareço na lua seguinte trazendo nos braços o corpo desacordado de Richard.

— Bateu com a cabeça ao cair de uma pedra e desmaiou.

A coitada mal imagina de onde venho, que acabei de vender a alma ao demônio para que "nosso filho" pudesse sobreviver e procriar, não imagina que nas veias dele agora corre o sangue do nosso maior inimigo: Malazar. Será meu segredo até o fim dos dias porque Brita não apenas não concordaria, como repudiaria tal atitude com fervor irredutível. Talvez até se negasse a continuar a criar Rick.

Então é melhor que não saiba.

Tudo deverá retornar ao normal. Tudo voltará ao normal...

— Desmaiou? — questiona ela com a testa lotada de vincos. — E essa energia estranha...?

— Que energia? — Trêmulo, eu me faço de desentendido. Não há nenhuma cicatriz que possa levantar suspeitas. Malazar não apenas salvou Richard como também fez desaparecer as marcas das garras de suas bestas demoníacas, mas o faro aguçado de Brita havia captado algo diferente no ar. Era torcer para que essa estanha energia desaparecesse com o tempo ou para que Brita se acostumasse a ela... — Eu sei que Rick não corre risco, mas eu ficaria mais tranquilo se ele acordasse logo. Vamos, Brita, manipule um desses seus preparados milagrosos — peço fingindo preocupação porque sei que assim ela vai se distrair e parar de fazer perguntas.

Tempo suficiente para eu desaparecer por algumas luas.

Preciso pensar no que devo dizer a Rick, como explicar a caravana que presenciou e o que aconteceu. Provavelmente, o coitadinho nem viu que foi atingido por uma besta da noite e que consegui despistá-la, envolvendo-nos com meu campo de energia. Ele não tem noção de nada, desacordado entre a vida e a morte, esvaindo-se em sangue durante minha jornada enlouquecida até a Lumini. Graças a Tyron, ao dom de manipular as forças da natureza que ele me concedeu, utilizei o atalho das dunas de vento do Muad e consegui chegar com ele ainda vivo ao *Vértice.*

Vendi minha alma ao demônio e, por pior que possa parecer, sinto-me bem, verdadeiramente satisfeito porque Richard sobreviveu.

É ele que importa.

Somente ele e o filho que ainda vai gerar.

Com o peito agitado, chego à casa de Labritya várias luas depois, preparado para a grande conversa. Vou contar a verdade a Richard. Com exceção do pacto com Malazar, explicarei o porquê de tudo. Ele merece saber.

Mas não existem expressões de felicidade, brincadeiras e abraços a me recepcionar. Apenas o silêncio perturbador.

Engulo em seco. Brita é imbatível na arte da cura e, pelo tempo, sei que Richard já se encontra restabelecido.

— Labritya? — chamo por ela.

— Estou aqui. — A resposta vem fraca e desanimada, de dentro da saleta.

— Onde ele está? — pergunto sem rodeios ao ver a fisionomia da curandeira ainda pior que sua voz.

— No próprio quarto — avisa e acrescenta em tom sombrio: — Desde aquele dia não saiu de lá. Não conversa comigo, não tem interesse em nada, mal quer comer.

— Vai passar — afirmo, mas percebo que é a mim que tento convencer.

— Ele está mudado...

— Está traumatizado, mas vai melhorar.

— A energia cintilante, aquela cheia de vida, apagou nos olhos dele. — Ela afunda o rosto nas mãos rechonchudas e dou um passo para trás.

— O que quer dizer?

— Não é o *nosso* Rick! — A voz de Labritya sai exasperada, entre espasmos.

— Ora, não diga bobagens! — rebato sem conseguir camuflar meu nervosismo em ascensão.

— Ele está diferente! Fica se... — Ela tem a expressão perturbada e seus olhos estão vermelhos e arregalados. — Ele fica se ferindo, se autoflagelando, como se quisesse arrancar algo de dentro de si a todo custo.

— Hã?

— Quase morri de susto ao entrar no quarto e o encontrar todo sujo de sangue.

— Por Tyron! — Meus punhos se fecham. Não consigo controlar o tremor que se espalha pelo meu corpo.

— Tive de esconder todas as facas e objetos cortantes senão... — Ela segura meu braço e me encara com força e determinação. — Você tem que me dizer, Guimlel! O que aconteceu naquele dia para deixar nosso filho neste estado tão perturbado?

— Eu já disse, raios! Ele bateu com a cabeça!

— Não sei explicar, mas posso jurar que há uma energia diferente nele... — ela murmura enquanto aperta os dedos e me fuzila com seu olhar astuto.

Haveria ela captado a energia de Malazar dentro de Richard? Afinal, Labritya é uma feiticeira poderosa... Balanço a cabeça. *Não! Isso é impossível!*

— T-Tolices — digo aos tropeços, tentando disfarçar meu estado de tensão. — Vou falar com ele. Vai ficar tudo bem, você verá.

— Que Tyron o ouça — choraminga e se afasta.

Respiro fundo e caminho até o pequeno quarto. Bato à porta, mas ninguém responde. Eu a abro lentamente e o vejo encolhido na cama, o olhar triste e distante. Sinto mal-estar em detectar várias manchas de sangue no lençol.

— Rick, nós não poderíamos imaginar que você ficaria assim... tão... tão... — engasgo. — Se nós o mantivemos aqui, foi por uma causa maior, era para você ter compreendido que era para o seu bem e que...

— "Causa maior"? Passar toda a vida como um prisioneiro? É isso que considera como sendo o "meu bem"? — indaga de maneira irônica.

Não gosto de sua reação. Reajo.

— Abaixe a voz para falar comigo, garoto! Brita o mimou demais. É imaturo e temperamental, isso sim!

— Porque quero ser igual a qualquer zirquiniano da minha idade?

— Não importa o que você quer ou não! — Rujo e a rajada de vento que produzo durante minha explosão de fúria faz a porta bater com estrondo. Sei que ele precisa de explicações, mas é tudo que consigo dizer do alto dos meus dois metros de arrogância.

Richard recua, se cala. E, após me encarar por um longo momento, vira-se de costas para mim.

— Vá embora e me deixe em paz — diz com a voz trepidante.

E eu, ainda mais idiota que meus próprios atos, o faço sem contestar.

— Por que mandou me chamar, Labritya? O que...? — questiono, aturdido, dez luas depois da minha discussão com Rick.

Brita tem o semblante sombrio, realmente aborrecido, como nunca antes presenciei, e aponta com o nariz para a porta do quarto de Richard. Deparo-me com várias travessas cheias de pão, alguns já duros de tão envelhecidos.

— Rick não...? — Arregalo os olhos e mal consigo engolir.

Ela meneia a cabeça em negativa.

— Não come há várias luas e parou de beber água desde ontem. Não deve estar nada bem... — Brita murmura, arrasada, com uma pitada de fúria camuflada na voz.

— Cale-se! — ordeno, mas não é para ela que dirijo a ordem e sim à trepidação enlouquecedora dentro do meu peito.

Brita aperta os lábios carnudos e se afasta.

— Rick! — solto apavorado ao abrir a porta e me deparar com o rastro de sangue por todo o aposento. Richard tem cortes profundos em ambas as mãos, nos braços e no peito. Está magro, muito abatido, e o azul de seus olhos está escuro, quase opaco. — Por Tyron!

Apavorado e arrependido até os ossos por não ter lhe explicado tudo antes, voo até meu menino, mas, ainda que tenha a expressão facial perdida em algum lugar distante, ele se esquiva do meu abraço como um raio. Engulo em seco.

— Nós precisamos conversar, Rick — murmuro.

— Não há nada para a gente conversar. — Mas há ódio líquido escorrendo por suas palavras.

— Há muito o que conversar. Tenho coisas para te explicar.

— Sobre o quê? Sobre o mundo que esconderam de mim? Sobre a prisão que me encarceraram? Não, obrigado. Não quero saber. Já vi tudo que precisava. — Ele aperta a palma de uma das mãos numa tentativa de estancar o sangue que verte.

— Rick, escute. — Solto o ar com força e, ao invés de lhe pedir sinceras desculpas e o abraçar, apenas digo: — Houve um porquê para isso, um motivo nobre.

— Vá embora! Não quero nunca mais ouvir suas mentiras! Nem as suas nem as da Brita!

— Labritya não tem culpa de nada.

— Não importa! Vá embora e me deixa morrer em paz!

— Importa, sim! Você não pode morrer! — vocifero e confesso a grande verdade: — Richard, o motivo para nós termos mantido você aqui, protegido de toda a crueldade dessa dimensão, é porque você fará a diferença para *Zyrk*. Você será o procriador do nosso salvador! O pai daquele que libertará a terceira dimensão!

Seu rosto perde os últimos resquícios de cor e ele cambaleia para trás.

— Eu... O quê?!?

— Exatamente o que ouviu, raios! Por isso sua vida é importante demais para correr qualquer risco.

— Então... é por isso... — ele murmura e seus olhos se arregalam ao máximo, mas não é o azul-turquesa que se destaca e sim o vermelho--sangue da cólera extrema. — Minha *vida*... não significa nada. Eu nunca signifiquei nada...

— Não seja um tolo dramático. — Reviro os olhos enquanto tento esconder a preocupação em lhe dar a notícia. Richard sempre foi passional ao extremo e isso certamente complicaria as coisas.

— Sou como aquela história da Brita, a galinha dos ovos de ouro. Não cuidam de mim por estima. Apenas me mantém vivo para que eu possa lhes dar o tão sonhado prêmio, o "salvador de *Zyrk*"! — Solta com os olhos imensos e a voz trepidante. — Assim que o fizer serei imediatamente esquecido, trancado neste quarto para definhar até a morte, serei abandonado às traças ou, quiçá, às próprias bestas. — Abre um sorriso que transborda revolta, perigoso.

Dou um passo para trás ao me deparar com a expressão sombria, assassina, em sua face sempre tão linda.

— Richard, não diga tolices! — devolvo, apertando as têmporas, perdido e destroçado. — Vou deixar esse assunto para outro dia. Já vi que hoje não vai dar para conversar com você.

E vou embora, guiado por minha prepotência, completamente perdido na jornada que eu mesmo tracei, sem perceber que havia deixado o melhor de mim para trás.

E o inevitável acontece.

Luas depois, em um raro descuido de Brita, Richard fez o que vinha astutamente planejando em silêncio desde o terrível incidente, desde o momento que se tornara um ser sombrio e introspectivo.

Fugiu.

Sob o interminável pranto sem lágrimas de Labritya, venho procurando-o por todos os cantos de *Zyrk*. Minha magia confirma que ele está vivo, mas uma voz cruel, insistente, afirma que ele haverá de perder a batalha. O *meu* Richard em breve morrerá, não de sede ou de fome, mas pela escolha de um caminho sem volta.

Compreendo, dentro de um ciclone de dor e de perda, que ele havia feito sua escolha e, como devia ter imaginado, não optara por mim. Ele se foi para sempre, me abandonou. Sorrateiro, sinto o ódio nas brumas da loucura ganhar corpo e musculatura e ocupar o vazio deixado por Rick.

Universo amaldiçoado. Lendas mentirosas. Divindades doentias e hipócritas. Nunca houve salvação, mas apenas armadilhas do demônio. Porque Tyron, em seu contínuo descaso, permaneceu de costas para nós e deixou que Malazar enfiasse suas garras na melhor das nossas sementes e transformasse em migalhas o resquício de esperança de um povo condenado. Mais sagaz do que qualquer um, o diabo me induziu a tomar aquela atitude desesperada, dar a minha alma pela vida de Rick, e com isso manteve-se vivo — e livre — no sangue do melhor dos guerreiros de *Zyrk*. O maldito me enganou, virando o jogo a seu favor.

Um golpe de mestre...

Tanto estudo e dedicação para nada! Fui um tolo!

Fracasso. Vergonha. Ira. Preciso fugir de mim mesmo, de tudo e de todos.

Giro os braços no ar. Provoco um tufão de proporções gigantescas. Berro seu nome com estrondo pela última vez e, como deveria imaginar, o silêncio é a resposta. Gargalho alto. Faz sentido. Não deveria, mas faz. Trovões me cercam. Minha barba pesa toneladas. Começo a afundar. Procriação. Ódio. Culpa. Experimento uma sensação estranha impregnando minhas células. Seu toque é gélido e causticante, tão veloz quanto paralisante, verdade e mentira mescladas no arrepio que nubla minha visão e dita a direção no percurso sem sentido que se tornaria a minha existência a partir desse momento.

Louco eu?

Talvez...

7

KALLER

APROXIMADAMENTE DEZ ANOS ANTES

— Três mil moedas de ouro, Kaller. Antecipadamente — determina Von der Hess. Mesmo com a fisionomia interessada na negociação, sua voz permanece monótona, fria.

— Negativo. Metade do valor agora. A outra parte somente após a análise, depois que devolver meu filho.

Estamos em um esconderijo determinado por ele, uma gruta nas imediações de Frya. Mas não é a proximidade com a floresta de gelo amaldiçoada que me faz arrepiar. Não me sinto à vontade perto desse mago repugnante e muito menos quero que alguém me veja em sua companhia. Seria péssimo para um homem na minha posição. Todos afirmam que a estranha figura não tem escrúpulos e que é magia negra e não dons isso que ele tem em seu poder e que me fascina.

— Não haverá devolução do ouro qualquer que seja o resultado ou se a criança morrer no parto. As forças que serão acordadas cobram um preço altíssimo — diz de maneira desanimada.

— Não tanto quanto o *seu* preço, obviamente — ironizo.

O bruxo albino inclina a cabeça e abre um sorriso presunçoso.

— Será no oráculo de sangue, na terceira lua após o nascimento do seu herdeiro, líder de Storm — acrescenta ele com as mãos entrelaçadas à frente do peito.

— Combinado — despeço-me rapidamente, dando-lhe as costas.

— Não haverá volta... — escuto a víbora sibilar.

Estanco o passo, giro a cabeça por sobre o ombro e me deparo com veneno exalando por sua ameaça.

— Sou um homem de palavra — rebato, inflexível.

— Ótimo. Porque a pesquisa será inútil, tempo perdido. Essas histórias sobre o "predestinado" não passam de lendas tolas.

— Até onde eu sei, não estou pagando por sua opinião.

— Esse lugar me dá mais arrepios que o anterior. Não acha melhor eu averiguar? — Paul me questiona, inquieto demais para alguém sempre tão destemido.

Vejo o branco de seus olhos dançarem de um lado para outro dentro da penumbra. A gruta que estamos dessa vez fica na base de uma montanha situada em Marmon.

— Não — respondo, taxativo.

— Mas ele está há mais de três horas com o recém-nascido, o seu filho!

— Foi para isso que eu o trouxe, não foi?

— Majestade... não teme que o albino cause algum mal ao vosso herdeiro?

— Von der Hess tem muito a ganhar por uma simples informação, caro general. Não fará nenhum mal à criança, tenho certeza.

— Graças ao bom Tyron!

— Que loucuras pensou que eu causaria ao meu próprio filho, homem?

— É que... eu achei... já que o senhor adora essas coisas... — Paul coça a cabeça. — Achei que pretendiam fazer alguma experiência com a criança. Não imaginei que o magnânimo vinha apenas atrás de informações.

— Informações que são obtidas através de experiências, de fato.

— Ah, não! — Meu fiel oficial arregala os olhos.

— Nada perigoso! O suficiente para ter acesso àquilo que o Grande Conselho de *Zyrk* nos nega. Não podemos aceitar ficar às cegas, à mercê da vontade dos magos apenas. Temos que ter outras armas!

— Mas o bruxo pode mentir. Ele tem péssima fama.

— Seria uma atitude estúpida, arriscadíssima mesmo para ele. Lembre-se de que estamos sob um pacto de sangue. Além do mais, o bruxo vai ganhar muito e...

— Está feito, Kaller! — A voz afeminada de Von der Hess nos pega de surpresa.

O alvo de suas vestes reluz com força quando ele surge na ampla câmara segurando meu filho nos braços. Engulo em seco ao encarar sua face. Toda a monotonia desapareceu e sua expressão está acesa, mais viva do que nunca.

— E...?

Von der Hess abre um sorriso estranho e me encara. Não consigo distinguir se ele está sorrindo para mim ou de mim. Estreito os olhos. Paul, sempre alerta, dá um passo à frente, também incomodado com a delicada situação. Von der Hess faz uma careta afetada e se empertiga no lugar.

— Vai acontecer — ele sibila.

— O quê?

— Vi cabelos vermelhos como o fogo, como o seu. O sangue... Sua descendência procede, Kaller — afirma o bruxo.

— Explique-se, mago — ordeno, e Von der Hess repuxa os lábios com visível impaciência e ar de superioridade. É notória a fama que tem de se vangloriar de sua elevada inteligência. *Idiota!*

— Minha poderosa magia identificou traços da sua descendência, traços de origem dele — ele olha com repulsa para o bebê — na grande rebelião de *Zyrk*.

— Grande rebelião contra Malazar?!? Então a lenda é verdadeira!

— Talvez — murmura Von der Hess de forma aérea, mais para si mesmo do que para mim. Há um quê de insatisfação em seu semblante. *Estranho... Qual zirquiniano não gostaria de se ver livre das feras da noite?*

— Eu sabia! — Vibro. — Eu te disse, Paul! Tudo se encaixa. Vai acontecer conforme a lenda! Se Von der Hess encontrou traços do meu filho na grande rebelião então talvez ele seja o predestinado!

— Isso é você quem está dizendo. — O mago replica com ironia, tenta manter o semblante mortalmente frio, mas algo indecifrável ferve por detrás da máscara repugnante. Capto, ainda que por um instante, o raro trepidar de suas pupilas. Sinto as veias da minha testa saltarem. O bruxo se adianta: — O sangue da sua descendência estará presente, líder de Storm. E será importantíssimo, mas... — O albino meneia a cabeça em negativa e me devolve a pequenina criança de cabelos ruivos. Meus cabelos. — Não será ele.

— Não! — rujo, passando o bebê para os braços de um aturdido Paul.

Inconformado, saco minha espada e avanço, deixando a lâmina afiada descansar sobre a jugular do bruxo. Uma energia me impele a isso. Ele está me escondendo algo importante. Von der Hess, entretanto, não se mexe e apenas me encara, desafiando-me a ir adiante. *Crápula!* Engulo minha fúria e o ameaço com toda a força que corre em minhas veias:

— Vai se arrepender amargamente se estiver mentindo! — Meu rosnado ecoa na gruta.

— Devo relembrá-lo de que estamos sob pacto de sangue, líder? Que tenho profunda estima pela minha vida? — indaga o bruxo com fúria velada. Abaixo a espada e a respiração de Von der Hess retorna ao normal, mas suas pupilas constantemente verticais voltam a trepidar e o traem. — Não será ele. Será... *Ela!* — diz com tom de voz entre o provocador e o triunfante. Eu havia mexido com sua vaidade e agora ele ia à forra.

— Uma mulher?!? Isso é ridículo! Você quer dizer que o predestinado será uma zirquiniana?

Von der Hess faz outra careta indecifrável.

— Não. Ela não será nenhum dos nossos — solta ele com um olhar louco, a expressão perturbada. — Havia um emaranhado de odores pungentes, de fato. Mas minha magia não erra e ela captou a energia oriunda dele... — e aponta para o bebê — nos momentos cruciais, mas não como sendo *o* predestinado. Talvez seu filho, ou algo oriundo dele, seja apenas um aliado... *Dela* — ele frisa a palavra e sorri com desdém.

Encaro John, meu filho e herdeiro do trono de Storm, e uma certeza acorda em meu peito, furiosa e determinada: *John terá brilho próprio!*

— Pois sua magia acaba de errar. — Um sorriso desafiador e petulante surge em meus lábios, tão poderoso quanto o pacto de sangue a nos reger.

— O tempo dirá, Kaller.

— Farei questão de lhe provar.

— Talvez você já esteja velho demais para isso. Velho... — sibila a serpente albina dando batidinhas com os dedos compridos nos lábios sem cor, fazendo questão de deixar evidente seu divertimento antes de me dar as costas e desaparecer pela fenda adentro da macabra gruta.

Nunca! John jamais ficará sob a sombra de uma mulher! Jamais!

O tempo haverá de provar!

o tratam. — Não será ele? Será? [illegible] voz, entre o provocador e o dominante. [illegible] com sua verdade [illegible] ele na terra.

— Uma mulher? Isso é horrível! [illegible] quer dizer [illegible] lindo será uma abominação?

[illegible] entre certas indecisões.

— Não. Ela me deu [illegible] nenhum dos nossos — volta ele [illegible] a expressão perturbada. — Havia [illegible] Magnum [illegible] o grande dela — e agora para o bebê — nos momentos em que [illegible] não como sendo [illegible]. Talvez seu filho [illegible] somente um aliado. [illegible] — ele fixa a palavra e sorri com desdém.

[illegible] John, meu filho e herdeiro do trono [illegible] uma cabeça [illegible] e [illegible] o jovem [illegible]!

— [illegible] de [illegible] — Um sorriso [illegible] sobre [illegible] lábios, [illegible] quanto o [illegible] a seus [illegible].

— O [illegible]

— [illegible]

— Talvez possa [illegible] Velho [illegible] sempre [illegible] batendo [illegible] dos [illegible] Idade [illegible] que [illegible] possível [illegible] pela [illegible].

— [illegible]

[illegible]

8

SAMANTHA

— John e Samantha, tirem as mãos daí — grita Moira ao nos pegar trepados em um banquinho ao lado do fogão a lenha, mexendo em sua compota de doce de abóbora.

Consigo jogar um punhado do doce em uma tijelinha. Sem titubear, John a pega no ar e saímos em disparada da ampla cozinha, deixando-a reclamando atrás de nós.

— Tomara que fiquem com dor de barriga! — pragueja ela, mas não há um pingo de repreensão em sua voz. Moira parece até achar graça.

Contornamos a lateral do castelo, corremos para o depósito central e nos escondemos no túnel desativado que vai para a região das celas. Sentamos no chão, rindo sem parar, mais satisfeitos pela travessura em si do que pela gulodice.

— Não vejo a hora de fazer oito anos e começar a treinar com espadas pra valer — confessa John, a expressão determinada nas bochechas lotadas de sardas.

— Nem eu. Faltam apenas vinte luas — murmuro, empanturrando-me do doce.

— Dezenove — John me corrige de bate-pronto. — Ei, espera aí! Você está comendo tudo! — reclama ele, pulando sobre mim. Mas, ao puxar o pote das minhas mãos, a tigela de barro rodopia no ar e se espatifa no chão. O creme açucarado voa alto e respinga sobre nossos rostos e roupas.

— Meus cabelos! Ah, não! — reclamo ao ver minhas longas madeixas louras ficarem em estado deplorável.

Sem perder tempo, John passa a língua por minhas bochechas, sorvendo parte do doce que cobre minha face. Brincalhão, ele balança as sobrancelhas ruivas. Eu gargalho alto, adorando a sensação, e faço o mesmo no rosto dele. John também ri com vontade.

— Seu cabelo será sempre o mais lindo de todos — ele confessa de repente e sou capaz de ver minha felicidade refletida em seus olhos cor de mel.

— Nunca deixaremos de ser melhores amigos, né? — Coloco minha mão sobre a dele quando todo o doce desaparece das nossas faces.

— Nunca, Sam — ele promete. — Nunca.

— John e Samantha, onde vocês se meteram? — A voz de Moira ecoa pela ampla arena. — Se não aparecerem, vocês terão que se ver comigo! Três... Dois... Um...

— Buuu!!! — berramos com estrondo, saindo de trás da pilastra de mármore e aparecendo repentinamente às costas dela.

— Aiii! Seus diabinhos! — A gentil aia dá um salto, assustada. Um sorriso quase escapole de seus lábios. Moira sempre riu de nossas travessuras, mas ultimamente uma aura de preocupação vem nublando seu semblante. — Já não passou da época de vocês crescerem? Não era mais para agirem... *assim*!

— *Assim* como? — indagamos em uníssono.

— Ah, deixa pra lá. — Ela balança a cabeça.

— Fizemos excelentes tempos nos testes de hoje! — revela John com orgulho. — Eu e a Sam seremos imbatíveis!

— Oh, mas é evidente que sim, vossa alteza! Um futuro rei precisa ser bom com as armas, o melhor — ela diz em tom formal.

— Sam foi melhor. No conjunto, ela sempre é — John confessa com admiração e sem um pingo de inveja, o que infla meu ego e me faz gostar dele ainda mais.

— Eu serei a primeira zirquiniana resgatadora principal de *Zyrk* — acrescento com certeza irredutível.

— Samantha, querida, você é diferente das demais zirquinianas, tem... — e pensa na palavra que vai utilizar — energia! — completa, olhando-me com um misto de orgulho e algo mais que não gosto. Não quero dar ouvido aos meus instintos que afirmam que ela sente... *Pena de mim?* — Mas é uma moça agora, tem quatorze anos. Já era para ter deixado esses sonhos infantis para trás, de ser *assim*... sedenta de vontades. Você é realmente excepcional com as armas, a melhor guerreira que eu já vi, mas lembre-se que mulheres não têm a força física dos homens.

— Mas eu tenho cérebro e agilidade — replico.

— Sim, sim, mas...

— Não adianta, Moira. Ninguém arranca essa ideia dela. Quando Sam coloca alguma coisa na cabeça... — John revira os olhos.

Detesto quando ele faz isso. E, sem que lhe dê tempo para reagir, piso no seu pé e dou um beliscão no seu nariz. Ele geme, se distrai, e eu aproveito para arrancar sua pesada espada e apontá-la para o seu coração.

— Ah, é? — Ele estreita os olhos, arranca a espada apontada para o próprio peito (na verdade eu facilito o golpe!) com um giro incrível (o giro foi maneiro mesmo!) e desata a fazer cócegas em mim.

Gargalho alto e, sem forças, tombo no chão. Ele não dá trégua, quer me ver asfixiar de tanto rir e cai por cima. Rolamos no chão, nossos ecos pulsando pelas paredes de mármore.

— Assim não vale! Você roubou, John!

— Parem! Isso é impróprio! Se alguém pega os dois nessa brincadeira... — Moira nos adverte, olhando de um lado para outro com a expressão preocupadíssima.

— Foi ela quem começou! — defende-se John sem tirar o corpo de cima do meu. Ele afasta meus cabelos para o lado e pisca para mim. Sinto-me estranha quando uma energia diferente, agradável, passa de sua pele quente para a minha.

— Mentiroso! — devolvo, sem compreender por que meu coração bate tão acelerado já que não estou com raiva, dor ou mesmo em perigo. Ao contrário, sinto-me mais leve e mais alegre que o normal e não consigo parar de encarar seus olhos cor de mel. Suas sardas, ainda mais vermelhas pelo esforço, estão simplesmente lindas.

— Rãn-rãn! — pigarreia a aia para avisar que... — S-senhor! — gagueja a serviçal fazendo um gesto de reverência para a figura que repentinamente aparece no ginásio.

Kaller.

— John de Storm, que modos absurdos são esses? O que meu filho faz rolando no chão com uma... *garota?* — A pergunta bradada ecoa em meus tímpanos. Estremeço. — Quem é ela?

John coloca-se de pé mais rápido que uma flecha. Faço o mesmo.

— Essa é Samantha. O senhor a conhece, pai. É a minha parceira nos treinamentos. Por sinal, Sam é excepcional com adagas e me deu dicas de como...

— Como é que é? — A voz grave e intolerante de Kaller retumba na arena, os vitrais das janelas vibram em resposta. — Você recebe dicas de uma... garota?

— Não é isso! Samantha é uma ótima guerreira e... desculpa — John murmura as palavras e abaixa a cabeça em sinal de respeito. Sua expressão corporal me faz compreender a triste realidade e deixa claro o que eu nunca havia presenciado antes, mas que já desconfiava há algum tempo. John tem medo do pai. E muito. — Estávamos apenas fazendo uma brincadeira e...

— Cale-se! — O líder o interrompe, severo. — Brincadeira? Nesta idade? Essa conduta não é e nunca será condizente com um resgatador, um *homem* de quase quinze anos e futuro rei de Storm. Se o vir fazendo isso novamente...

— Mas pai...

— E o mesmo serve para você, garota. — Adverte, intolerante, a fisionomia prepotente a me estudar. — Afaste-se dele se não quiser ser severamente punida. Um bom guerreiro precisa ter a mente focada. E não deve, *em hipótese alguma* — frisa — treinar com mulheres.

— Mas nós interagimos muito bem, senhor. Somos imbatíveis! Pode perguntar aos... Ai! — Tento explicar, mas sou calada com um tapa violento e inesperado. Vou de encontro ao chão, a pele do rosto em chamas, latejando. Atordoada, vejo uma sombra crescer sobre mim.

— Sam! — O berro estrangulado de John faz meu cérebro voltar a funcionar.

Elevo a cabeça e me deparo com uma fúria glacial refletida nos olhos do líder.

— Compreendido? — A ameaça sob a pele de pergunta é fria e cortante.

Não respondo. Ao contrário, enfrento-o com o olhar. O braço de Kaller se eleva. Vai me agredir novamente.

— Pai, não! P-por favor! — John, ainda que sem uma gota de sangue no rosto e tremendo dos pés à cabeça, entra em minha defesa. Fico orgulhosa. Do jeito como idolatra o pai, imagino o quanto deve estar sendo difícil para ele tomar essa atitude.

— Saia da minha frente! — Kaller ordena.

— Não saio!

Num piscar de olhos, o austero líder avança, acertando um soco em cheio no rosto do filho. Meu grande amigo suporta o golpe de cabeça erguida, não geme ou pronuncia uma única palavra. *Que orgulho imenso eu sinto dele.* Não satisfeito, Kaller lhe golpeia na boca do estômago. Escuto o gemido surdo de Moira, mas estou tão desorientada com a cena que tudo parece um pesadelo sem sentido. Em flashes, vejo John arfar e cair à minha frente, curvado sobre o próprio abdome.

— Isso é para aprender a não me enfrentar! — O líder vocifera.

O semblante de Kaller fica transtornado como um bicho selvagem. *O que o maldito queria, afinal? Que o filho clamasse por perdão?* Para meu horror, Kaller toma impulso e leva uma das pernas para trás. Por um centésimo de segundo acho que estou delirando, que nada disso está realmente acontecendo, mas o movimento é óbvio demais. *Por Tyron! Ele ia chutá-lo!*

— NÃO!!! — Com reflexo que jamais pensei possuir, jogo-me sobre John e faço do meu corpo o escudo contra o covarde ataque.

O chute é violento, direto, e faz meus músculos latejarem e arderem, mas, surpreendentemente, a dor não me incomoda tanto quanto a que senti segundos antes, quando vi John franzir a testa com força e perder a cor após o soco do próprio pai. John me observa com os olhos arregalados, de pavor, mas nenhuma palavra sai de sua boca.

— Vergonhoso! Protegido por uma... uma garota. — O grande líder enverga os lábios exageradamente para baixo e rosna com asco e desprezo. — Seu fraco! — Com a respiração acelerada, o líder nos observa por um longo momento, os olhos correndo de mim para John com velocidade assustadora. — Moira! — Kaller esfrega o rosto e, após suspirar forte, a voz ressurge grave e determinada.

— S-sim, meu senhor. — A aia tropeça nas palavras.

— Nunca mais quero ver John na companhia desta... Nunca mais. Certifique-se de que minha ordem seja cumprida, caso contrário, você também sofrerá as consequências.

Oh, não!

— Mas e-eu... e-eles... — Moira engole em seco e recua, repetindo a resposta anterior sem uma gota de sangue nos lábios. — Sim, meu senhor.

Kaller passa as mãos pela vasta cabeleira ruiva sem perceber que agora seu ataque fora fatal. Ele acabava de me acertar com o golpe mais doloroso e sangrento de todos, o único para o qual eu jamais teria armas ou força para reagir: me separar de John.

— Levante-se. Chegou a hora de termos uma conversa de homem para homem!

John pisca lentamente, olha uma última vez para mim, são tantas palavras e emoções emaranhadas nas sardas, agora pálidas e sem vida, de um rosto tão lindo. Capto a tristeza em sua energia e uma pitada de algo mais que não consigo distinguir quando o vejo, com o coração destroçado, os cabelos ruivos desgrenhados e o andar arrastado, seguir os passos do pai de cabeça baixa.

E ser arrancado de mim... para sempre.

Comando dado. Ordem cumprida.

Kaller está determinado a fazer do filho o melhor dos guerreiros, mantendo-o em caravanas ininterruptas, sob treinamento árduo e contínuo, fechado para tudo e todos, com exceção dos mestres das armas e de um sujeito enorme e de cabelos ralos. Eu, por minha vez, treinando lua após lua, do amanhecer ao pôr do sol, aguardo a caravana que definitivamente trará John de volta. De volta para mim. Em breve terei dezessete e a ideia de me tornar a melhor resgatadora de *Zyrk* não sai da minha mente. Essa conquista haverá de ser minha carta de admissão para o seu grupamento. É somente o que desejo: ficar perto dele, guerrear com ele, rir com ele.

Com John.

— Arrrgh! — geme meu adversário em treinamento. Abro um sorriso vitorioso.

— Sensacional, garota! — comemora o chefe das armas. — Ouso dizer que você é melhor nas armas que a maioria dos nossos homens, melhor que muitos da caravana principal.

— Que é para onde irei! — afirmo, decidida. Ele fecha a cara.

— Quantas vezes terei que dizer que não será possível, Samantha! As guerreiras nunca são enviadas para missões complexas.

— Isso é ridículo! Windston envia!

— Mas Storm não! — Ele meneia a cabeça e esfrega as mãos no rosto.

— Por sinal, começou a seleção para o novo resgatador principal de Windston. Está aberta para os guerreiros de todos os reinos. Não colocaram nenhum impedimento para as mulheres. — O rapaz que acabei de derrotar intromete-se na conversa.

— Porque não é necessário. Mulher alguma tentaria uma idiotice desse nível! — devolve o encarregado por nós.

— Acho que Samantha teria chances.

— Quieto, George! — O senhor de cabelo grisalho balança a cabeça de um lado para outro com força, a expressão atormentada. — Aceite isso, Samantha.

— Não!

— Não fica satisfeita em saber que será a melhor guerreira de Storm?

— De que me serve isso se não ganharei título algum, se não usufruirei de nada a não ser deveres. Eu quero conhecer a segunda dimensão. Ter grandes missões!

— A maioria das mulheres mal consegue empunhar uma espada e são obrigadas a viver como serviçais, presas atrás desses muros. Como guerreira de Storm, você poderá explorar *Zyrk*, viver aventuras, ainda que menores e...

— Não, obrigada.

— Você vai acabar arrumando problemas se insistir no assunto. Kaller não admite insubordinação — acelera ele em dizer.

— Mas John pode me aceitar em sua caravana. Ele é meu amigo.

As rugas do chefe das armas se aprofundam e ele faz um sinal para que George saia da arena.

— Sua tola! Nunca mais diga isso em alto som! — rosna. — Será que não percebeu que as coisas mudaram? Eu a treino desde pequena, achei que com o tempo você se adequaria à realidade, como ocorre com todos nós, mas... Por Tyron! Parece que isso não vai acontecer nunca! Sou velho, já esbarrei com casos raros como o seu, de zirquinianos com muita *vida* — ele destaca a palavra — e todos eles partiram muito cedo — afirma de maneira ameaçadora. Não recuo. — Escute o conselho de quem que já viveu o bastante: guarde o que sente para si. Terá vida curta se não disfarçar esse seu temperamento tão intenso, tão... *diferente*. Entenda de uma vez por todas que o filho de Kaller não tem "amigos". Ele tem escudeiros! E, ainda que uma exímia lutadora, você nunca poderá protegê-lo.

— Claro que posso! Éramos uma dupla imbatível, um dando cobertura ao outro.

— Não diga tolices! Isso acontecia quando eram crianças! — ele ruge. — Acha que um futuro rei a protegeria em um ataque surpresa? John a deixaria para trás sem titubear, assim como dispensamos as roupas que não nos servem mais — brada e gesticula. — Ele é que tem que ser protegido! E por homens fortes, não por uma garota!

— Você não sabe de nada! John nunca me deixaria para trás!

— Ele já deixou, ainda não percebeu?

— Ele foi obrigado! Quando chegar a hora, ele vai me aceitar em seu grupo. Eu sei que vai. Ele me entende porque somos parecidos!

— Não mais, Samantha. Isso ficou no passado, como devia ter acontecido com você. Ele já age como um zirquiniano adulto — solta com pesar.

— Não! — refuto com fúria.

Ele franze a testa, diz mais alguma coisa, mas não consigo ouvir. Simplesmente não consigo porque a corneta brame alto e um sorriso gigantesco me escapa. *John está chegando!*

Vibro em antecipação e, deixando suas advertências para trás, corro como uma louca em direção ao passadiço, escondendo-me atrás de um bloco de pedra. Meus olhos têm vida própria e, repletos de expectativa, procuram desesperadamente por ele. Dessa vez a caravana ficou mais tempo fora.

Onze meses...

As águas do grande lago se agitam, a ponte de aço maciço emerge de suas profundezas, majestosa, abrindo passagem para cavalos e cavaleiros. Meu pulso dá um salto quando meus ávidos olhos o encontram. *Por Tyron! Como o homem estava maior, mais forte e... ainda mais lindo!*

Debruçada em posição perigosa, aproveito a rara oportunidade para ver em detalhes a caravana passando, para presenciar John retornando para Storm e, talvez, finalmente para mim.

Não posso ir ao quarto dele, então, após o toque de recolher, fico observando, lua após lua, a grande janela do seu aposento, as pesadas cortinas dançando ao vento, esperando ansiosamente que, em algum momento, Tyron escute minhas preces e que John surja por ela, me veja aqui embaixo e venha ao meu encontro. Mas, as horas passam e as lamparinas se apagam. Então o dia amanhece, renovado e vibrante, assim como minhas esperanças, e torno a repetir o ritual da véspera.

Lua após lua...

Em uma noite abafada, depois das luzes do quarto de John se extinguirem, liberto minhas pernas, formigando pelas horas que fiquei escondida nas sombras, e respiro fundo. Eu havia perdido outra batalha, mas chegaria o momento em que venceria a guerra, que John falaria comigo, que arrumaríamos uma solução, uma forma para tornarmos a nos encontrar, a dupla imbatível novamente formada, e tudo retornaria ao normal e os dias seriam mais coloridos e alegres e...

Ruído de passos.

Dou um voo para trás, mas minhas passadas saem trôpegas por causa das pernas dormentes. *Arrr!* Tenho vontade de xingar quando uma pedrinha estala debaixo das minhas sandálias. Prendo a respiração e escondo-me como posso atrás de uma pilastra de mármore do caramanchão, pedindo a Tyron que eu não seja descoberta. *Se um soldado da guarda me encontrar aqui estarei perdida...*

— Saia daí, Sam. — A voz que dita a ordem faz todos os pelos do meu corpo arrepiarem. Ela está bem mais grave do que me recordava e, ainda assim, permanece inconfundível. — Sei que está escondida há tempos.

Como é possível todas as minhas células estremecerem só por escutá-la?

— C-como vo...? — começo a dizer assim que consigo controlar a tremedeira nas panturrilhas e nos lábios.

Saio parcialmente das sombras.

— Como eu sabia que você estava aqui? — John arqueia as sobrancelhas ruivas e abre um discreto sorriso, aproximando-se de mim. Por um instante meu coração vem à boca ao acompanhar o movimento de sua mão passando rente aos meus cabelos louros, como se desejasse acariciá-los, como costumava fazer quando éramos crianças. Mas seus dedos hesitam no ar e mudam de direção. John se retrai. — Acho que ainda te conheço bem.

— Ah, John! É tão bom vê-lo novamente! — Elimino a distância, abraçando-o com vontade e desespero.

— Obrigado, Sam. — Ele balbucia, parece satisfeito com a minha reação, mas, arranhando a garganta, liberta-se rapidamente do abraço e dá um tapinha no meu ombro, como se estivesse saudando uma criança ou um velho amigo. Em seguida caminha para o vão ao lado da pilastra, uma área camuflada pela penumbra. *Só isso...?* — Aconteceu tanta coisa desde aquele dia. — Ele encara a fonte do anjo rechonchudo e sua voz não é calorosa como imaginei em meus sonhos.

— Eu sei. Mas não vamos mais falar sobre aquilo. Já passou, e o importante é que tudo ficou bem — acelero em dizer.

Não quero reviver aquele encontro nefasto com Kaller. Quero apenas pensar no nosso futuro. Juntos. Agora que John está aqui e que pode falar comigo, as coisas vão se ajeitar. Eu tenho certeza de que ele dará um jeito de me colocar em sua equipe assim que assumir o cargo de resgatador principal de Storm.

— Que bom que pensa assim. Fiquei preocupado com você na época.

Sorrio. John retribui meu sorriso. Um calafrio passeia por minha pele.

— Como é a vida lá fora? — pergunto, agitada, ansiosa demais em fazer com que a conversa flua como antes, que não pareçamos dois estranhos sem assunto.

— Na segunda dimensão?

— Isso! Como são os humanos? Já presenciou alguma morte indireta? Conte-me mais sobre os resgates!

— Os humanos são uns infelizes, não muito diferente de nós. — Suspira com uma aura sombria a lhe envolver. Não gosto quando ele fala assim.

— Ora, John. Nós não somos *uns infelizes* — rebato de bate-pronto e com certeza irrefutável, pois é o que realmente acredito. Algo estranho, entretanto, surge dentro de mim ao perceber que John não parece mais ser capaz de compreender o que digo, de experimentar o que sinto.

— Somos sim, todos nós, mas não vou estragar esse momento com minhas impressões.

— Conte-me sobre as coisas boas, as de fato interessantes. — Faço cara travessa, esfrego as mãos e me aproximo um pouco mais. — No modo invisível, você se passou por um fantasma e fez alguma coisa levitar, sons estranhos no meio da noite, o suficiente para fazer os humanos bobocas se urinarem nas calças?

— Só você mesma para ainda pensar nessas traquinagens, Sam! — John solta uma risada gostosa, mas a fisionomia leve dura pouco. Sua voz e olhar tornam a ficar distantes e pesados. *Onde estava o John alegre de antes? Para onde foi o garoto que adorava rir e se divertir comigo?* — Bom, se quer tanto saber... Passei em todos os testes do Grande Conselho. Daqui a duas semanas serei proclamado o resgatador principal de Storm. — Ele faz o anúncio isento de uma gota de emoção.

— Parabéns — digo, mas não sei se meu tom de voz consegue disfarçar que não estou feliz como pensei que ficaria quando escutasse a notícia de sua boca. Imaginei que comemoraríamos como amigos, como antes.

— Obrigado — repete ele de forma educada e com o pensamento a milhas daqui. — Queria que fosse uma das primeiras a saber, afinal fez parte do meu passado, foi minha companheira de treinos.

— "Companheira"... — balbucio, apática.

— Ora, Sam, você foi minha grande escudeira na infância, bem... obviamente agora tenho um pra valer, o Tom, e...

— "Pra valer"...

— Você está bem? — questiona, estranhando minha reação.

Encaro seus olhos cor de mel e, para minha ruína e amargura, vejo que, verdadeiramente, ele não compreende o que se passa à sua frente, o bom sentimento que nutro por ele. Tudo que enxerga é apenas uma mera lembrança, alguém do passado com quem dividiu bons momentos.

— Melhor impossível. — Abro um sorriso que não alcança os olhos.

— Que bom. — Ele se vira de costas para mim e desata a contar todos os incríveis feitos *dele* no tempo em que ficou ausente, fala sobre as provas e treinos a que foi submetido, e ainda me dá dicas para as batalhas, como um resgatador mais experiente daria a um principiante. — E vou te contar uma coisa que terá que ficar apenas entre nós, ok? Meu pai *jamais* deverá saber. — Ele gira parcialmente o rosto e me olha de esguelha. — Não banquei o "fantasma" com os pobres coitados dos humanos, mas aprontei um pouco, claro! Na verdade, fiz coisas interessantíssimas, sim.

— Tipo...? — indago curiosa, os olhos arregalados, na esperança de ver o antigo John despontar por detrás dessa névoa sombria que agora carrega ao redor de si.

John abre um sorriso sincero, orgulhoso em dividir a travessura comigo.

— Experimentei o álcool! É incrível! — Vibra e eu dou um passo para trás, sem bem compreender o que se passa em meu peito. *Por que não acho graça alguma?* — Não me olhe com essa cara incriminadora. Logo você!

— E aí? — disfarço, indagando com jeito displicente.

— Não gostei do sabor, mas Tom disse que fiz umas loucuras, como andar em pé em minha moto. Eu até... — A expressão travessa se transforma em maliciosa. — Dei um beijo na boca.

— Como assim? — Engulo em seco.

— Beijar pra valer! — Ele me lança uma piscadela marota. — Por essa você não esperava, né?

— Você diz... Como os humanos fazem? — Acho que meus olhos dobram de tamanho. Mas não é apenas surpresa que me toma. Sou invadida por uma sensação estranha, angustiante. O ar evapora dos meus pulmões.

— Isso mesmo! Língua com língua! — Ele solta uma risadinha cheia de orgulho. *Droga! Por que estou assim? Por que não quero escutar mais nada?* — Não senti nada de mais, mas foi interessante quando a garota começou a se esfregar em mim e...

— Você beijou uma humana? Matou ela assim? — indago e, para minha surpresa, agora consigo mapear o que sinto: *ódio. Do quê? Dele?*

— É claro que não! — Ele estranha minha reação. *Eu também.* — Era uma das nossas, uma zirquiniana.

— Como é que é?!? — explodo com os punhos cerrados. — Ora, seu... seu...

— Por Tyron! O que deu em você? — Ele dá um passo para trás.

— Você é um idiota! E eu aqui... todo esse tempo... esperando...

— Idiota? — Ele arregala os olhos, atordoado. — Ficou louca?

— Sim! Estou louca! — brado, tentando a todo custo controlar a fúria que se avoluma no meu sangue e faz minhas mãos tremerem. Puxo o ar com força e então percebo que, de fato, havia um idiota ali: eu! Ou melhor, a *diferente*, como o chefe das armas havia tentado me explicar.

E a ficha cai. Nunca houve "nós". Não houve nada. Nada a não ser a verdade perturbadora que me sufoca agora.

— Ora, John! Caiu na minha piada? — Minto descaradamente após recuperar o ar. Tento fazer uma cara despojada, mas minha voz falha e sai estrangulada. — Fiquei louca de raiva porque não participei disso tudo! Todo esse tempo esperando... Na próxima quero ir com vocês.

Ele repuxa os lábios e se afasta.

— Impossível — comenta com naturalidade, uma ingenuidade que chega a me queimar. Sinto a chaga crescer em meu peito, ardendo como fogo vivo. — Kaller não permite resgatadoras. Além do mais, as minhas missões serão sempre as de maior grau de dificuldade. — Por um momento, um discreto e minúsculo instante, seus olhos cor de mel procuram os meus, penetrantes e tão cheios de emoção, como antes. Mas então a sombra fria, da perda, está de volta e o arranca de mim e dos meus sonhos. John suspira. — Mas isso não fará diferença. Seremos sempre grandes amigos, não é mesmo?

Amigos...

A compreensão que faz toda a diferença: enquanto meu mundo estava sendo arruinado, pedaço por pedaço, o de John permanecia lindo e intacto porque, afinal de contas, eu nunca significava nada para ele. Ficar sem me ver cinco luas ou uma eternidade daria no mesmo para alguém que nem se lembra da existência do outro.

Sou apenas uma agradável recordação do passado, um brinquedo da infância!

— Grandes amigos... Sempre — balbucio e fecho as mãos com força para segurar a tontura que me invade. Sinto as unhas penetrando em minha pele, rasgando-a, assim como ele acabara de fazer com o meu coração.

Ardor.

Ruínas.

Não sabia que poderia experimentar tamanha dor ao escutar certas palavras, achei que apenas feridas pudessem gerar isso, mas algo acabava de ser cortado em fatias, e ser completamente destruído dentro de mim.

— Bom, agora preciso voltar, alguém poderá sentir minha falta e as coisas ficarão feias para o seu lado — ele diz com a voz rouca e a expressão solene, estendendo a mão para um cumprimento. — Que Tyron esteja com você, Samantha.

Nossos dedos se tocam, e deixo de presente na palma de sua mão a última coisa que me restou, o que sobrou de mim: um filete de sangue.

Obviamente, ele também não perceberá.

A sensação ruim se agiganta no meu peito a ponto de explodir, não sei se conseguirei suportar por muito tempo. A vontade que tenho é de gritar alto, extravasar essa fúria que me faz estremecer por inteira e que jamais imaginei possuir, mas faço conforme o chefe das armas orientou:

— Idem, John — respondo com a postura empinada, com o que restou do meu orgulho destroçado, e engulo na marra a maior dor que experimentei na vida.

Aquilo era mais que um cumprimento de amigos.

Era uma despedida.

A compreensão que fez toda a diferença [illegible] mundo estava em [illegible] pedir por perdão, e depois [illegible] intacto porque, afinal de contas [illegible] significa, aqui [illegible]. [illegible] mesmo para alguém que nem se lembra [illegible].

[illegible] de infância.

— Grandes amigos… Sempre. — [illegible] e [illegible] forte para [illegible] a tontura [illegible]. Os dois [illegible] lembrando em minha [illegible] assim como ele [illegible] de fazer com o meu coração.

Atlei,

Saudades,

Não há palavras que podem expressar [illegible] entre palavras, [illegible] por [illegible] que havia de ser [illegible] tempo.

[illegible]

[illegible] esta [illegible] com [illegible] mente.

[illegible]

[illegible]

[illegible]

[illegible] que não [illegible] na vida.

[illegible]

9

ZYMIR

— Bom dia, Wangor. Desculpe ter me ausentado por algumas luas — digo e, após me utilizar de um calço ricamente facetado, feito da mesma madeira branca dos demais móveis do quarto, sento-me na banqueta ao lado da cama onde o líder de Windston permanece inconsciente em seu sono profundo. Foi Wangor, com sua grande consideração por mim, quem ordenou a construção de móveis adaptados em todos os recintos do palácio. Em nenhum lugar de *Zyrk* um anão teria melhores condições de vida. — Trouxe flores amarelas, as suas preferidas — começo nosso monólogo. — Sim, meu senhor, uma tentativa de alegrar o seu dia e o meu humor. São tantas decisões a tomar... Achei correto vir dividir minhas dúvidas, deixá-lo a par da situação de Windston. — Encosto de leve em sua mão pálida. — Sinto muito, meu rei. De certa forma, experimento mais do que isso. Tenho vergonha de confessar, muita vergonha, mas a triste verdade é que nosso clã está jogado às moscas. Esse conselho de imbecis que vem regendo Windston desde o seu... hã... afastamento, está arruinando o nosso reino. Mas isso está prestes a mudar! Pretendo dar uma guinada! Como chefe das armas, compete a mim determinar a seleção de um novo resgatador principal e tive uma ideia um tanto revolucionária! Espero que não se zangue... — Um sorrisinho me escapa. — Nosso exército está fraco, sem um líder para guiá-los, uma lástima. Desejo o vento das mudanças soprando aqui também. Abrirei os portões! Vencerá o que fizer por merecer. Exatamente o que ouviu, meu senhor: guerreiros de toda *Zyrk* poderão disputar o cargo de resgatador principal de Windston! — brado com entusiasmo. — Ouso dizer que teremos muitos candidatos, Wangor. Nossos homens terão de sair da posição acomodada que se encontram. Meu instinto me diz que temos de estar preparados, que há algo diferente pairando na atmosfera de *Zyrk*, prova disso é o confinamento de Shakur. Muito estranho, não acha? — indago, mas sei que lanço a mim mesmo. — Não existe uma testemunha sequer da tal tragédia que ele sofreu. Apenas boatos... Um acidente mudaria a forma de pensar e de agir de uma pessoa, de um sádico? Talvez sim, talvez não... — Os pensamentos mais absurdos me assolam. — Bom, acho que é isso, grande líder. Preciso ir para a arena. Em alguns instantes as disputas começarão — finalizo e me despeço. — Que Tyron esteja com Wangor. Que Tyron esteja conosco!

10

SAMANTHA

AOS 17 ANOS

Trinco os dentes ao olhar para o amontoado de fios dourados espalhados pelo chão. Raspei a cabeça durante a madrugada e, assim que os primeiros raios de sol surgirem no horizonte, sairei pelo portão de Storm sem olhar para trás. Não quero ter recordações de quem não se lembra de mim. Não posso viver presa ao passado, abandonada em algum lugar esquecido para envelhecer e apodrecer. Não quero migalhas. Respiro fundo, checo a espada presa à bainha do meu cinto, a sacola com alguns suprimentos e o cantil cheio de água até a boca. Tomara que seja o suficiente até Windston. A disputa para o posto de resgatador principal será daqui a duas luas.

Mas... E se eu não conseguir? Para onde irei depois de abandonar meu reino? Kaller jamais me deixaria retornar. Nem eu.

Estremeço com a decisão. Não vou pensar nisso agora.

— Pode voltar. Você não vai participar — comunica o sujeito de porte largo e cara de imbecil que preenche a ficha de inscrição dos candidatos. Ele permanece sentado e tem as pernas esticadas sob um banquinho de pedra à sua frente.

— Quem determinou isso? — indago de forma imperativa.

— Eu — rebate com descaso e uma expressão presunçosa, enquanto brinca com um palito entre os dentes.

Os homens na fila atrás de mim gargalham alto.

— Quero ver o regulamento — insisto.

— O que você verá é o olho da rua. Vai! Some daqui antes que eu perca a paciência.

— E quem é você? — Não me intimido.

— Alguém que vai te dar uma surra se fizer mais uma pergunta.

Abro um sorriso cínico e desafiador.

— Você mija em pé ou sentado?

As gargalhadas explodem e o sujeito fica vermelho como um tomate. Ele se levanta, mas, ao invés de partir para cima de mim, apenas assovia alto. Instantaneamente, três homens surgem às minhas costas, como cobras escondidas, prontas para dar o bote. Um deles me ataca. O golpe é previsível. Defendo-me, mas não fico à vontade em lutar sem a minha espada. Todos os competidores tiveram de deixar suas armas na entrada para poderem se inscrever no torneio. O outro idiota vem pela direita. Me esquivo. Mas então os três covardes unem forças e avançam juntos fazendo meu corpo ir ao chão. Um deles coloca o joelho na minha barriga enquanto o outro tenta me estrangular. Eu ainda consigo chutar o terceiro, mas estou começando a sufocar.

— Soltem-na! — A voz reverbera com autoridade. As mãos que envolvem meu pescoço desaparecem e o ar retorna aos meus pulmões. — Vocês são uma vergonha para Windston, bando de covardes inúteis!

— A garota estava arrumando confusão — começa um deles.

— Hum... E foram necessários *três* homens para acalmá-la? — zomba o dono da voz que me salvou. É um senhor muito baixo, um anão, mas há uma aura de poder em seu semblante sério e determinado.

— A idiota quer entrar na disputa.

— Se for adulta, tem todo o direito.

— Minhas pupilas já abriram, senhor! — respondo de bate-pronto.

— Mas é uma mulher! — exclama o que parece ser o responsável. — Que reino teria uma *fêmea* como resgatador principal?

— O reino cuja mulher fizesse por merecer — retruca o anão.

— Isso é ridículo! — o homem torna a berrar, contrariado. — Esse torneio é uma vergonha!

— Veja como fala comigo, resgatador — ameaça em tom sombrio.

— É uma mulher! — Ele não recua.

— E eu sou um anão! — diz o pequeno senhor com tanta força que todos se calam em respeito.

Claro! Era o lendário Zymir! Eu já ouvira falar sobre um famoso resgatador anão de muito tempo atrás, de uma época em que eu ainda nem era nascida. Ele foi admirado por uma legião de homens de toda *Zyrk* e não apenas em Windston. Seus feitos, mesmo em suas condições, assombravam a todos. Mas isso era apenas parte das suas qualidades porque a maior delas era a astúcia. Diziam que, se percebesse que não seria capaz de ganhar um confronto, ele conseguiria despistar qualquer exército ou criar armadilhas espetaculares contra os inimigos.

— Muito bem. Vamos resolver essa questão. — O anão se desfaz da própria espada, se coloca diante do insurgente e ordena que um soldado recolha a arma do chão.

— Não lutarei com um... — reage com descaso, mas seus olhos o traem e reluzem, satisfeitos. O homem estufa o peito, certo da vitória iminente, e também joga a espada para o soldado que recolhe as armas.

— Com um o quê? Anão, velho? — Zymir estala os dedos e abre um sorriso desafiadoramente diabólico. Três soldados fortemente armados imediatamente cercam o sujeito que o enfrenta. — Mas fique tranquilo. Não precisará lutar.

— Hã?!? O que é isso? — O homem ruge como um bicho acuado quando três espadas são apontadas para seu pescoço. — Você me enganou!

— Enganei? Por quê? — O anão tem o semblante triunfante. — Por acaso não se livrou de sua arma por vontade própria?

Todos se entreolham, boquiabertos. Zymir mostrara de forma brilhante que uma batalha nem sempre era vencida pelo mais forte.

— Dei meu sangue por esse clã! — grita o sujeito, desorientado, ciente do erro estúpido que cometera.

— Exatamente por isso e por hoje ser um dia especial não será condenado ao *Vértice* devido à insubordinação. Permitirei que viva entre as sombras de Windston.

Sorrio com vontade. Foi nesse instante que senti a semente das possibilidades germinar e uma energia arrebatadora crescer dentro de mim. Eu não possuía a potência dos músculos de um homem, mas, assim como o anão, poderia vencer uma luta com raciocínio rápido e com agilidade.

Isso foi exatamente o que fiz, com todas as minhas forças. E, confronto após confronto, sob o olhar aprovador de Zymir e a proteção de Tyron, fui consagrada a resgatadora principal de Windston. *A primeira zirquiniana a assumir tal cargo!*

Eu só tive dois sonhos na vida e, no instante em que perdi um deles, o outro finalmente se realizou.

Perdas... as *pedras* que pavimentam o caminho da vitória.

11

ISMAEL

APÓS O ACIDENTE NA SEGUNDA DIMENSÃO

Dor e escuridão.

Um mundo subjugado por elas, pungentes soberanas.

Cego pelas trevas, a dor é a minha bússola, talvez a única certeza de que eu ainda não havia partido.

Mortos sentem dor?

Quem eu sou?

Onde estou?

Por que tenho medo de descobrir?

Por que a morte me parece a alternativa mais sedutora?

Nos raros momentos em que a dor e a escuridão falham em defender seu posto, outra dupla emerge, ávida pelo cetro do meu sofrimento:

a bruma espessa e os sons. E juntas, as malditas substitutas trazem pelas mãos uma sombra sádica e impiedosa: minha consciência, aquela que arruinaria com o que restara do que fui um dia.

Em meio a essa sangrenta batalha pelo poder, meu corpo, meu espírito e minha razão são cruelmente carbonizados, jogados em ácido, desintegrados centímetro por centímetro em um fogo causticante, dando vazão à voz do sofrimento que eclode, incendiando rugosidades, picos e vales que assumiram o lugar que antes pertencia aos meus lábios. Gemidos estrangulados e clamores desesperados emergem da minha garganta e imploram para que acabem com tamanha tortura, que cravem logo a ponta afiadíssima de uma lâmina gelada no meu coração e me deixem descansar. Em vão. O tempo, ardiloso em sua contagem, também não tem compaixão do meu sofrimento, ignora a *minha hora*, e vira-me as costas.

Em meio ao meu desespero e atordoamento máximos, uma voz piedosa vem em meu auxílio, faz sua mágica e em seguida um calor agradável se espalha por minhas veias, afugenta a dor e me cobre com o manto da escuridão. Passei a esperar por ela, a berrar por ela nos momentos insuportáveis e, apesar de descobrir que Tyron é uma farsa, acredito fervorosamente que essa voz é o que mais próximo existe de um deus.

— Soube do que aconteceu essa madrugada. Por que, Sarila? Por que simplesmente não o deixou mo... — indaga a voz masculina que me resgata do torpor. O diálogo em turco parece distante, pertencente a um pesadelo na escuridão.

— Não.

— Não entendo por que insiste. Se o coitado sobreviver...

— *Se*, não. Ele vai sobreviver. Eu sei que vai — responde a voz de uma mulher com idade avançada. Estremeço ao reconhecê-la. *Céus! Era ela!*

— Seja sensata. — A voz masculina murmura. — O pobre coitado teve queimaduras de terceiro grau pelo corpo todo, seus pulmões ficaram severamente comprometidos e o quadro de saúde permanece grave.

— Ele suportará — devolve ela de bate-pronto. Parece ansiosa em colocar um ponto-final no assunto.

Eu também. Não desejo ouvir o que me faça urrar de desespero. Quero me manter em minha ignorância anestésica.

— Hum... Há quanto tempo o infeliz está aqui? Um ano?

Meu coração vem à boca. *O que...?*

— Dez meses — a mulher responde sem hesitar. — E com mais dez ele sairá daqui andando.

Dez?!?

— Não se iluda, querida. Dez meses se passaram e o paciente ainda está vegetando neste leito, ele quase morreu esta madrugada! — Sensato, o homem reage com força, mas não capto repreensão em sua voz. — Não se apegue demais ao pobre infeliz. Ele não é Tabor! Nenhum deles é. Você já sofreu tanto... Não tem por que passar por tudo isso novamente.

Agora é certo: o homem tem pena dela.

— Dr. Akif, eu agradeço sua preocupação. De verdade. Mas não desistirei dele — afirma a mulher com uma convicção surpreendente. — Dessa vez será diferente. Ele vai conseguir, eu realmente sinto isso.

— Desisto. Você é caso perdido. — O homem diz com a voz desanimada.

Escuto seus passos se afastando de onde estou. Descerro os olhos minimamente, alguma luz penetra na escuridão, transformando-a em uma névoa densa. Vejo vultos e as mensagens captadas de forma fragmentada, como em um filme onde cenas foram apagadas. Mas, para o golpe final, escuto a pergunta do médico ser lançada no ar e se espatifar como toneladas de cristal sobre minha alma já destroçada.

— Sarila... — A voz dele está séria e isenta de emoção. — Você já se perguntou se é isso que ele quer, se o moribundo deseja continuar? Mantê-lo vivo a qualquer custo não é uma forma de ir contra os desígnios de Deus? Sobreviver não é apenas viver. Olhe para o que restou dele. Tantas cirurgias ainda por vir, tantos enxertos... Até hoje não sabemos seu nome, o coitado nunca recebeu uma visita sequer, talvez não tenha parentes ou recursos, talvez seja um indigente. Como irá se sustentar? Será que vai conseguir andar, falar, se alimentar e fazer suas necessidades sozinho, respirar sem o auxílio de aparelhos? O que será do futuro desse homem?

— O futuro de todos nós só Deus sabe, doutor. Mas eu lhe asseguro: ele está longe de ser um indigente. Veja sua resistência, sua força... Algo me diz que esse homem é especial.

Um instante de silêncio.

— Você que sabe, Sarila. Depois não diga que eu não avisei.

Horas.

Dias.

Meses.

Contei todos os conjuntos de segundos dentro deles, uma tentativa perturbada de me livrar da constante onda de revolta e amargura que me asfixia. Tanta dor por nada. Cirurgias. Uma atrás da outra e, apesar de não conseguirem o resultado desejado em várias partes do meu corpo, não fizeram ao menos o favor de me matar. Quantas infecções ouviram minhas preces desesperadas e, piedosas, vieram me buscar, me arrancar do sofrimento perpétuo, mas foram impedidas pelas ações ininterruptas da enfermeira de cabelos grisalhos e sorriso irritante.

Por que este corpo decrépito insiste em seguir em frente, perpetuar sua desgraçada existência? Por que lealdade e bem-querer me fizeram merecer tamanho castigo?

Sou carregado por homens de uniformes verde-claros para uma área repleta de aparelhos que, independentemente da minha vontade, esticam mãos, braços, dorso e pernas, puxam de um lado para outro e obrigam o que restou dos músculos e dos ossos que me carregam a se movimentar. A mulher de idade avançada me irrita com sua confiança irredutível e sua força de vontade acima do normal. *Se não fosse por ela, eu certamente já teria partido...* Nenhum dos demais profissionais tem sua determinação inabalável e cuidados extremos.

Eu a odeio!
E odeio ainda mais o que restou de mim!

— Bom dia! Qual é o seu nome, meu querido? — repete a única voz que se dirige a mim desde o início do meu martírio, dia após dia, meses após meses.

— Vá à merda e me deixe morrer em paz! — brado com ódio mortal.

— Qual é o seu nome, meu querido?

— Desapareça da minha vida, maldição! — rosno e a enfermeira de idade avançada apenas dá de ombros e desaparece pela porta afora.

— Qual é o seu nome, meu querido?

— Por que não faz como os demais e me esquece também, sua velha enxerida! Se não fosse por sua causa eu já teria partido há muito tempo! — esbravejo com fúria animalesca. Uso as palavras como arma, a única força que possuo dentro deste corpo decrépito.

— Se pensa que me agredindo vai conseguir me fazer desistir de você, está muito enganado, filho — devolve ela sem pestanejar. — Você trouxe minha paz de volta. Queira ou não, é importante para mim — acrescenta de cabeça baixa e vai embora, suas palavras e passadas tranquilas ecoando em meus nervos e espírito.

Meu inferno trouxe a paz dela?
Que tipo de brincadeira sádica é essa, afinal?

— Qual é o seu nome, meu querido?

— Me deixa morrer em paz — murmuro, em uma apática onda de amargura e fecho os olhos com força.

Não quero mais brigar ou xingar. Não adianta. Minha ira é fogo sem gás, fraca. Depois do ódio avassalador, sinto-me afundando em um mar de desânimo profundo, ainda mais aterrador que o corpo desintegrado que sou obrigado a carregar.

Não sou mais ninguém. Não sou nem mesmo o resto de alguém.

Sou o nada que respira.

— Não vai me dizer o seu nome, querido?

— Me esquece — balbucio sem forças ou vontade. — Por favor.

Deveria ter gratidão ou ira desmedida pelo que ela tem feito, mas, dentro de mim, já não há mais espaço para sentimento algum. Não há absolutamente nada.

Sou o vazio.

A compreensão abala meu espírito de um jeito atordoante:

Sou um morto-vivo.

— Então, querido? É hoje o dia que conhecerei seu nome? — A voz da mulher torna a dizer em meus ouvidos. Em seguida ela tosse forte, uma tosse ininterrupta e volumosa. Não parece bem.

— Por que faz isso comigo? — pergunto com desânimo.

— Qual é o seu nome?

Devo admitir: ela é determinada. Bisbilhoteira, mas determinada.

Não respondo. Poderia dizer que sou o verme descartado, mas as raízes do meu orgulho próprio são profundas demais, inalcançáveis, e não consigo arrancá-las.

— Stela... — Ela balbucia cuidadosamente. Parece perceber que está pisando em areia movediça.

Há mais de um ano não o escuto e, ainda assim... *O maldito nome queima o que restou de íntegro da minha pele!* Contraio os punhos. Na verdade, uma mínima força é o que preciso exercer para conseguir isso. Meus dedos já estão retorcidos, deformados pelas labaredas.

— Uma assombração do passado. — Há ódio fervente em minha resposta.

— Hum... Então *Nina* também deve ser outra assombração — diz com pesar. Engulo em seco. — É por causa delas que está aqui, que quer desistir de tudo, não é?

Fico paralisado, ardendo dentro do fogo do inferno. Estou absolutamente sem voz, em choque com a pergunta. *Como ela sabia?*

— Que tal se trocarmos informações? — Ela pisca. O sorriso acentua suas rugas. — Eu te digo como soube e você me diz o seu nome. Feito?

Meneio a cabeça em negativa. O nome de antes não veste mais o corpo pavoroso que carrego. Ismael era belo, altivo e vaidoso demais para se contentar apenas com... *isso.*

— Tudo bem — ela se adianta em dizer ao perceber a minha reação. — Eu soube que havia mais duas pessoas no carro em chamas de onde te retiraram, querido. Uma mulher e uma criança. Eram elas, não eram?

Abro um sorriso frio, assassino, e seguro na marra a tontura em forma de ódio.

Não, não eram elas! Eram corpos apenas! Só para me enganar. Um plano diabólico para me fazer acreditar que elas haviam morrido, para me fazer parar de procurá-las e esquecê-las de vez.

Assim como elas haviam se esquecido de mim.

— Eu vi tudo, querido. Naquele dia... — ela solta, a voz baixa e comedida.

— O que você viu? Diga! — indago num sobressalto.

Ela recua, visivelmente assustada com minha reação tempestuosa.

— Calma, você não deve se exaltar. Está muito melhor, mas ainda fraco. Sei que em breve vai con...

— O que viu? — ordeno aos brados, o coração pulsando na boca.

— Você entrar no carro em chamas para salvá-las — ela confessa.

Perco a força e o ar.

— Você... viu...?

— Sim — assente com calma. — Era meu dia de folga e eu estava passando pelo local quando os cânticos das mesquitas desapareceram em meio à comoção generalizada. Eu presenciei seu desespero, senti a sua dor. Você entrou naquele carro em chamas por amor, mesmo sabendo que não haveria volta.

Abro um sorriso furioso.

— Se compreendeu isso tão bem, por que impediu minha partida?

— *Partida?* — Ela acha graça da minha forma de falar, mas, em seguida, dá de ombros. — Isso não cabe a mim, querido. Faço o meu trabalho apenas — devolve, encarando-me com força. — Se o Criador não achou que era a sua hora de "partir" é porque sua missão não estava concluída, não acha? Suicídio é para os fracos. E fraco é algo que você não é. Não mesmo.

A pancada é certeira e violenta.

Estou em queda livre, um mergulho definitivo, nas profundezas das minhas falsas verdades e do meu ardiloso destino.

— Onde ela está? — pergunto assim que a terceira lua após a nossa conversa se passa e a enfermeira não vem me visitar.

— Você fala! — exclama o enfermeiro enquanto troca o meu soro. Fecho a cara. — Calma! É brincadeira! Vejo que está bem melhor, talvez tenha alta em breve e...

— Pare de tagarelar e diga logo! Por que ela não apareceu?

O homem recua com as mãos para cima, os olhos esbugalhados e exangue quando dou um salto da cama e o encaro de cima. Deformado como um monstro de um metro e noventa de altura devo ser realmente uma figura assustadora. De repente sinto toda a energia adormecida dentro de mim fluir para as extremidades dos meus dedos.

Sorrio intimamente. *Estou recuperando minha força, afinal! Talvez em alguns dias eu consiga fugir daqui!*

— D-desculpa... hã... — engasga. — É sobre Sarila a quem se refere? — Confirmo com um mínimo movimento de cabeça e sem perder contato visual. — Foi transferida para a UTI. Acho que a coitada vai descansar em breve.

— *Descansar?* Como assim?

— Hein? — Ele abre um sorriso entre o indeciso e o debochado.

Meu sangue ferve instantaneamente. Não gosto de brincadeirinhas de mau gosto comigo ou com as pessoas a quem estimo. *Maldição! Depois de mais de um ano cuidando de mim... Eu havia me apegado a ela? Eu tinha afeição por aquela senhora?*

— Explique-se antes que eu deixe seu nariz mais destruído que o meu, infeliz! — esbravejo. O homem que já estava pálido fica translúcido de medo quando o seguro pelo colarinho e o faço encarar de perto a fenda horrorosa no meio da minha face.

Covarde idiota!

— Sarila teve outro enfarto!

— É grave? — pergunto ao compreender a expressão sombria que surge em seu rosto de rato afugentado.

Ele sacode a cabeça para cima e para baixo. *O idiota está assentindo ou tremendo?*

— Sim! — Sua voz sai estrangulada ao perceber minha fisionomia piorar. — É muito grave. A saúde dela já estava debilitada. Houve complicações.

— Onde fica a UTI?

— No quinto andar, ala sul — responde. — Espere! Você não pode sair daqui com o soro pendurado e a...

— Quem vai me impedir? Você ou este negocinho aqui? — Arranco o cateter com força e entorto o suporte como se fosse um arame. O líquido cai como uma chuva e esparrama pelo lugar. Os demais pacientes me observam em estado catatônico. Nunca me viram de pé ou em meu estado de fúria.

Gosto disso.

A ideia de colocar medo nos outros, paralisá-los ao menos por um instante, assim como o destino fez comigo, parece-me bem interessante.

Com muito custo consegui ficar no modo invisível, utilizando minhas débeis forças enquanto aguardo o último médico sair da UTI.

— Qual é o seu nome, querida? — sussurro ao me materializar.

Ela abre os olhos e gira lentamente a cabeça em minha direção. Sinto um aperto no peito ao captar a pequena quantidade de energia em seu corpo, o halo negro a envolvendo. *Ah, maldição! Ela ia morrer em breve! Como eu não havia percebido antes?*

— Pode me dizer como você veio parar aqui? Ainda está convalescente — responde ela num chiado.

— Vim andando, de que outro jeito seria? — digo em tom amistoso, o humor querendo voltar desde que meu martírio iniciara. Perto dela sinto-me... *eu*, ou melhor, o que fui um dia.

— Fico feliz em vê-lo mais uma vez. — A voz fraca confidencia que sua energia restante é mínima.

— Por que só uma? Cansou de olhar para a belezura aqui?

Um sorriso sincero lhe escapa e, com dificuldade, me estende a mão. Sem hesitar, seguro-a entre meus dedos deformados.

— Obrigada — murmura. — Sei que fez grande esforço para vir aqui.

— Sou eu quem deve agradecer — confesso com a voz rouca e estranha. Preciso me recompor. Não quero que a última visão dessa pobre senhora seja a minha cara horrorosa ainda mais deformada pelo pesar. — Os malditos exercícios da fisioterapia deram resultado e, além do mais, você fez demais por mim, Sarila.

— Valeu a pena. — Ela arqueia a sobrancelha de leve e, ainda assim, parece que isso lhe demanda grande esforço. — Valeu porque você, apesar de todas as ofensas e revolta, é indiscutivelmente o paciente mais forte que já vi. Sobreviver ao que você passou... — Ela olha para o nada e seu sussurro paira no ar. Não preciso ouvir os bips diferentes da máquina ao lado para saber que sua energia se esvai rápido.

Ela está perdendo a batalha. Sinto nova onda de angústia e contraio os olhos com força. *Outra despedida.*

— Ismael — confesso quando o silêncio fica tão pesado que não consigo mais suportá-lo. — Meu nome *era* Ismael.

— Ismael… — Ela balbucia e seus olhos brilham com intensidade. Por mais que viva nesta dimensão há anos, ainda não consigo não ficar emocionado com as lágrimas humanas.

— Shhh. Acalme-se, ok? Você não deve…

— Obrigada, Ismael.

— Maldição, mulher! Pare de me agradecer! Não vê que está me arruinando por dentro? — rosno porque não sei expressar o sentimento que me consome, porque não consigo chorar. Hoje entendo o porquê das lágrimas. São o dreno do coração, a válvula de escape da alma. Sem o extravasamento delas os humanos explodiriam. Assim como tenho a sensação de que é isso que vai acontecer comigo em instantes. É muito mais do que me sentir em dívida pelo tanto que fez por mim. Percebo que ela foi tudo que me restou, minha enfermeira, meu clã, meu deus da segunda dimensão. Um deus bondoso que, a despeito das minhas ofensas e revolta, nunca me abandonou. Tenho uma dívida de gratidão para com ela. Uma dívida eterna. — Não diga nada, por favor — imploro com um nó de ar fechando minhas cordas vocais.

Mas ela vai adiante. Parece perceber que seu tempo escorre por entre nossos dedos entrelaçados.

— Obrigada por ter sido meu único sucesso em vida.

Perco o chão.

— N-não… Eu não valho isso.

— Tabor… — diz entre soluços.

— Por favor, Sarila, acalme-se ou terei que acionar os médicos.

— Você sabe que não precisa. Meu tempo…

Afundo ainda mais. Sua partida será em breve e ela já sabe. Preciso ajudá-la da única forma que posso.

— O que tem esse Tabor? É seu filho? Seu marido? Quer que eu lhe envie alguma mensagem? Quer que eu o proteja?

— Não será preciso. Se o que dizem é verdade, em breve estarei ao lado dele.

Arregalo os olhos. Ela apenas meneia a cabeça.

— Tabor era meu filho — ela confessa e outra lágrima escorre por entre as rugas de sua face. Enxugo-a com a lateral da minha mão, a única área que o fogo não destruiu e, por ironia sombria do destino, o lugar onde fica a tatuagem do botão de rosa que fiz em homenagem às duas. — Eu não consegui salvá-lo.

— Não se culpe. Era a hora dele.

— Sim, Ismael. Graças a você, agora eu sei. — Ela olha dentro dos meus olhos. — Quantas vezes desejei morrer, quantas vezes praguejei porque sobrevivi ao enfarto anterior, porque Deus o levou antes de mim. — Suspira forte. — Agora tudo faz sentido. Quero que você escute com atenção porque ambos sabemos que não teremos outra conversa. — Sua frágil mão treme dentro da minha. — Não era a minha hora porque eu tinha que ficar para encontrar você antes de ir, para ajudá-lo.

Encaro-a em completo estado de atordoamento, sem conseguir compreender a profundidade das palavras.

— Prometa-me, querido. — Pede com urgência e é a vez da minha voz evaporar. Faço força colossal para arrancá-la de dentro de mim e parecer tranquilo.

— O que você quiser.

— Que não abreviará sua jornada, que irá adiante e tornará a ser o homem que tenho certeza de que sempre foi: honrado e destemido, que permitirá que seu coração seja desacorrentado dessa prisão tenebrosa que o lançou.

Meneio a cabeça em negativa. Ela aperta meus dedos.

— Eu sei. A ferida ainda está aberta, mas com o tempo vai cicatrizar, acredite.

Fecho os olhos com força.

— Ismael, você é o homem mais corajoso que eu já vi na vida. É mais, muito mais que um bravo. Só alguém com um coração imenso, alguém que ama desmedidamente, teria coragem de entrar num carro em chamas para tentar salvar seus amores.

— Eu não...

— Prometa-me que agirá quando for a hora, que ajudará aquele que verdadeiramente precisar de você.

— Não existe mais ninguém.

— Sempre existirá alguém... filho. Sempre existirá. — Seus dedos se afrouxam em minha mão e seu olhar fica distante. — Minha missão acabou. A sua, ainda não.

— Não!

Mergulho em um abismo colossal, profundo e negro. Estou cego e atordoado, novamente despencando em queda livre. Meu coração, pesado como chumbo, impulsionando-me ainda mais para baixo.

Eu era a missão dela?!? Por que manter um corpo destroçado e uma alma arruinada seria a missão de alguém? E, principalmente, por que ela deu a entender que este resto de homem que sobreviveu ainda tem uma missão pela frente? Como ajudarei alguém se mal posso carregar esta carcaça abominável feita apenas de ira? Que tipo de brincadeira macabra é essa a que Tyron havia me submetido?

Minha testa tomba de encontro ao seu corpo imóvel. Tento pensar, mas não consigo. Revolta, amargura e inconformismo atuam nas engrenagens da minha mente.

— Per... — Um balbuciar. Levanto rapidamente o rosto, o coração escapulindo pela boca. Sarila tem os olhos fechados, a cabeça tombada para o lado, mas os lábios sussurram suas últimas palavras, aquelas que me arremessariam em um tormento ainda maior. — Perdoe-as, Ismael.

Sinto muito, Sarila, mas não posso, eu não...

Os alarmes dos monitores desatam a berrar em meus ouvidos e, de repente uma vibração cresce em minhas células. *Raios! Como não imaginei isso antes? Um resgatador se aproxima para levá-la! Não quero que ele ou outro zirquiniano me encontre! Ninguém me verá assim! Ismael está morto! Morto para sempre!*

Rapidamente fico no modo invisível, olho para Sarila uma última vez e saio da UTI. Em seguida, eu escuto vozes e passos acelerados no corredor. Observo a alguma distância a equipe médica se aproximar. Sinto um arrepio forte quando, logo atrás deles, um homem na casa dos cinquenta anos caminha calmamente. Ele não tem áurea, os traços faciais são isentos de emoção e um bracelete com o raio no seu pulso confirma o que eu já imaginava: *um resgatador de Storm!* O resgatador estreita os olhos em todas as direções e suas narinas se dilatam, como se estivesse sentindo minha presença, mas então dá de ombros e passa para o modo invisível ao entrar na unidade de tratamento intensivo.

Sem perder tempo, desapareço dali. Não quero presenciar o restante da energia da Sarila ser drenado por ele. Não a dela. Ainda invisível, passo sem olhar para trás pelo corredor de acesso à unidade de tratamento de queimados, onde fiquei abandonado como um indigente dentro de mim mesmo.

Era hora de ir embora!

Sem Sarila, não há por que permanecer neste antro de doença e tristeza. Desorientado, desço os degraus em direção à saída do hospital. A caminhada que começara trôpega, rapidamente ganha ritmo e fica muito mais ligeira do que imaginaria para alguém que permanecera tanto tempo imóvel sobre um leito. Meu corpo acorda com a abrupta descarga de adrenalina. Parece me pedir para não parar, para ir adiante. E é o que eu faço, acelerado como um animal em fuga, até me deparar com um espelho imponente e de bordas douradas que ocupa toda a parede do saguão da entrada.

Estremeço dos pés à cabeça.

E paraliso, em choque.

Desde a tragédia, nunca quis me ver, ter em detalhes o que me tornei. A pele repuxada das minhas mãos e braços me forneceram uma boa ideia, mas presenciar as expressões de horror, pena e nojo nos rostos das pessoas é a certeza de que a destruição havia sido ainda pior do que eu poderia imaginar, de que não suportaria olhar.

Mas, por alguma razão desconhecida, a morte de Sarila fez despertar algo novo em mim e fico ali, tomando coragem para ver o que sei que não deveria.

Mas eu preciso! Nem que seja por uma única vez!

Respiro fundo e, lutando contra a sensata voz da razão que berra para eu ir embora sem olhar para trás, me materializo.

E, para meu pavor, eu vejo.

De início acho que estou dentro de um pesadelo, que a imagem refletida pelo espelho pertence a um daqueles filmes de terror que eu costumava assistir com Pequenina. E começo a rir forte, gargalhar com tanto estrondo, com tanta fúria, que minha risada febril ecoa pelas paredes e pelas pessoas.

Sou pior do que um monstro!

A risada macabra avança pelos meus músculos, que fervem e se avolumam sob as camadas de tecido destroçado.

— NÃÃÃOOO!!!!! — Meu berro é tão forte, tão impregnado de sofrimento e de ira que arrebenta meus tímpanos.

Um barulho ensurdecedor me envolve e me deixa em estado de aturdimento máximo. Não sei se é devido à cascata de cacos de vidro do gigantesco espelho que acabei de explodir com um soco perturbadoramente poderoso ou se é devido ao meu choro compulsivo, pavoroso, pungente.

Vou de joelhos ao chão.

Os espasmos e as contrações de dor e de desespero retorcem minhas entranhas. *Quero chorar! Preciso de lágrimas para expulsar esse fogo tenebroso que me desintegra por dentro!*

Há uma comoção generalizada ao meu redor, mas ninguém tem coragem de se aproximar da sinistra figura curvada sobre o próprio abdome. *Ninguém tem coragem de se aproximar do monstro...*

Fecho os punhos, respiro fundo e, forçando minhas pálpebras a obedecerem o meu comando, levanto a cabeça e torno a olhar o que sobrou de mim nos cacos do maldito espelho, agora tão destruído quanto eu...

A amargura poderosa que se alojou em meu espírito decadente expande-se pelas células da pele deformada engrossando-a como escamas blindadas, vestindo-me em uma couraça intransponível de ódio e revolta. Checo as repostas dos meus braços e minhas pernas, a força que ainda possuo, e detecto que meus músculos e minha energia não foram tão afetados, que, ao menos, eles poderão ser recuperados.

Por que fui tão tolo? Por que deixei tão à mostra o que eu era ou o que sentia, o que havia de melhor em mim? Por que me deixei destruir?

Então algo acontece. E faço um pacto com os olhos azuis à minha frente, a única parte que reconheço do ser deformado que me encara.

Como não pensei nisso antes...?

O mundo e as pessoas são uma grande farsa. Vidas vis encobertas por máscaras sedutoras.

Posso ser como eles! Posso me transformar em um deles!

Bastaria um disfarce... Que camuflagem permitiria cobrir um corpo da cabeça aos pés sem chamar a atenção?

A resposta me atinge como um raio e quase me derruba: *Shakur!*

Era isso! Assim que estivesse em condições de lutar eu assumiria seu lugar. Seria muito fácil armar uma emboscada para aquele sádico sanguinário que já vive com o corpo todo encoberto. Conheço seus esquemas como ninguém, como encontrá-lo e liquidá-lo sem levantar suspeitas. Basta criar um providencial acidente sem testemunhas, eliminar todas as pistas...

Meu pulso ressuscita com a ideia arrebatadora e, ao mesmo tempo, tão sedutora quanto audaciosa: *eu retornaria a* Zyrk*!* Com a morte de Prylur e sob o disfarce de Shakur, voltaria para o meu antigo clã. Mais do que isso, eu arruinaria e transformaria em pó qualquer obstáculo que surgisse no meu caminho, como o destino havia feito comigo. E, assim como o infeliz que assumiria a identidade em breve, seria impiedoso e mortal, exatamente como o destino havia sido comigo.

Sarila tinha alguma razão, afinal. Eu tinha de ir adiante. Dar alguma utilidade a esta vida interrompida, ao invés de apenas vegetar e praguejar. Já havia passado da hora de saciar o resgatador que nunca morreu dentro de mim.

Eu seria o líder de Thron!

12

RICHARD

— Levante-se!

— Não aguento mais! — Lanço a minha espada longe.

— Ficará sem janta por causa dessa insubordinação.

Dou de ombros.

— Acaba de perder o almoço de amanhã também. — Meu líder me encara sem piscar e sem emoção. Trinco os dentes. — Agora pegue sua arma.

— Estou exausto! Collin mal esquentou os braços, droga! Por que você só faz isso comigo? Eu ainda nem fiz quatorze anos e já treino mais forte que os resgatadores adultos!

— Porque eu quero que seja assim. Vamos! Pegue a arma ou vou te ferir *de verdade* — ordena Shakur enquanto vem na minha direção com a espada em punho.

— Mas... Droga! — Num piscar de olhos vejo a lâmina avançar, cortar a minha pele e, num giro rápido, se afastar por um instante para tornar a se aproximar de mim.

Jogo-me rápido no chão e, rolando de lado, alcanço a espada para me defender do novo ataque. Shakur não alivia, é extremamente forte e inteligente, e sempre antecipa meus golpes. Apesar de ser considerado um prodígio, não consigo vencer uma luta sequer contra ele. Um dia, por acidente, sua máscara se deslocou em nossos treinos e vi parte do que ele esconde: queimaduras horríveis. Fiquei paralisado, em choque, o que o deixou furioso e o fez desaparecer num rompante e ficar sem falar comigo por muitas e muitas luas. Eu descobri duas coisas depois daquilo: 1- que senti falta dele; 2- que esse seria um assunto proibido se quisesse sua companhia.

— Está bom por hoje — finaliza ele, satisfeito, um tempo depois, ao me ver vomitar pelo esforço exagerado, tropeçando nos próprios pés, sem força sequer para segurar minha espada. Precisei sentar para não desmaiar. — Tome um banho, cuide da ferida e vá para o seu aposento. Continuaremos amanhã — ele finaliza segurando o sorriso demoníaco ao perceber que eu arregalo os olhos.

— Estou com fome! — reclamo.

— Problema seu. Pense duas vezes antes de me questionar.

— Maldição! — praguejo. Shakur estreita os olhos em minha direção, a expressão feroz. *Por Tyron! Do que ele tinha tanta raiva? Por que não se alegrava com nada?* — D-desculpa. — Recuo com medo terrível de que ele esteja cogitando eliminar minha janta do dia seguinte também.

— Encontre-me aqui assim que o sol se levantar — finaliza e desaparece, abandonando-me no pátio de treinamento acompanhado apenas por fome e exaustão.

— Acorda! Tenho um presente para você, rapaz — Shakur anuncia com estrondo, chutando minha porta com força e quase me matando de susto ao, inesperadamente, invadir meu quarto em plena madrugada.

— Presente?!? — Dou um salto da cama e meus olhos se arregalam, surpresos.

Em todo o tempo que estive em Thron nunca ganhei absolutamente nada. Minha vida se resume a treinar e treinar...

— Não fique aí com essa cara de idiota. Levante-se. Você já tem quinze anos, está robusto, bem mais forte que os da sua idade, acho que já... — Ele arqueia a sobrancelha da hemiface sã. — Bom, não se anime muito. Só vai ganhar o presente *se...* — avisa — você se sair bem no teste.

— Que teste?

— Por que acha que os homens de Thron são os guerreiros mais temidos e vitoriosos de *Zyrk*? Por que acha que os resgatadores dos demais clãs não se atrevem a enfrentá-los?

— Porque somos os mais fortes — digo, mas no fundo sei que não é essa a resposta que meu líder espera de mim. Meus olhos dobram de tamanho com a descoberta que pulsa em minha mente. — Porque temos algo a ganhar!

— Exatamente. — Shakur esboça um sorriso.

— O que seria mais interessante do que lutar, matar e vencer?

— Você verá, garoto. Coloque seus sapatos, pegue sua espada e venha.

— O Omega? — indago em estado de euforia máxima ao perceber para onde Shakur se direciona. Há muito venho pedindo isso a ele, mas meu líder sempre diz que só os realmente preparados têm condições de colocar os pés nessa arena, que vários thronianos não conseguiram sair vivos de lá. — Nós vamos treinar... nele?

— Nós não. Você. E eles — diz de maneira irônica e se afasta para que eu possa visualizar os seis resgatadores adultos que me aguardam. Engulo em seco. Shakur percebe minha hesitação e, antes de se afastar, sussurra em meu ouvido: — Cuidado com o que você deseja, Richard. Desejos podem se tornar pesadelos.

Fecho a cara. Se ele pensa que vai me assustar, está muito enganado. Marcho em direção ao Omega e aniquilo os seis sujeitos bem mais rápido do que eu próprio poderia imaginar. Confiança e autoestima explodem dentro de mim. Sinto-me verdadeiramente vitorioso. Agora tenho certeza: sou um excelente guerreiro.

Meu peito estufa de satisfação ao perceber que Shakur assiste à luta com um semblante de aprovação, abre um raro sorriso e, por um instante, capto um brilho incandescente em seu olhar, como se a vitória fosse dele também. Mas então o semblante de admiração desaparece num passe de mágica e me pergunto se ele realmente existiu ou foi apenas fruto da minha imaginação. Uma sensação ruim cresce dentro de mim, uma que não quero admitir: decepção e uma pitada de ira.

Por que sua aprovação é tão importante para mim?

— Presente para você, Rick — Morris anuncia enquanto me banho no lago principal de Thron. Sua voz ecoa no lugar surpreendentemente vazio para o horário. Meu grupamento acaba de chegar de uma exploração pelos terrenos mais distantes de *Zyrk*, lugares hostis e assombrados, como o pântano de Ygnus ou Frya. Estou cansado, com sono e, principalmente, sem a menor disposição de lutar. — Vista-se e venha.

— Dispenso — rebato com sarcasmo e continuo a me ensaboar. — Aliás, diga a Shakur que pode dar meu "presente" de dezessete anos para o Collin.

— É uma ordem — ele comenta com a voz fria, mas espreme os lábios em uma linha fina. Está segurando o riso. — Acabe de se lavar e me encontre no Omega. Nosso líder mandou avisar que, se não aparecer em cinco minutos, ficará preso nas masmorras por trinta luas.

Franzo o cenho com força, mas Morris não chega a ver, pois já desapareceu do meu campo de visão.

Merda! Com quantos homens eu teria que lutar desta vez? Cem? Mil?

Escuto o tumulto de vozes muito antes de chegar ao pátio de treinamento. Arregalo os olhos ao perceber que praticamente toda a Thron se encontra aqui.

O que estava acontecendo que todos sabiam menos eu?

Aperto o passo e abro caminho através da multidão, tantos rostos conhecidos que nunca dirigi a palavra, tantos braços levantados em comemoração e, com exceção de Collin que tem a cara de quem comeu algo estragado, todos sorriem para mim, me saúdam de um jeito diferente, quase reverencial. E então, quando os corpos se afastam, eu o vejo com a espada em punho, aguardando por mim.

Shakur. No centro do Omega.

Estanco o passo. *Meu líder nunca lutou em público!*

Perco a reação quando meu coração desata a dar socos furiosos no peito. Esse é, de fato, o maior presente que ele poderia me conceder, a maior honraria para um throniano. Meus pés voltam a caminhar por vontade própria. Estou em êxtase, flutuando de emoção. *Isso é possível para um zirquiniano?*

— Não vou aliviar — Shakur alerta com um sorriso discreto no rosto e o peito estufado assim que entro na quadra principal de Thron e alguém me joga uma espada.

— Nem eu — respondo desafiadoramente.

E partimos para o duelo mais memorável da história de Thron. Aquele que ficaria gravado não só nos alicerces deste reino, mas na minha vida. É, sem dúvida, o dia mais importante da minha existência.

E, depois de um tempo que não sei precisar, a luta chega ao fim.

A multidão vibra enlouquecida e berra nossos nomes com admiração. Shakur venceu por um único golpe. De raspão. Na verdade, eu o deixei me acertar e, bem no fundo, ele sabe disso. Meu líder vem ao meu encontro e me estende a mão. É a primeira vez que faz isso desde o nosso encontro no deserto de Wawet. Eu retribuo o cumprimento e, como da vez anterior, sinto um bem-estar indescritível com o simples contato, como se uma energia revigorante fluísse por minha pele e minhas células.

— Obrigado — murmuro. — Por isso.

— Não me agradeça ainda, meu jovem. — Shakur faz um gesto com as mãos e um soldado vem em minha direção com algo embrulhado numa manta negra. — Parabéns, Richard de Thron! — Meu líder diz em alto e bom som.

— A espada de Prylur?!? — Abro um sorriso gigantesco ao dar de cara com o conteúdo escondido na manta.

— Sou um homem de palavra e, a partir de hoje, você é o novo resgatador principal deste reino — proclama, a voz empostada. — Além do mais, você fez por merecer e eu via como seus olhos brilhavam toda vez que olhava para ela.

— Obrigado — repito num engasgo, uma emoção nova e maravilhosa a percorrer meu corpo e meu espírito. Sou o resgatador principal de Thron, mas ainda melhor do que isso é saber que, de alguma forma, Shakur se importa comigo. Ele não precisava me dar a espada que herdara do pai e que, por questão de sucessão, um dia pertenceria a Collin.

— Não acabou ainda. Outro presente o espera no salão das velas.

O salão das velas era onde os homens enchiam a cara de Necwar e, segundo se vangloriavam, conseguiam sentir coisas "diferentes" ao se deitarem com as mulheres. Em minha vida reclusa de treinamento ininterrupto, nunca dei ouvido a isso. Sempre acreditei que era mais uma dos milhares de mentiras que os thronianos adoravam contar.

— Isso mesmo que ouviu. A partir de agora você é um zirquiniano adulto e deverá agir como tal. — Ele estreita os olhos e eu arregalo os meus. Shakur ri da minha reação e, aproximando-se, sussurra em meu ouvido: — Não me olhe com essa cara de ovelha apavorada, Richard. Não terá dificuldade alguma com uma mulher, acredite. Por sinal, a partir de hoje entenderá por que os homens de Thron não toleram derrotas. Necwar é o prêmio que dou se retornam vitoriosos de suas missões.

Meu pulso acelera com a notícia.

— E quanto à questão da procriação? — A palavra me faz arrepiar da cabeça aos pés. Foi tudo que escutei até os doze anos de idade. Guimlel a repetia como um mantra maldito. — Não ficará comprometida? E se...?

— Não. — Ele me lança um olhar de descaso. — A data e a parceira da procriação serão respeitadas. Essa *diversãozinha* que fazemos por aqui não deve sair daqui, fui claro? Não quero divergências com os magos. Até porque não dará em nada mesmo. Raramente há concepção fora da data da procriação, se é isso que o preocupa.

— Então é verdade... — Libero meu assombro. — Mas o álcool não é proibido pelo Grande Conselho?

— Não é álcool! É o Necwar, uma bebida que eu desenvolvi! E o Grande Conselho é cego para inúmeras coisas! Essa é apenas mais uma delas — retruca com convicção. — Acredite. Se você ainda não é o melhor guerreiro que já pisou nesta dimensão, com esse *empurrãozinho* estratégico não tenho dúvidas de que em breve será. — Ele me brinda com um raro sorriso caloroso.

Assinto com a cabeça e retribuo com um sorriso ainda maior.

Eu acabava de ser arremessado a uma nova era.

13

RICHARD

— Veja como ela remexe os braços e o traseiro, Rick! Parece mesmo uma marionete! — Stephan se contorce de rir enquanto faz a morena de quadris largos balançar de um lado para outro na boate gótica que fica na cobertura de um prédio.

Dentro das explosões de risadas, camuflado em meio à penumbra e às pessoas que abarrotam a pista, meu grupamento assiste à penúltima morte direta a alguma distância. Rio junto. A cena é realmente cômica.

As pessoas ao redor acham que a mulher de halo negro faz uma dança trôpega porque está bêbada, mas o fato é que a infeliz está dando os últimos passos, prestes a partir desta dimensão. Em pouco tempo, quando Stephan cansar da brincadeira, meu resgatador auxiliar a induzirá a se jogar daqui de cima.

Ainda fico impressionado em ver como a mente dos humanos é fraca e tão susceptível aos nossos comandos. O curioso é que, mesmo assim, eles conseguiram uma baita evolução e nós, zirquinianos, estamos presos a um mundo obsoleto. Shakur afirma que a chave está nos poderosos sentimentos que eles foram capazes de desenvolver, mas nunca disse nada além disso. Recordo-me de imediato da história que Leila adora contar, da famosa lenda de Tyron e da divisão dos mundos por causa da traição do filho mau. Leila afirma categoricamente que o atraso abismal de *Zyrk* em relação ao *Intermediário* é porque, apesar das guerras e maldades dessa raça, os humanos, em sua maioria, prezam pela vida e pelas causas construtivas, bem diferente de nós que, destruidores natos, veneramos o ódio, as lutas, o poder e o sangue derramado.

Tolices! O que poderia ser mais construtivo que o poder que sinto em minhas mãos, nos meus reflexos e nos meus músculos? O que poderia ser mais importante do que o triunfo e o poder?

Chacoalho a cabeça e, por comando mental, obrigo um humano idiota a sair da poltrona em que quero me sentar, afundando-me nela em seguida. Recosto-me preguiçosamente no assento, esticando os braços para trás enquanto deixo minhas pernas descansarem no apoio feito de um tecido macio e agradável. Estou exausto. Foram milhares de partidas em quinze dias. *Trabalho árduo*, penso com um sorriso debochado no rosto. Na verdade, adoro o que faço: matar, especialmente se forem vidas humanas. Não perco tempo nas mortes que executo, eficiência é a minha marca, mas não nego que me divirto um bocado com essas brincadeiras que os rapazes aprontam. Elas tornam as partidas interessantes. E por *interessantes* incluo aquelas com grandes doses de berros, sofrimento e sangue, como acidentes de carro, troca de tiros etc. Sinto desdém, até mesmo náuseas, só de me imaginar atuando nas entediantes mortes que os serenos resgatadores de Storm realizam. Respiro aliviado pelo fato de o meu líder ser um guerreiro nato e não um burocrata, e não se importar com os métodos que utilizamos, desde que não falhemos em seu cumprimento.

Esfrego os olhos, observo Stephan checar o relógio e, com o tempo esgotado, dar o comando mental: instantes depois, a garota de quadris largos está morta no concreto lá embaixo, a trinta metros de onde estamos.

Excelente! Ela era missão de Windston, e como seus resgatadores não chegaram dentro do prazo estipulado, fomos mais rápidos e concluímos o serviço a nosso favor. Paulatina e constantemente, a cada descuido dos nossos adversários, vamos aumentando o território de Thron. Shakur ficará orgulhoso quando souber que não demos chances aos resgatadores dos demais clãs, que não falhamos nenhuma vez e que Thron permanecerá insuperável.

— Posso ficar com a última missão, Rick? Vou pegar a loura boazuda. — Igor ajeita a jaqueta e faz cara de predador. — Temos tempo. Não quer fazer uma festinha? Eu começo e você termina. Afinal, você bem que se amarra nesses joguinhos de massagem...

— Pode ir sem mim dessa vez — afirmo, desanimado.

Ben solta um muxoxo ao meu lado e, com a cara amarrada, desaparece pelo aglomerado de cabeças. Sei que ele desaprova tais brincadeiras.

— Vou fundo com ela, ok? — Igor pede um bônus na autorização. "Ir fundo" significa *tentar* acasalar com ela.

— Não — rosno.

Não entendo por que Igor tem fixação nessa ideia. Ele sabe que a pobre infeliz vai morrer assim que seu corpo nu estiver em contato direto com o dele, que vai sugar a energia vital dela num piscar de olhos. Pior. Será apenas perda de tempo porque ele não será capaz de sentir nada sem Necwar. Nunca somos...

— Só um pouquinho, chefe? Collin e os dele sempre tentam e...

— O que o infeliz do Collin e os *carrapatos* dele fazem não me interessa, porra! É contra as regras de Shakur e, se insistir no assunto, vai se arrepender amargamente. Não vou avisar uma segunda vez.

— Mas...

— Você andou bebendo? — Estreito os olhos em sua direção ao perceber seu semblante vidrado demais. Aqui na segunda dimensão somos proibidos de beber.

— Claro que não! É aquele remédio para gripe que os humanos usam. Me deixa ligadão assim — afirma com jeito displicente.

Sinto uma vibração estranha em minha pele, como se pressentisse que algo errado está prestes a acontecer. Checo ao redor, minha piscada sai lenta e compreendo que não há nada a não ser cansaço. Foram muitas noites em claro...

— Ouça bem: ela é a última, Igor. Eu quero concluir a missão de forma invicta para Thron. Não perca o foco, senão... — A advertência é uma ameaça declarada.

Igor sabe que eu não alivio quando o assunto é trabalho. Thron vem sempre em primeiro lugar.

— Deixa comigo. Além do mais, a loura é nossa missão, Rick. Nenhum resgatador de outro clã teria a ousadia de aparecer sabendo que já estamos na área.

Assinto com a cabeça, orgulhoso da nossa fama. Minhas pálpebras pesam toneladas. Igor solta uma risada e se afasta, embrenhando-se na multidão. Fecho os olhos e permito meu corpo relaxar. Assim que amanhecer partiremos para *Zyrk*. Não vejo a hora de chegar em casa e contar todos os incríveis feitos para Shakur.

— Rick! Inimigo! — Escuto o berro de Ben ao longe. — Rápido!

Eu acordo aos tropeços em meio à confusão de pessoas e meu cérebro, lerdo de sono e cansaço, custa a entender que não se trata de um pesadelo. Sou nocauteado pelas energias que crescem ao redor. Ben tenta barrar um resgatador de Storm enquanto outro deles, um ruivo, avança rapidamente pelo corredor ao fundo, indo em direção ao aposento onde Igor se encontra com a humana de halo negro. Instantaneamente compreendo o que está acontecendo: Igor ainda não havia eliminado a loura e o resgatador de Storm veio, audaciosamente, concluir o serviço!

Merda! Merda! Merda!

Dou um salto do lugar e voo em sua direção. Mas perco segundos decisivos. O ruivo está com o caminho livre enquanto eu preciso me livrar da manada de bêbados que me cerca. Praguejando alto, empurro todos os corpos que ficam pelo caminho, corro a plenos pulmões, mas não é o suficiente. Chego acelerado ao quarto, mas está tudo acabado. Encontro Igor nu, subjugado em um canto. A garota, também nua, solta o último suspiro sobre a cama. Está morta. Não há vestígios de sangue. O resgatador ruivo tem um sorriso vitorioso no rosto cheio de sardas. Ele havia feito o serviço da forma gentil e idiota que os homens de Storm estão acostumados: beijando-a, conferindo-lhe a serena partida conhecida como "o beijo da morte".

Estreito os olhos e reparo a braçadeira vermelha ao redor do brasão do raio. *Ele é o filho de Kaller, o novo resgatador principal de Storm!* Sua fama de zirquiniano honrado chegou aos meus ouvidos e vem crescendo nos últimos tempos...

O sangue ferve em minhas veias e meus punhos se fecham, mas já não há mais nada que eu possa fazer. Ele tinha sido bem-sucedido em cima do meu descuido. Existem protocolos a serem obedecidos. Eu seria imediatamente enviado para o *Vértice* se agisse de forma contrária às normas do Grande Conselho. Nem mesmo Shakur, com toda a sua força e prestígio, poderia me defender.

O sujeito não perde contato visual, tenta transparecer tranquilidade, mas os nós esbranquiçados dos dedos comprovam que está preparado para um ataque da minha parte. Sorrio intimamente. *Ele deve conhecer minha fama de sanguinário...*

O que não sabe é que, antes de tudo, sou um guerreiro que obedece às regras do jogo, que preza pela própria vida. Haverá o dia em que irei à forra e digladiaremos e, nesse dia, ele conhecerá a minha força.

Mas esse dia não é hoje.

Assinto com a cabeça e, segurando a ira que lateja em minha espada, abro passagem para o ruivo. Estou furioso, mas não com ele. O sujeito foi rápido e eficiente. E eu respeito a agilidade e a eficiência. Aguardo com os punhos cerrados ele desaparecer pela porta. Agora é a minha vez de agir. Saco o punhal e avanço como um raio sobre o idiota incompetente.

— Nããããooo! Arrr! — O berro de dor e desespero de Igor ecoa pelo estabelecimento assim que a lâmina da minha adaga rasga o rosto do cretino de uma extremidade à outra.

— Isso é para você não se fazer de surdo e nunca mais se esquecer de uma ordem minha quando se olhar no espelho, seu merda! — esbravejo e libero toda a minha ira. — Eu te avisei para ficar focado! Eu te proibi de ir mais fundo com a garota!

— Arrrh... eu só estava t-tentand...

— Não era para tentar nada, idiota! Por sua causa perdemos essa missão!

— Foda-se! Você e sua mania de ser invicto em tudo. Vá tomar...

— Como ousa falar comigo dessa maneira? — trovejo raiva e parto para cima dele. Estou prestes a enfiar o punhal em sua garganta, calar definitivamente sua voz asquerosa, quando Ben grita às minhas costas e segura meu braço.

— Não, Rick! Você terá que se ver com Shakur e ninguém engana nosso líder. Ele vai descobrir que fizemos besteira. — Ben alerta, a voz sensata em meio ao meu acesso de fúria.

Espremo a cabeça entre as mãos. Ele tem razão. União é força e Shakur a quer a todo custo. Brigas na equipe são severamente punidas. Meu líder controla com mão de ferro o sangue quente dos homens de Thron. Puxo o ar com vontade. No fundo, sei que eu poderia ter esquartejado Igor e ainda assim Shakur não me puniria se soubesse que eu tinha dado o meu melhor por Thron. Mas não dei. *Novecentas e noventa e nove missões concluídas não são mil,* como diria meu líder.

Minha vontade é bater com a cabeça na parede. A bem da verdade, a falha foi minha porque deleguei algo que eu podia ter feito com as próprias mãos, porque confiei.

Não confiarei em ninguém. Nunca mais falharei. Serei ainda mais rigoroso com todos e, principalmente, comigo mesmo.

— A partir de hoje, Igor está banido do meu grupamento — determino em tom glacial para o grupo que me encara em estado petrificado. — Vamos embora.

Já fora do quarto, resolvo voltar e dar uma *dica* ao imbecil do Igor:

— Manda alguém costurar essa porra dessa tua cara. Tá feio demais para um resgatador de Thron.

14

RICHARD

QUATRO ANOS DEPOIS

— Shakur quer falar com você. — Morris aparece de repente no salão das velas.

— Mas Rick acabou de chegar — responde a galega em meu lugar, a loura zirquiniana que sabe fazer uma massagem como nenhuma outra.

O que ela diz não é bem a verdade... Estou "recuperando" minhas energias há três dias em meio a massagens e Necwar, prêmio que Shakur me concede pelas vitórias e conquistas. O território de Thron expande-se vertiginosamente por *Zyrk* e, após quatro anos de sucessos ininterruptos, a fama de invencibilidade do nosso exército arraigou-se como verdade absoluta entre os zirquinianos. Da mesma forma que Shakur, sou justo com meus soldados, premiando-os e protegendo-os, mas também os conduzo com mão de ferro, assim como acredito ser o certo, assim como meu líder agiu comigo. Shakur me tornou temido e imbatível. E eu faço o mesmo com o meu exército.

— É urgente, não é?

— Acho que sim. — Morris tem o semblante grave. — Uma mensagem do Grande Conselho. Nosso líder quer vê-lo em seu aposento.

— No aposento dele?!? — Minha testa se enche de vincos.

Morris confirma, coçando a barba volumosa. O assunto é realmente sério. Shakur não recebe pessoas em seu quarto e, com exceção da serviçal *exclusiva* do líder, ninguém ousa sequer bater na porta.

— Nem precisa avisar que estou indo — digo ao me levantar num rompante. — Chego em dois minutos.

— Entre, Richard. — Escuto o comando lá de dentro.

Faço conforme ele ordena. Engulo em seco, o coração agitado demais ao abrir a porta. É a primeira vez que sou convidado ao seu misterioso aposento. Entretanto, todo o orgulho com tal convocação desaparece e sou tomado por um misto de emoções desagradáveis. *O que Shakur queria comigo que seria tão importante e sigiloso a ponto de me chamar ao seu quarto na calada da noite?*

Ajusto a visão à penumbra. O quarto tem dois níveis e, para a minha surpresa, é isento de luxo e ainda mais sombrio que os escuros corredores de Thron. Meu mestre está de cabeça baixa, sentado em uma cadeira de espaldar alto, os braços frouxos, largados sobre a mesa de mogno à sua frente. A expressão sempre altiva foi substituída por uma derrotada enquanto gira um botão de rosa branca de um lado para outro entre as mãos enluvadas. Em nenhum momento levanta a cabeça e olha para mim.

— O que deseja, senhor? — Minha voz sai fraca, parece pressentir que algo ruim está prestes a acontecer. As poucas vezes em que me vi assim foi diante de um perigo real. *Por Tyron! Havia algum perigo nos rondando?*

— Entregar-lhe a missão da sua vida.

— Hã? — indago, confuso.

— E falhar não será uma possibilidade!

— Por que diz isso se sabe que nunca falho?

Shakur solta uma risada demoníaca. Recuo.

— Eu também não falh... Esquece! — rebate com sarcasmo ferino. Em seguida ele puxa o ar com força, lança xingamentos no ar, não diz nada com nada e me deixa ainda mais tonto. — Será a missão mais complexa de todos os tempos, desde o surgimento de *Zyrk*. O demônio tem disfarces ardilosos, esconde-se atrás de faces inocentes.

Hã? Ele enlouqueceu?

— Senhor, não estou enten...

— Malazar vai te testar, mas você terá que ser mais forte do que... — interrompe-me com a voz alterada e, em seguida, espreme a cabeça entre as mãos, parece transtornado. — Não dê chance para que ele aja, compreendeu?

— Shakur, fique cal...

— Shhh! Ouça com atenção — interrompe-me novamente, acelerado. — Não queria submetê-lo a tal risco, mas tem que ser você. Não posso deixar nas mãos do Collin ou muito menos admitir que resgatadores dos demais clãs passem à nossa frente. Essa missão será o divisor de águas, o status e o poder que Thron esperou por tanto tempo.

Ele finalmente eleva a cabeça e seus olhos azuis, sempre tão claros e cristalinos, estão escuros e ilegíveis, perdidos em um lugar distante, e não enxergam, mas apenas olham através de mim. Shakur parece aprisionado em alguma visão tenebrosa. *Por Tyron! O que está acontecendo, afinal?*

— Seu nome ficará gravado para sempre na história desta dimensão. Com essa conquista seremos os donos de *Zyrk*. As chances de Kaller estarão extintas.

Continuo a olhar para ele sem compreender absolutamente nada do que diz.

— O filho híbrido das duas dimensões existe, Richard! — brada repentinamente e com furor. — E o Grande Conselho acaba de descobrir.

— Hã? "Filho híbrido"? Isso é impossível! Os zirquinianos não acasalam com humanos, diabos!

— Diabo... é verdade... — murmura com a fisionomia perturbada.

Inferno! Que conversa insana é essa?

— Os resgatadores principais dos quatro clãs acabam de ser convocados. A ampulheta foi acionada. — O peito dele estufa, parece ter dificuldade em respirar. — O híbrido usa de disfarces para se misturar na multidão. Decifre-os. Use seu faro certeiro e seu instinto, rapaz. Execute aquilo que faz de melhor. Encontre-o e elimine-o!

— Como saberei que é o híbrido então?

Shakur abre um sorriso perturbadoramente sinistro.

— Você saberá quando se deparar com a energia dele. Confie em mim — diz de maneira enigmática.

— Perfeitamente. Partirei agora mesmo.

Ele esfrega a hemiface sã, agora ainda mais sombria do que antes.

— Conceda-lhe uma morte limpa, sem dor — determina, pegando-me de surpresa com o inusitado pedido. — Não dê chance para o azar, conclua a missão e volte de imediato para Thron, resgatador.

Céus! Por que ele parece tão preocupado comigo? A sensação é de que vou enfrentar uma besta da noite e não um simples humano!

— Pode deixar — digo e me afasto.

— Richard! — Ele me chama assim que alcanço a porta. Giro a cabeça por sobre o ombro e o vejo se levantar com visível dificuldade. — Mais uma coisa.

— Pois não, meu senhor.

— Em *hipótese alguma* — destaca as palavras — toque nele ou converse com ele, fui claro? — Por uma mínima fração de tempo, antes de ele se virar e começar a subir os degraus que conduzem ao nível superior do aposento, consigo captar sua energia, sempre tão bem camuflada quanto sua pele. Estremeço ao detectar tamanho escape. Isso só ocorreria diante de um sofrimento profundo ou... *Por Tyron! Estaria ele com alguma doença séria?* — É passageiro o que tenho, Rick. Não se preocupe. Vou ficar bem. — Ele me conhece tão bem que mal precisa olhar para mim para saber o que sinto ou o que penso. — Assim como em uma luta, preciso que esteja calmo. Seu espírito precisará estar livre para que seja apurado em seus julgamentos.

— Com certeza.

— Um híbrido não é tão indefeso como imagina, resgatador. Tem poderes sobre nós zirquinianos, poderes traiçoeiros.

— Ora, Shakur. Você não tem confiança em seus ensinamentos? Lembre-se de que aprendi com o melhor.

— Será? — A ironia em sua voz sai envolta em uma inegável capa de ira e frustração. — Mas a serpente pode vir na pele de um rosto angelical. Não hesite. Elimine a garota o mais rápido possível.

— *Garota?* — indago num sobressalto.

Meu líder estanca os passos e, muito lentamente, se vira para me encarar. O que a princípio é apenas um sorriso demoníaco transforma-se em algum tipo de dor dilacerante que deforma a hemiface sã. Ameaço dar um passo em sua direção, preocupadíssimo, mas ele faz um sinal austero com uma das mãos para que eu fique onde estou. Vejo, atordoado, a explosão de tormentas e de flagelo acontecendo dentro do azul de seus olhos. Dou um passo para trás. *Céus! O quê...?*

— Vá! E que Tyron tenha mais piedade de ti do que... — Ele suspira. — Que Tyron não o abandone, Richard de Thron!

15

RICHARD

— Agora é cada um por si, Ben. Avise aos demais para se espalharem e me notificarem imediatamente caso encontrem qualquer energia suspeita. Rastreiem as humanas com mais atenção. Tenho fortes suspeitas de que o híbrido é uma fêmea. — Por alguma razão, não acho que meu líder disse a palavra *garota* por acaso. É óbvio que Shakur sabe de algo mais... — Sigam-na e, caso acreditem se tratar do nosso alvo, não se aproximem até eu chegar. Ainda não sabemos ao certo que poderes possui. Agucem os sentidos e não permitam que resgatadores de outros clãs os sigam, fui claro? — Lanço as ordens pelo celular assim que coloco os pés em Amsterdã.

Já é o segundo rastreamento que faço no continente europeu. Dessa vez estou varrendo com cautela redobrada, checando acuradamente área por área. Precisei dividir meu grupamento. Após quarenta dias de fracassadas buscas, agora é cada um por si. O tempo, senhor da paciência (e da impaciência!), ri descaradamente das nossas caras e pisa no meu orgulho. Na minha vaidade. Cavo. Cavo. Cavo. As pistas se desmancham e viram pó nas cicatrizes das minhas mãos. A agulha está muito mais submersa do que eu poderia supor e permanece camuflada em meio a esse palheiro de bilhões de vidas idiotas. E, ainda assim, sua ponta fria e afiada fura minha autoestima dia após dia e abre caminho para uma ferida discreta, um pontinho sutil, mas com incrível capacidade de incomodar. A dor não vem da carne viva, mas da vergonha em admitir para mim mesmo que, pela primeira vez na vida, estou sendo enganado.

Logo eu. O melhor dos melhores...

"O híbrido usa de disfarces." Franzo o cenho quando as palavras do meu mestre se materializam em minha mente. Minha curiosidade havia se transformado em frustração alguns dias depois que saí de Thron, e agora assumia a forma de ira.

Claro! Como não pensei nisso?

A serpente, o fruto da união inimaginável de um dos nossos com um dos deles, aquela que pode aniquilar *Zyrk* com um piscar de pupilas, está disfarçada e escondida em meio a esses infindáveis coelhos repugnantes que chamamos de humanos!

Mas a maldita não vai dar o bote! Vou esmagar seu crânio com meus pés.

Esfrego o rosto. Tenho dormido muito pouco desde então e um café para recobrar o ânimo me fará bem. Apesar de acostumado, devo admitir que as comidas de Thron não são nada apetitosas e, um dos ótimos motivos em ser resgatador é que posso vir me alimentar nesta dimensão. Ao passar em frente a uma lanchonete, regozijo com o aroma que minhas narinas captam. Instantaneamente começo a salivar. *Perfeito! É o que eu preciso!*

— Um espresso duplo. — Peço a bebida de sabor excelente que me mantém animado. *Ou será que eu fico mais animado só de saber que vou consumi-la?*

O balconista coloca o líquido negro na xícara de porcelana, sua fumaça dança no ar como uma lembrança agradável das brumas sombrias do meu mundo. Levo o café amargo à boca, fecho os olhos e saboreio o gosto marcante em minhas papilas enquanto o aroma pungente acaricia prazerosamente meu olfato, mas, de repente, o líquido queima em minha garganta e cuspo o conteúdo longe quando a nota de um odor único, diferente de tudo que eu já havia sentido, insinua-se em meu cérebro.

Um toque sutil, mínimo. Alguém esbarra em mim, instantaneamente meu pulso reage e um arrepio fino percorre minha pele da cabeça aos pés. A resposta exacerbada e sem razão me deixa desorientado. Não estou com medo ou irado, então por que meu coração deu uma quicada e minhas pupilas acabam de se contrair?

É o híbrido! Só pode ser!

Automaticamente coloco meus óculos escuros e, ainda atordoado, vasculho a região de onde veio a energia sutil, porém marcante e única. *Não pode ser...*

— Venha, Nina! — Uma mulher acena ao longe, em meio à aglomeração de pessoas que aguarda um show prestes a começar na ampla praça.

De costas para mim, uma garota acelera em direção à mulher morena e curvilínea que a chama. Frisos dourados como raios de sol reluzem em seus longos cabelos castanhos. Há uma graciosidade incomum em sua corrida.

Por Tyron! O temido híbrido é essa frágil garota?

Quase tenho vontade de rir, mas meu cérebro, sempre alerta e desconfiado, avalia todas as possibilidades em fração de segundos e as palavras de Shakur novamente ganham força. *Elimine-a sem tocar ou conversar com ela.*

Concentro-me. Aguço meu olfato. Deixo que meu espírito se expanda.

A energia não é constante, como se outro odor propositalmente a mascarasse... *Seria ela a híbrida, afinal? Estaria me enganando com seus poderes? Será que estou cometendo um grande equívoco? Maldição! Não quero ir para o* Vértice! *Não posso eliminar o humano errado!*

Claro! Não vou contar apenas com o meu olfato nessa busca inusitada. Devo apurar meus demais sentidos... *Será que as pupilas dela já abriram? Só há uma forma de saber...*

Aproximo-me lentamente da roda onde um lançador de facas está explicando o seu número. Ganho refúgio em meio à multidão. Quero observá-la de perto. Preciso checar suas reações, ver como sua energia responde às diferentes situações. Essa inconstância está me deixando agoniado...

Merda! Não consigo saber! Preciso mergulhar mais fundo.

O artista avisa que o show vai começar. Mas não é para ele que direciono minha atenção. É para a garota de traços delicados e olhar vibrante. Sua aura é forte, não apresenta o halo negro dos condenados. Mas os magos haviam alertado sobre isso: por ser híbrida, ela podia ter herdado a ausência de halo da nossa raça (o que facilitaria o meu trabalho!) ou poderia ser como um humano e, consequentemente, ter halo normal e reluzente. Diferente de todos da sua raça, seu halo nunca enegrecerá porque não existe data de passagem definida para alguém que supostamente nunca deveria ter nascido.

A mulher que a acompanha faz uma mímica com os lábios e ela sorri de volta. Um sorriso amplo e lindo, cheio de vida para alguém que devo eliminar em instantes. O ar me escapa. O show começa.

Acalme-se, Richard!

Como um predador, vasculho tudo ao redor. Não encontro nada, mas sei que o perigo está pairando na atmosfera cinzenta, à espreita, e quase posso tocá-lo. Essa sensação que me toma não é normal. Estou estranho demais...

Claro que estou! Estaria a serpente me manipulando como Shakur alertou?

Algo pisca em minha mente. É isso! Pelo canto do olho, vejo o artista em sua exibição com facas voadoras. Ele sabe utilizá-las bem, devo admitir, e talvez até fosse um bom resgatador se tivesse nascido em *Zyrk*, ou se não estivesse com as horas contadas... *Sim! Ele tem o halo enegrecido daqueles que em breve partirão desta dimensão. O infeliz me será de grande serventia!*

Não vou correr o risco de matar a pessoa errada, mas meu soldado prestes a partir poderá fazer isso por mim. Engulo em seco com a opção escolhida. Não é das mais nobres e será a primeira vez que farei uso dela, mas... manterei as mãos limpas! Caso a garota não seja a híbrida, não corro o risco de ir para o *Vértice. Ele a matará por comando meu, ou melhor, eu a eliminarei através de uma morte indireta!*

Então fico no modo invisível, entro na mente do pobre infeliz e submeto-o ao meu transe de morte. Em poucos segundos o artista de rua adquire o olhar aéreo. Ordeno-o em pensamento a acelerar seus movimentos, tornando-os ainda mais mortais. Ao mesmo tempo que guio seus passos, eu vou me aproximando da garota, quero ver suas pupilas fecharem, assustadas, instantes antes de uma das facas ser liberada das mãos do artista e trespassar seu pescoço. *Droga! Ainda não consigo definir se é ela! A energia oscila muito, indo e vindo em ondas indecifráveis.*

Aproximo-me mais um pouco. Nada ainda. *Sinto muito, garota, mas não posso gastar todo o meu tempo com você.*

E dou o comando final: "Mate!", ordeno mentalmente para o habilidoso artista de rua.

E, mesmo para os meus treinados olhos, tudo acontece rápido demais, no tempo de uma pulsação. Em meio à confusão de gente que se espreme para ver mais de perto as faíscas das lâminas se chocando, aos gritos de delírio e à excitação da plateia, seu corpo realmente encosta no meu. Agora não é mais um simples esbarrar.

E experimento o tudo e o nada ao mesmo tempo.

Minhas forças desaparecem para, em seguida, retornarem com potência assombrosa. Há uma descarga elétrica trespassando todas as minhas células, cem ferroadas de escorpiões queimando minha pele de uma única vez. Meu coração esmurra o peito. Perco o fôlego. Perco a razão. Perco o chão.

Uma sensação nova acorda dentro de mim. Algo que nem julgava existir. Tudo em mim arde de repente, uma angústia estranha... *Uma angústia que quero mais?*

Impeça-o!, ordena a voz desconhecida que berra em meus ouvidos, mas a faca já se desprendeu das mãos do artista de rua e rasga o ar na direção do pescoço dela.

— Abaixe-se! — Em uma fração de segundo eu a puxo com força para o lado.

E a faca passa voando de raspão.

Ohhh!!! Escuto a comoção generalizada.

— Nina, você está bem? — grita a mulher que a acompanha. — Oh meu Deus, foi por pouco.

As pessoas acham que a garota teve sorte, que acabou de sobreviver a uma fatalidade. Ainda invisível, resolvo sair dali, embrenhando-me por entre grupos de artistas adiante, mas sem perder a garota de vista.

Preciso respirar, compreender o que acabara de acontecer. Agradeço aos céus por nenhum dos meus estar aqui para presenciar tamanha vergonha. Chacoalho a cabeça e, de longe, a observo atentamente. *Que tipo de inimigo era ela, afinal?*

A garota limpa o filete de sangue do pescoço, atônita com o que acabara de passar (com certeza bem menos do que eu!), mas é a mulher morena ao seu lado que está pálida como um defunto e checa tudo ao redor com a fisionomia de quem consegue ver além. *Seria ela uma receptiva?* Se for, talvez até consiga captar o meu odor, mas não é capaz de me enxergar neste estado.

E a garota híbrida? Será que ela conseguiria? Por que isso me interessa?

Fecho os punhos com ira desmedida ao me recordar da advertência do meu sábio líder, finalmente ciente do erro colossal que eu havia cometido.

Por Tyron! Fui alvo de algum poder oculto, mas essa híbrida não me fará de tolo na próxima vez.

16

RICHARD

O resgatador principal de Marmon faz jus ao reino a que pertence: é um oportunista, uma víbora assim como seu mentor, Von der Hess. Ao invés de honrar seu clã e procurar a híbrida por conta própria, o calhorda preferiu colocar homens me vigiando e, quando eu a encontrei, sua busca chegara ao fim. Há um calor excruciante em meu corpo, as pontas dos meus dedos chegam a arder. Afronta. Ódio. Estou sendo consumido...

Sim. Eu vou matá-la, mas não sem antes liquidar o cretino.

Quero ir contra as leis de *Zyrk* e eliminá-lo. Se não fosse a certeza de que seria enviado imediatamente para o *Vértice*, eu não pensaria duas vezes. O desejo enlouquecedor de acabar com a raça do louro mentiroso metido a galanteador me consome. Eu capricharia na crueldade e seria uma partida interessante... Meus lábios se curvam para cima, animados, ao imaginar a cena. Arrancaria seus olhos lentamente, puxando-os com a ponta da minha adaga enquanto extirparia suas tripas pela boca.

Foco, homem!

Balanço a cabeça e, juntando as pistas que possuo, coloco minha mente para trabalhar. Kevin ainda tem dúvidas! Suas tentativas de morte indireta comprovam essa teoria, mas como pode isso diante da energia absurdamente gigantesca que a híbrida exala ao mínimo toque, depois do beijo que lhe deu dentro do carro? Será que foi vítima dos poderes dela? Negativo! O cretino não arriscou. Ele sabia que seria condenado à morte se cometesse a insanidade de sugar a energia vital do humano errado. *Raios! Qual o porquê do beijo então? O que a víbora está planejando?*

John e Samantha fazem um jogo mais sutil, ainda não imagino o que estão tramando, mas vou descobrir. Devo fazer isso sem sair de perto da híbrida. Sigo seus passos como uma sombra agora, vigiando-a com todos os meus sentidos. E, por mais que eu fique distante dela, sua energia vibrante me tira o foco, me suga para seu campo magnético e elimina a minha racionalidade.

E sinto ódio disso! Ódio terrível por estar sendo manipulado por uma humana tão pequena, tão indefesa...

"O demônio tem disfarces ardilosos, esconde-se atrás de faces inocentes." As palavras de Shakur ricocheteiam dolorosamente em meu cérebro.

Oh Tyron! O que está acontecendo comigo?

Por que eu me sinto tão paralisado, tão atordoado, tão... *Argh, maldita híbrida!*

Seu rosto fica piscando, latejando, pulsando dentro de uma mente acelerada e que não reconheço mais: a minha. A sensata voz dentro de mim berra, esbraveja ferozmente, tenta a todo custo sobrepujar a hipnótica lavagem cerebral a que sou submetido. A voz exige que eu elimine a garota o quanto antes, alerta com veemência que estou colocando os pés em um terreno pantanoso, arriscado, um labirinto diabólico. Avisa que preciso retornar urgentemente para a terceira dimensão e recuperar o equilíbrio antes que seja tarde demais.

Mas, simplesmente, não consigo.

E eu não o farei.

Principalmente agora!

Não vou deixar os louros da minha descoberta para outro resgatador! Em meio aos bilhões de vidas humanas, fui eu quem a encontrou! Richard de Thron! E, se alguém tem o dever e o direito de matá-la, esse zirquiniano sou eu! Apenas eu!

Raios! Por que a maldita não desapareceu daquele colégio conforme eu a havia alertado? E por que me iludo com esse tipo de pensamento idiota se no fundo sei que o alerta nada mais era do que uma forma de ganhar tempo, que não a livraria de passar pelo que está passando e que seu destino já está traçado?

Por que não consigo colocar um fim nessa história insana?

Por que não consigo arrancá-la dos meus pensamentos?

Quem é essa pessoa sem foco que encaro no espelho?

O que direi ao meu líder quando souber que venho fracassando dia após dia?

É certo que estou sendo vítima do poder dessa maldita híbrida! Preciso ser forte o suficiente, encontrar a verdade, oculta nos disfarces. Será que caí na armadilha demoníaca tão ingenuamente assim? Que poder haverá por detrás da face encantadora, dos lábios perfeitos e do olhar penetrante?

Tão frágil...

Seria tão simples eliminá-la, basta um sopro, um mero estalar de pescoço, um único e preciso corte.

... e, ao mesmo tempo, tão perturbadoramente poderosa.

Um simples olhar. O golpe certeiro. Minha derrocada.

O comando tão claro: Eliminá-la. Liquidá-la.

E, no entanto, bastou seus olhos pousarem sobre os meus daquela forma arrebatadora e única para meu esqueleto virar pó, minha força desaparecer como mágica e tudo em mim urgir em outra direção. Não consigo acreditar que estou tão errado assim. Graças aos treinamentos de Shakur, sempre fui um excelente estudioso de faces. E não havia medo em seu semblante ou em sua energia pungente. Pelo contrário. Seus olhos cintilavam, fascinados...

Por mim? Claro que não, seu estúpido!, esbraveja a voz da razão. *Você é um zirquiniano, e humanos não sentem nada por nenhum de nós assim como nenhum dos nossos sente nada por nenhum dos deles, mas...*

O que é isso então que ela faz comigo? Hipnose? Magia negra? Que energia inebriante é essa que emana dela e rouba meu fôlego, acelera o meu coração e me deixa transtornado como um animal irracional? E por que não quero que pare?

Não quero que pare...

Não quero que pare?

Maldição! Para onde foram minha vergonha na cara, meu orgulho e minha determinação? Por que não enfio uma espada em sua garganta ou arranco sua língua com uma faca quando ela me deixa absurdamente furioso? Por muito menos eu seria capaz de fazer coisas terríveis com meus inimigos. E, Tyron me ajude, por que tenho vontade de estripar qualquer um que se atreva a lhe causar mal? Mesmo que seja um dos meus homens... Por que meus olhos procuram por ela a todo instante, minha mente só pensa nela o tempo todo e meu corpo parece desejar ficar grudado ao dela para sempre, inebriado pelas sensações que nunca antes vivenciou? Por que não reajo e fico tão apático diante desse fogo constante, do ardor enlouquecedor que destrói minhas barreiras e usurpa minhas armas?

Em que momento deixei de ser o temido caçador para me tornar a estúpida presa?

17

RICHARD

— Maldito! Vou arrebentar a cara dele — rosno alto.

Finalmente consigo falar com Ewan e então descubro que o miserável do Collin falsificou a carta do nosso líder. Shakur não lhe passara a híbrida como missão. O desgraçado havia me enganado!

Mas o cretino não teria coragem de tocar um dedo nela antes da data, ou teria?

Retorno acelerado, pilotando como um louco desvairado pelas estradas ladeadas por extensos vinhedos quando, ao anoitecer, avisto as luzes das motocicletas dando forma a um pequeno vilarejo às margens da rodovia italiana. *São eles!* Procuro pela híbrida, mas não a encontro. Forço meus sentidos e capto o desequilíbrio em sua energia, uma nota de terror entremeada ao seu odor característico. *Ela estava apavorada? Por quê? O que estaria acontecendo?*

Instantaneamente meu coração fica agitado. Rápido demais, para ser sincero. Não é apenas ira o que causa essa fisgada desconfortável em meu estômago? Raiva pelo fato do Collin ter me enganado e desobedecido? Que sensação ruim, de pânico iminente, é essa que me toma agora então? Estou ansioso com o que deverei me deparar? Mais temeroso de que ela esteja sofrendo do que pela insubordinação dele? Não compreendo tamanha exacerbação dos meus instintos. Afinal, não será esse o mesmo destino que darei à garota?

— Onde ela está? — indago com fúria assim que me aproximo.

Checo rapidamente o lugar. Não há sinal do Collin entre eles. Ben tem os olhos mais arregalados do que uma coruja e aponta com o nariz para a casinha depenada. Forço o olfato novamente. A energia dela oscila. Meus punhos se contraem com força exagerada.

Como o babaca ousou desafiar a nova ordem do Grande Conselho? A híbrida só poderá ser eliminada no seu dia de passagem. E só por mim! Com quem Collin acha que está lidando? Vou lhe dar uma surra que jamais se esquecerá por tentar me enganar, por cobiçar algo que me pertence.

Porque a híbrida é minha. Somente minha.

Minha?!?

Um golpe inesperado. É o que experimento com a surpreendente afirmação que emerge das profundezas de um lugar intocado e desconhecido dentro de mim. Não tenho tempo para pensar a respeito porque minha pele arrepia por inteiro e sou tomado por uma sensação de asfixia ao escutar o berro dela por socorro.

Largo a moto de qualquer maneira e saio correndo. Entro porta adentro como um raio e avanço sobre o corpo dele como um bicho ensandecido. Acerto-o com um soco violento, em cheio. Collin tromba contra uma mesa e se espatifa no chão, ao lado de um homem muito gordo. Imobilizo a cabeça do imbecil com o pé. Ele geme. Olho de relance para ela, vejo o sangue escorrendo de seu supercílio e algo gelado arranha minhas vísceras, um mal-estar incompreensível. *Se minhas próprias feridas nunca me incomodaram, por que o sangramento dela arde em mim dessa forma?*

Minha ira aumenta. Pressiono ainda mais a sola da bota contra a cabeça do miserável, que só sabe gemer como um covarde. *O que se faz com um verme, afinal? Esmaga-se!*

Essa é a vontade que me toma pelo cretino ter cogitado eliminá-la. Quero afundar minha bota em seu crânio e explodi-lo em milhares de pedaços. Balanço a cabeça, respiro fundo e tento compreender o porquê das minhas reações tão tempestuosas. Eu sei que se trata do idiota do Collin, da vontade enlouquecedora de separar sua cabeça oca de seu corpo inútil, mas essa raiva que sinto não é normal. *Não estou no meu normal...*

— Collin, Collin... Com quem pensa que está lidando? — Não consigo encontrar a resposta dentro de mim e, nervoso, libero uma gargalhada estrondosa ao perceber que a minha cabeça não está em condições muito melhores que a dele. Ela é violentamente atropelada pelos fatos que se sucedem.

Eu matarei a híbrida.

Não vou permitir que ninguém fique com a maior de todas as missões.

Eu a descobri.

Os louros são meus.

A vitória é minha.

O tesouro é meu.

Ela é minha.

— Tentando comer a merenda dos outros? — indago num tom entre o ameaçador e o sarcástico.

— Eu, eu... — diz Collin, em pânico.

— Você não ia repartir a garota comigo? Mesmo sabendo que mal posso esperar pelo dia dela, que ando faminto por ela há um bom tempo?

Ela é minha.

A maldita mensagem torna a invadir meus pensamentos e a imagem de Collin ou de qualquer outro assumindo meu lugar me causa uma repulsa sem precedentes. O cretino responde alguma coisa. Estou surdo para tudo e lhe acerto um chute na barriga na intenção de liberar a raiva que me consome, mas de nada adianta.

Raios! Isso não é normal...

Estou faminto, alucinado para experimentar o que a híbrida pode me gerar, aguardando como um bicho desesperado seu dia de passagem, o momento em que poderei matá-la de um jeito bem interessante... Um jeito que me dá arrepios só em imaginar. E, no entanto, lá dentro, bem lá no fundo, algo não gosta da ideia. Mais do que isso, uma parte de mim a repulsa de imediato. Eliminá-la significaria dizer que eu experimentaria as sensações que ela me gera uma única vez.

Somente uma vez e nunca mais.

Novo desconforto com tal pensamento.

Por quê?

Não estou bem. Tensão demais. Só pode ser. Preciso acabar logo com isso. Necessito recobrar minha razão e coerência, preciso urgentemente de Necwar, tenho que voltar para Thron.

— Proteja-se do vento — digo ao me aproximar dela. A híbrida está encolhida, sentada próxima ao mastro principal da embarcação. Sua energia vacila de tempos em tempos e o vento frio está piorando o quadro.

— Por que se preocupa comigo se está prestes a me matar? — ela rebate, o medo e a preocupação cedendo lugar para a fúria.

Argh, sua...

O sangue ferve em minhas veias e tenho vontade de passar uma fita adesiva em sua boca atrevida, mas perco a reação ao perceber que passo tempo demais encarando seus lábios. *Por que tenho a sensação de que essa parte de seu corpo me suga em sua direção, como uma força magnética, um ímã potente? Céus! O que há de errado comigo? Estou sendo hipnotizado? Por que ela é tão interessante, tão desejável e...*

Foco, Richard!

— Cubra-se — ordeno.

— Estou bem assim — ela devolve, petulante.

Balanço a cabeça e não consigo segurar o sorriso que me escapa. Estou furioso por ela me desobedecer tão descaradamente e, ao mesmo tempo, surpreso com a reação. Suas bochechas ficam rubras. Olhos castanhos me cauterizam em uma erupção vulcânica. E me derrubam. A garota tem medo de mim, é óbvio, e, ainda assim, não recua. É corajosa e me surpreende ao agir como se tivesse um exército atrás de si a lhe dar cobertura.

Como uma guerreira.

Uma guerreira tão incrivelmente linda, tão...

Essa certeza gera um efeito enlouquecedor dentro de mim. Meu coração, tão desgovernado quanto eu, desata a dar socos no peito. Ela continua a me encarar e abre um sorriso desafiador. Pisco inúmeras vezes e perco a reação. Logo eu, paralisado na armadilha de uma simples humana...

Sem saber o que fazer (mas sem dar o braço a torcer!), encaro-a de volta enquanto me abaixo para fazer valer a minha vontade. Fecho seu casaco, mas sou traído pelo desejo do meu próprio corpo quando meus dedos, irrefreáveis, deslizam pelo seu pescoço ao ajeitar o capuz. Sinto a descarga elétrica mais forte e ainda mais atordoante dessa vez, como se nossas energias estivessem em sintonia, e meu corpo reage com uma vontade arrasadora, uma sensação indescritível se espalha por todas as minhas células enquanto o oxigênio foge dos meus pulmões. *Estou arfando? Por Tyron! Besta nenhuma causou esse impacto em mim! Eu estou tremendo! Tremendo por causa dela?*

Ela abaixa a cabeça, liberando-me, para meu alívio, do seu poderoso magnetismo, e me lançando em uma inesperada tormenta. Retorno, absurdamente atordoado, ao meu proposital posto de vigília. Estamos atravessando o Mediterrâneo. Eu não posso dormir. Não enquanto ela estiver no meio de tantos zirquinianos. Vejo a forma doentia como cada um dos meus olha para ela, como fazem questão de esbarrar nela, os semblantes vidrados, as línguas quase à mostra, como animais selvagens salivando, após dias em jejum, diante de um apetitoso filhote indefeso que se desgarrou da manada. Então, eu me pergunto se a minha fisionomia se assemelha à deles. Com base nas pedras de gelo que invadem minha glote e nos arrepios paralisantes que se espalham pela minha coluna, devo estar com as feições ainda mais assustadoras. *Será que ela é capaz de notar? E por que me preocupo tanto com isso?*

Mantendo uma distância segura, observo-a de canto de olho enquanto checo o horizonte em meio à bruma noturna à procura de alguma solução para o terrível problema a me consumir. O fracasso me veste, mas, para minha total consternação, aceito-o de braços abertos, resignado.

Agora é certo!

Não conseguirei eliminá-la. Não serei capaz.

18

RICHARD

— Como eles souberam? Você deixou pistas? — berra o imbecil do Collin ao ver um navio com homens de Storm atracando no golfo de Túnis assim como nós.

— Óbvio que não! — Estremeço ao compreender a estranha coincidência.

Seria verdade então o que ouvi por acaso? Achei que tivesse escutado errado, mas os homens de Storm realmente não pensavam em eliminar a híbrida como os demais clãs? Por que eles a queriam viva? Que serventia ela lhes teria?

— Homens, escondam a garota!!! — ordena Collin.

Dois sujeitos a levam para dentro da embarcação com a fisionomia animada demais para o meu gosto. Meus punhos automaticamente se fecham. Respiro fundo. *Deixa disso, homem! Você não pode ficar paranoico e achar que todo zirquiniano, a todo instante, quer se aproveitar dela,* a voz da razão afirma enquanto me desvencilho de um preocupado Collin e, instantes depois, sorrateiramente desço as escadas em direção ao lugar para onde eles a levaram.

Meu pulso dá um salto ao escutar um amontoado de palavras maliciosas. Não preciso apurar a audição para saber que o pior estava realmente acontecendo. Numa fração de segundo o berro dela pedindo por socorro, ainda que abafado, reverbera em minhas células e gera uma potente descarga elétrica nas minhas pernas. Meu corpo reage de maneira intempestiva, quase selvagem, e avanço com fúria para cima dos dois criminosos, arrancando-os de cima da híbrida. No instante seguinte, tenho um dos sujeitos preso pelo pescoço enquanto aponto a minha espada para o que está caído aos meus pés. Mantenho-me de costas para ela o tempo todo porque o ódio que me consome é tão feroz que perco o controle sobre as minhas pupilas, deixando-as completamente verticais. Nós, resgatadores, não temos a permissão de deixá-las evidentes aos humanos sob risco de sermos penalizados pelo Grande Conselho.

— O que há com você, cara? — Virtle tem a audácia de perguntar.

— Comigo?!? — indago com ódio mortal, uma vontade absurda de fazê-los sofrer assim como eles fizeram com ela.

Por Tyron! Por que estou tão furioso assim? Eles são meus soldados, pertencem ao meu clã, mas o ódio que me deixa transtornado ultrapassa as barreiras da lógica. Tenho vontade de destruí-los como se fossem inimigos de longa data. Inferno! Maldita híbrida! É ela a causadora de todo esse tormento, a responsável por estar me tornando esse sujeito com ações desencontradas e sem clã. É para ela que eu deveria direcionar a ira desmedida que explode no meu peito, não para eles. Então por que não consigo? Por quê?

O sujeito no chão diz alguma coisa. Estou tão zonzo que não ouço uma palavra do que diz.

— Acha que não percebemos como está diferente? — Virtle indaga com surpreendente exibição de coragem para quem está em vias de ser estrangulado.

O desgraçado sob a mira da espada torna a murmurar algo quando Virtle solta outra gracinha idiota. Eu não sei dizer o quê. Não consigo compreender. A bolha de ódio enlouquecedor está me deixando surdo para tudo ao redor, com exceção do sujeito que pretendo estrangular com as próprias mãos. Meus dedos esquentam e latejam em antecipação. Mas, de repente, algumas palavras têm o poder mágico de me arremessar em outro furacão de dúvidas e paralisar minha ação:

— A gente só tava curioso, você sabe! Ela é diferente!

"Curioso."

O mundo afunda. Ou seriam meus pensamentos desencontrados girando em uma velocidade assustadora? *Sim. Ele dizia a verdade. Eu também estava muito... "curioso" para descobrir o que ela poderia me fazer sentir além do que eu já vinha experimentando.* Talvez até mais do que isso.

Nova pancada certeira.

Sim. Outra verdade perturbadora: Ela é "diferente". Eu estou diferente. Tudo está diferente!

Afrouxo a pegada e deixo minha testa ir de encontro à parede do navio. Sinto o odor do lodo entranhando em minha pele, sufocando meus sentidos e, ainda que por uma mísera fração de segundo, desejo que ele seja capaz de arrancar o maldito conflito de dentro do meu peito, de me anestesiar até o momento em que eu consiga entender o que se passa comigo.

Maldição! Preciso arrumar uma saída para essa loucura. Preciso...

— Saiam! — É tudo que consigo pronunciar. Não me mexo.

— Essa garota enfeitiçou você? Virou seu cão de guarda? — Virtle rebate minha ordem. — Antes era você quem começava essas brincadeiras e agora está assim?

Por muito menos o faria sufocar com a própria língua, mas, nada faço, apático demais para alguém com o sangue quente como eu. Suas palavras são como um bisturi gelado que me rasga com precisão cirúrgica, expõem meu histórico e me incapacitam. *O infeliz dizia a verdade...* E, pela primeira vez em minha existência, sinto-me insatisfeito com o que sou, desconfortável porque a híbrida estava ali e ouviu tudo, porque compreendeu o que eu realmente era: um ser tão desprezível e repugnante quanto os dois sujeitos que a atacaram. Até pouco tempo atrás eu era parecido com os calhordas. Não iria até o fim, como eles pretendiam, mas isso não me tornava melhor.

— É meu último aviso, Virtle. Saia antes que eu perca a cabeça — murmuro de costas enquanto puxo o ar com força na tentativa de abrandar meus nervos.

— Ok, mas... Me deixa experimentar... Tem gosto de... — Sua voz cretina solta em tom lascivo.

Giro-me lentamente e me deparo com o impensável: Virtle aperta a garota contra o corpo e passa a língua em seu pescoço. Por um instante não me mexo e também não consigo acreditar. O idiota acaba de ultrapassar uma barreira que deveria ser intransponível: a do respeito à figura que represento. Eu sou seu resgatador principal. Fico impressionado com o poder que a híbrida exerce sobre nós, seres anestesiados. Por causa dela, Virtle me enfrentava e pagaria com a própria vida. *Apenas para sentir algo a mais? E por meros segundos?*

Então volto a mim quando ela geme. Uma contração generalizada acontece em resposta, como se meus músculos acordassem sob um calor escaldante, preparados para o ataque iminente. Murmuro alguma coisa e solto uma gargalhada estrondosa.

Vou matá-lo.

Dou um passo sutil em sua direção, avaliando o melhor ângulo para a minha investida quando, de repente, sinto a energia dela vacilar e ganhar tons enegrecidos, de dor e desespero máximos. Seu sofrimento arde em minha pele e lateja como a lâmina afiada de uma espada em algum lugar dentro do meu peito.

Por Tyron! Preciso me livrar dessa dor.

Então eu avanço sobre Virtle, desferindo uma rajada de socos e golpes violentos. Eu não quero matá-lo apenas. Eu quero destruí-lo! Eliminar qualquer vestígio de sua existência! Arrancar a maldita dor que me consome! Expulsar esse demônio que se apossou do meu corpo! Preciso que ela pare de chorar! Suas lágrimas me sufocam!

Acabo com o rato repugnante com rapidez e parto para liquidar seu coleguinha quando o pedido dela em meio ao pranto devastador me faz perder a concentração.

Erro o alvo.

— Você está machucada? — pergunto.

Sem compreender o tremor em minhas mãos, aproximo-me dela e estreito os olhos em uma tentativa de disfarçar minhas pupilas, mas dessa vez nem preciso fazer muita força. Ela mal repara em meu rosto, apenas se joga sobre mim e afunda a cabeça no meu peito.

A grande missão não tem sentido.

Minhas verdades de nada valem.

Estou completamente perdido.

Porque a híbrida procura refúgio em mim!

Sinto sua silhueta delicada estremecer e, para meu horror, é a vez de o meu corpo acordar num terremoto de brasas e arrepios intermitentes.

Por Tyron! O que é isso que estou sentindo? Como pode acontecer? Essa dor... Por que sou capaz de sentir a dor dela? Estaria ela me transferindo parte de sua energia? Por que não suporto que ela sofra?

O pranto dela é como uma bomba a devastar meu espírito. Não tenho armas para neutralizá-la. Não sei como me defender de seu ataque. Então, sem minha permissão, minhas mãos agem por conta própria e acolhem seus pequenos dedos trêmulos. Envolvo-os com uma vontade alucinante. Faço com eles o que não devo e não posso fazer com ela. Experimento a avalanche ininterrupta de descargas elétricas, mas não quero me afastar. Se pudesse, colaria todo o meu corpo ao dela. O pensamento me dá uma rasteira. Fecho os olhos, derrotado, e durante um tempo que não sei determinar, simplesmente não imagino o que fazer.

Só uma coisa parece certa agora: mantê-la viva.

Apenas um clã a queria viva: Storm!

E homens de Storm atracavam em Túnis naquele exato momento...

Por Tyron! É isso! Agora eu tenho um plano!

— Já botei as mãos nela, Collin. É claro que ela caiu na minha conversa. Todas caem, você sabe disso melhor que ninguém — comunico ao idiota depois da milésima mensagem desesperada que ele deixa no meu celular. O barulho do carburador de uma velha caminhonete adiante me incomoda e preciso aumentar a carga de convencimento no meu tom de voz. — Já vou te entregar, é... eu sei...

Collin não pode vir ao meu encontro. Não agora. Quando isso acontecer, a híbrida deverá estar bem longe de suas garras asquerosas, com o grupamento de John a caminho de Storm. O plano está indo bem. A certeza lateja dentro de mim: não serei o responsável por sua partida. Não conseguiria de qualquer maneira. Minha consciência afirma categoricamente que é o certo a fazer, que ela merece um futuro, que não serei o responsável pela aniquilação de um ser tão... tão...

Dela.

Respiro fundo e tento não pensar no assunto. Agir. Apenas isso. Minha natureza guerreira quer assumir o controle, necessita ter as rédeas da situação. Ela sabe que foi sobrepujada, que joguei meus músculos para escanteio enquanto minha massa cinzenta trabalha alucinadamente, desesperada em encontrar uma saída dessa armadilha em que fui arremessado. Está cada vez mais claro que estou sendo submetido a algum tipo de teste e que não encontrarei a solução apenas utilizando minha força ou habilidades físicas. Preciso pensar...

Inferno! Mas quando faço isso perco a razão e fico enlouquecido!

Esfrego o rosto com força, atordoado. Que tipo de atração é essa que seu espírito gera sobre o meu? Um beijo humano? Eu desejei beijá-la? Isso não faz o menor sentido! Mas por que, de repente, a ideia não me gera repulsa, muito pelo contrário... Por que quase perdi a cabeça e eliminei a distância entre nós quando ela colocou seus lábios tão perto dos meus? Maldição! O que deu nela para se jogar sobre mim daquela forma? Será que com seus poderes de híbrida ainda não percebeu que *eu* sou o perigo? Que sua energia definha quando seu corpo fica em contato com o meu? Que em meus lábios pulsa o beijo da morte?

Morte...

Essa ideia, tão celular em minha existência quanto respirar, me deixa desnorteado. Não quero que ela morra. Não suporto imaginar os tipos de experiências que Kaller deseja fazer com ela. Ainda assim, diante das péssimas circunstâncias atuais, é a única maneira de mantê-la viva.

Mantê-la viva...

Por que essa ideia se fixou em minha mente dessa forma? Por que é tão importante assim que eu saiba que ela está viva? Que diferença fará se tomaremos caminhos distintos?

O pensamento de nunca mais colocar os olhos nela me causa estranha aflição, uma agonia quase tão sufocante quanto a ideia de vê-la morta. Não estou bem e muito menos tenho condições de tomar decisões definitivas nesse estado. Estou delirando? Por que as horas se fundiram aos dias e tudo que faço é pensar e pensar e me enfurecer com tudo e com todos porque não consigo sair do lugar? Nada faz o menor sentido...

Chega! Assim você vai enlouquecer de vez! Hora de agir!

Faço alguns ajustes na moto e checo o relógio.

Dois terços de hora já se passaram. Tempo suficiente para ela acabar de comer e ir ao banheiro. Farejo o ar e meu pulso dá um salto quando não capto sua energia singular em lugar algum.

Não. Não. NÃO!!!

Ela havia fugido? De mim?!?

Não quero acreditar que novamente eu havia fracassado, que a espertinha havia fugido, aproveitando-se da minha fraqueza momentânea, do instante em que meus nervos tomaram controle da situação. Corro como um relâmpago para dentro do restaurante e vasculho canto por canto. Nenhum sinal dela.

Meneio a cabeça e um sorriso demoníaco me escapa. Estou atordoado, metralhado por um misto de decepção e fúria. Sou o soldado abandonado no campo de batalha por seu próprio exército. Sinto-me mortalmente traído.

— É isso o que quer? Pois que morra, híbrida ingrata! — vocifero para o vento do deserto enquanto acelero com minha moto para longe dali.

No fundo foi melhor assim!, digo para mim mesmo a cada instante. Não estou nem aí se não cumprirei a missão. Dane-se se não terei meu nome gravado na história de *Zyrk* ou se perderei o status de melhor resgatador da minha dimensão. Vou dizer que fui alvo de algum poder obscuro da híbrida, que não tive culpa. Shakur acreditará. Ele sempre confiou em mim e…

Maldição! Ela está transformando-o em um mentiroso, Richard! Pela primeira vez na vida você está cogitando enganar Shakur, a pessoa que mais estima! E por causa dela!

Engulo em seco. Um suor gelado, agourento, escorre por minha nuca, costas e espírito. Estou tremendo. Mas não é de raiva. Estou apavorado com os pensamentos que se atropelam em minha mente:

E se algum dos meus a encontrou? E se a víbora do Kevin colocou as mãos nela? Será que ela ainda está viva?

Algo dentro de mim se contorce em câimbras quando me recordo do que ela pode gerar nos meus, de como os homens no navio e os dois capangas do Kevin ficaram irrefreáveis e inconsequentes em sua presença, do risco que ela correu e do ódio bestial que experimentei quando achei que ela estava interessada por um deles.

Foi decisão dela. Não a forcei a nada. Não quis fugir de mim? Pois que a ingrata arque com a própria escolha! Meu orgulho reage, mas não é forte o suficiente para confrontar o sussurro insistente que me enlouquece.

E se ela fugiu porque você foi bruto e a afastou quando a coitada tentou se aproximar? E se ela estiver precisando de você neste instante, Richard? E se ela estiver sofrendo? E se...?

Arrr!!! Freio a moto com violência, derrapando no asfalto decadente. Dou meia-volta. *Não posso deixá-la para trás! Oh Tyron! Não posso perdê-la!*

Com o coração pulsando nos ouvidos, voo como um suicida pela estrada. Refaço o caminho em concentração máxima, cogitando todas as possibilidades. Algum tempo depois eu avisto a velha caminhonete. O alívio inicial é logo deixado de lado. Meu olfato afirma que são apenas resquícios da energia dela. *Raios! Ela não estava mais ali!*

— Onde está a garota? — berro em árabe assim que emparelho com eles.

Ao menos uma das vantagens do meu povo: somos capazes de nos comunicar em qualquer língua...

Os dois beduínos desatam a fazer piadas sobre mim e a gargalhar com vontade. Nervoso, ultrapasso-os e, sem perder tempo, aproveito uma área onde uma das pistas está repleta de buracos e intransitável para bloquear a passagem deles, parando logo à frente. Os homens arregalam os olhos e freiam bruscamente.

— Onde está a garota? — torno a perguntar sem perder contato visual.

Um deles xinga alto e prenuncia, com os punhos fechados, que virá para cima de mim.

Não faça isso. Não é um bom momento. Não estou de bom humor...

— Digam antes que... — dou o último aviso. Estou ficando possesso por estar, desnecessariamente, perdendo um tempo precioso.

O homem faz uma careta de deboche e avança. Dois segundos depois o infeliz está desacordado no chão. Limpo minhas mãos na calça comprida e encaro o segundo, ameaçando ir em sua direção. O sujeito perde a cor e atropela as palavras, tagarelando como um papagaio. Mas é o suficiente para eu compreender. Eles a tinham abandonado na estrada mesmo, a aproximadamente oitenta quilômetros dali.

Mas eu passei por lá e não havia qualquer sinal dela!

Olho para o céu e compreendo o que não sei se foi o golpe fatal do destino ou a grande saída: ela tinha feito a loucura de abandonar a estrada e avançar deserto adentro, de enfrentar a fúria solar daquele oceano de areias escaldantes a pé.

Maldição! Por que nada pode ser previsível quando se trata dela? Como ela consegue me surpreender a cada instante? E como consigo captar a pitada de admiração na raiva colossal que experimento? Não é apenas atração pelas sensações do seu corpo de híbrida? Por que me sinto tão hipnotizado pelo seu sorriso e sua maneira intempestiva de ser?

Aperto as têmporas e meus instintos alertam para o pior. As rajadas de vento aumentariam à medida que a tarde avançasse e apagariam suas pegadas e seu odor, arruinando minhas chances de encontrá-la ainda de dia. Meu corpo estremece em imaginar o estado em que ela deve estar e se suportaria o frio terrível de uma noite desértica.

Procuro-a desde o entardecer pelo deserto escaldante. A aflição dita o ritmo das minhas pernas nos pontos onde o percurso fica inviável para a moto. Protejo minha cabeça com a camisa. Pouco adianta. Ela parece tão febril quanto meus pensamentos. Tal constatação me faz engolir em seco. Se eu que sou acostumado a essas condições adversas estou assim... *Oh Tyron! Como ela estaria?* Abro o cantil, mas o fecho em seguida. *Não! A água é para ela!* Esfrego o rosto, grãos de areia arranham minha pele suada, e avanço noite adentro pelo labirinto infernal. A lua cheia ajuda, somando força aos faróis da moto, mas ainda assim a missão fica cada vez mais complicada. A ventania assume o posto e, conforme eu havia imaginado, apaga as pistas e as minhas esperanças.

Raios! Eu teria deixado qualquer um dos meus para trás se fosse em Zyrk.

Abro um sorriso entre o aliviado e o irônico.

Mas ela é a híbrida! E aqui não é Zyrk. *Se fosse, eu não poderia estar andando livremente durante a noite...*

É isso! Preciso abrandar meus nervos e me concentrar. Preciso ter a mente livre. Paro por um instante e encaro com fascinação o céu estrelado. Sempre admirei, ainda que em silêncio, o fulgurante cintilar das estrelas.

Estrelas...

Assim como os bons sentimentos, elas também não existem em *Zyrk*. São um milagre de Tyron. Um presente da grande divindade para esta dimensão cujos habitantes pouco valor lhes dão.

Como não ficar maravilhado por elas?

Como sua luz pode ser tão hipnotizante, viva e potente o suficiente para viajar por bilhões de anos e ainda assim pertencer a um corpo que talvez já não exista? Nego-me a acreditar que o brilho que me encanta esteja morto há muito tempo. As estrelas estarão sempre vivas dentro de mim e serão o combustível a me alimentar quando a escuridão cair sobre o meu corpo e o meu espírito. Respiro num ritmo constante, lento, e deixo a sensação de paz abrandar as feridas que me queimam.

De alguma forma meu olfato se expande, transcende a região que me encontro e cobre um grande raio de quilômetros de distância. O odor característico entra rasgando pelas minhas narinas e meu coração dá um salto.

Por Tyron! É ela!

— Nããããão! — ela solta um berro estridente ao notar minha aproximação.

Sua energia foi fortemente abalada. Checo o estado de seu corpo e, apesar de aliviado por saber que ela não corre risco de morte, fico arrasado ao visualizar as queimaduras em sua delicada pele e a dilatação acentuada das pupilas. O olhar perdido e a respiração entrecortada confirmam minhas suspeitas: a febre alta está agindo em suas faculdades mentais.

— Nina, acorda! Você está delirando! Está me ouvindo? — Toco de leve seu rosto. Fico satisfeito em ver que, ao menos, o boné que lhe dei a protegeu um pouco.

Ela dá um salto repentino para trás, a fisionomia entre o nojo e o pavor, como se estivesse vendo um repugnante monstro de sete cabeças.

— Eu te odeio, seu cafajeste mentiroso! — esbraveja sem mais nem menos.

Seguro-a pelos ombros. Quero checar a real dimensão dos danos, olhar dentro de seus olhos, mas ela dá pinotes como um cavalo selvagem e o semblante de ojeriza fica ainda pior e ganha notas de desprezo máximo. Tenho a impressão de que, se ela conseguisse, vomitaria bem na minha cara.

A alegria inicial é instantaneamente substituída. Algo fica furioso dentro de mim. *Quem ela pensa que é para olhar para mim dessa maneira? Por que me sinto tão afetado com seu semblante de nojo e descaso?*

— O que está acontecendo? Você é louca? — Rujo, sem conseguir abrandar meu gênio.

Inflamada, ela desata a bradar um monte de frases sem sentido, sobre joguinhos etc. Tento a todo custo dizer que ela está delirando por causa da febre, mas minhas palavras perdem a força quando finalmente compreendo a causa de tudo: ela havia escutado minha conversa com Collin! Aquela em que falsamente eu lhe afirmava que em breve a entregaria para ele. Recuo, mal dando atenção ao fato de que ela havia arrancado o punhal da minha cintura e o apontava em minha direção com o olhar transtornado.

Ela queria me atacar?

Em outra ocasião eu acharia graça, mas não é mais o caso. Uma sensação ruim se alastra pelo meu abdome. De início acho que estou aborrecido comigo mesmo por ter falhado de forma tão amadora, por ter permitido que ela presenciasse um de meus esquemas, mas logo compreendo que não se trata apenas disso...

Como pude ser tão cego!

Seu sofrimento é tão palpável, tão cristalino que faz meu corpo esquentar e arder em resposta. O que aflige seu espírito e a dor que transforma sua face linda em uma irreconhecível não são gerados pelos danos do sol.

Foram causados por mim!

Decepção? Traição? Mais do que isso...

Sua reação tempestuosa, falas inacabadas e amargura no olhar completam o quebra-cabeça e são mais letais que um golpe de punhal na minha garganta.

Ela está transtornada porque os atos desprezíveis vieram de mim!

O ardor se transforma em algo pior. Estou pegando fogo agora, incendiando de culpa e de vergonha. Na infância, eu senti isso uma vez. Quando fui enganado pelos que mais admirava...

Admirava?

Levo as mãos à cabeça. *Por Tyron! Isso não pode estar acontecendo! Não é possível! Ela me admira? Logo a mim, o exemplar mais bruto e sanguinário de uma espécie amaldiçoada? Ela estava tão arrasada assim pela decepção que eu lhe causei?*

— Você entendeu tudo errado! — Posso sentir a tensão em minha voz.

Céus! Por que estou tão desorientado? Por que ela me afeta tanto? Por que preciso desesperadamente lhe explicar que foi um grande engano? Por que não suporto vê-la sofrer? Tento deixar claro que foi parte de um plano, que tive que enganar Collin para que pudéssemos ter alguma chance, mas então ela consegue me surpreender.

De novo.

— Que ótimo! Pois agora quem não quer chance alguma sou eu! — rebate ela com uma força assustadora para suas péssimas condições.

O punhal não era para me atacar, mas, sim, para dar um fim à sua própria existência! Estremeço ao presenciar seu halo ganhar tons escuros, perigosos, enquanto segura a arma com ambas as mãos e a aponta para o peito. O ar sai rasgando de meus pulmões. A mira é perfeita e Nina, imprevisível. Se ela realmente tiver coragem para ir adiante, não haverá retorno.

Novamente estou em terreno desconhecido, sem compreender o que deverei fazer ou qual será o próximo lance. Que tipo de jogo é esse em que Tyron me lançou? Por que, pela primeira vez na vida, não quero obedecer às ordens do meu idolatrado mestre? Por que algo dentro de mim afirma que Shakur está enganado? De fato, a híbrida é um enigma, a charada indecifrável que me encanta e me seduz, e que, apesar de me defender com todas as minhas forças, está abalando minhas estruturas.

O que estava acontecendo afinal? Eu corria risco? O pensamento me parece ridículo e me gera repulsa! Não tenho medo de partir. Nunca tive! Mas a ideia de deixá-la morrer me apavora... Inferno! Que energia pungente e ao mesmo tempo vacilante é essa que a envolve? Preciso decifrá-la!

— Nina, para com essa brincadeira ridícula! Solta isso! — Tento disfarçar o nervosismo que me acomete.

Tenho certeza de que fracasso vergonhosamente, tanto no tato com as palavras quanto nos vincos do meu rosto. Dou um passo hesitante em sua direção, mas estanco assim que minhas narinas se dilatam e presencio a mancha de sangue crescer em sua blusa. O chão é arrancado dos meus pés e começo a afundar na areia, a asfixiar com a certeza perturbadora: não conseguirei mapear a energia assustadoramente diferente que se expande ao seu redor. *Céus! Será que ela corre risco de morte?*

— Me diga: o que mais eu tenho a perder? Por acaso me sobrou algo por que lutar? — ela indaga em estado de perturbação.

— Nina, eu...

Não sei o que dizer porque tudo em mim sinaliza para o perigo iminente. Um guerreiro reconhece quando está em um caminho sem volta e essa é, sem dúvida, uma situação limítrofe. Nina está disposta a tirar a própria vida e eu estou simplesmente apavorado com a ideia, mais amedrontado do que em qualquer momento terrível que já experimentara na vida.

Raios! Ela não pode morrer! Eu a quero viva! Eu a quero...

Meu peito é esmurrado com violência com outra certeza perturbadora, uma necessidade sem precedentes. Estou desesperado. *Por ela!*

Eu a quero. Tudo em mim precisa dela.

Necessito desesperadamente dela viva, ainda que...

O tempo não é mais um aliado e, numa fração de segundo, dou um bote calculado, caindo sobre seu corpo enquanto imobilizo o braço que segura o punhal. Ela grita, me agride verbalmente, e esperneia querendo se libertar, remexendo-se abaixo de mim, tornando dificílimo me libertar do magnetismo que seu corpo exerce sobre o meu. Tudo arde e vibra e queima e acorda dentro de mim. Estou sendo sugado pelo furacão de sensações que me atropelam e me enlouquecem, de um desejo nunca antes experimentado, uma vontade visceral de algo que não sei o que é, mas que parece que somente ela pode me dar, somente ela pode saciar. Tenho a impressão de que o ar que respiro é ela quem produz porque vou sufocar se não ficar perto dela, se não fundir meu corpo ao dela. Necessito. Preciso. Desejo me aninhar em sua energia atordoante e pelas curvas de seu corpo macio. Quero ficar olhando, olhando, olhando para seu rosto tão lindo e delicado. Uma necessidade urgente de envolvê-lo com minhas mãos, protegê-lo acima de tudo, contrariando a vontade insana que me toma de agarrá-la com força. Tanta força que eu tenho medo de machucá-la...

— Por que não me mata logo? — ela rosna, as pupilas agora completamente verticais, e seus lábios se afastam, buscando ar, desafiadores, e são o golpe de misericórdia em outra mente em estado perturbado: a minha!

Encaro-os hipnotizado, mais do que isso, de um jeito sedento, vidrado, viciado. Toda saliva evapora num rompante e minha boca fica seca, mais árida que o deserto que me cerca. Água. Água! Preciso apagar esse fogo que se alastra por minha pele, matar essa sede desesperadora, vou morrer, enlouquecer, explodir de agonia se não colocar um fim nesse flagelo.

— Porque... Merda! Não consegue enxergar o que fez comigo? Você será a minha desgraça, garota! — Esbravejo, com uma raiva que nunca senti.

De mim!

Eu fui derrotado. Estou ciente de que acabo de perder a batalha, de perder meus objetivos, de me perder...

Jogo os protocolos para os ares e cometo o ato sem sentido praticado pelos humanos e que, apesar de tentar negar com todas as minhas forças, vem invadindo meus pensamentos há vários dias: beijá--la! Afundo minha boca em seus lábios e deixo minha língua, ávida por colocar um fim na sede demoníaca, mergulhar de encontro à dela e à minha salvação. Uma corrente elétrica explode em alguma parte dentro de mim e rasga e queima e congela e abranda e massageia o corpo que até então julguei anestesiado.

Estou morrendo?

Se for isso, acho que será uma *partida* interessante, talvez a melhor que eu poderia ter imaginado para alguém da minha estirpe. Se for isso, acabou, porque não desejo me afastar, não vou parar. Nina solta um discreto gemido e, apesar de achar que não poderia ficar mais enlouquecido dessa sensação prazerosa que me toma, experimento um frenesi alucinante, como se sua voz colocasse mais lenha na fogueira que me consome. Posso jurar que estou pegando fogo, ardendo em calafrios.

"Um híbrido não é tão indefeso como imagina, resgatador. Tem poderes sobre nós zirquinianos, poderes traiçoeiros."

Em algum lugar distante as palavras de Shakur reverberam. Meu cérebro treinado berra, ainda luta contra, tão guerreiro quanto o corpo que costumava conduzi-lo, mas que acaba de abandoná-lo, e tenta a todo custo sobrepujar o som atordoante das pancadas furiosas do meu coração. Não admite aceitar a certeza assustadora: meu mundo de honras e vitórias estava severamente ameaçado.

Eu entrara num caminho sem volta...

19

RICHARD

— Não! Argh! — guincha o humano com as horas contadas, outro infeliz que deu o azar de aparecer em meu caminho de tormentas.

Cianótico, o homem de porte largo arregala os olhos enquanto minhas mãos, impiedosas e febris, se fecham ao redor do seu pescoço. Coloco força excessiva nesse estrangulamento, ainda maior que a que utilizei nos anteriores, tentando me livrar do que me corrói por dentro, drenar o pus da ferida infeccionada que se alojou em meu peito. Não posso retornar a *Zyrk* tão transtornado assim, sem uma resposta decente para tamanho fracasso. Shakur perceberia a mentira na mesma hora.

E desconfiaria...

Finalizo o serviço e o sujeito cai morto aos meus pés. É o décimo primeiro. Rosno alto, desorientado. A sensação ruim não vai embora e, em seu lugar, tudo que consigo visualizar é o maldito rosto da híbrida, lindo por sinal, na última vez em que a vi, quando a deixei dormindo na pousada do Saara sob os cuidados do filho de Kaller.

Um estranho dentro do próprio corpo. É assim que me sinto desde que retornei à minha dimensão. Perambulo como uma alma penada, doente e perdida, pelas áreas mais renegadas de *Zyrk*. Não posso deixar qualquer rastro para trás e, nessa região de mercenários e de sombras desgarradas, as partidas não são conferidas pelo Grande Conselho, pelo contrário. Acho até que os magos e os líderes ficariam satisfeitos se houvesse uma redução no número dessa horda de miseráveis.

— Nãooo! — berra a sombra em desespero, uma mulher na casa dos quarenta anos que surge de repente, jogando-se sobre o corpo do rapaz de feições desprezíveis e apenas um pouco mais novo do que eu, impedindo que eu finalize a execução.

Ele seria o sexto. Eu acabara de eliminar cinco sombras asquerosas com prazer demoníaco, matando-as com requintes de crueldade, fincando meus dedos e minha espada em suas gargantas imprestáveis, arrancando cabeças e membros como se tentasse a todo custo arrancar a maldita híbrida dos meus pensamentos.

— Suma já da minha frente se não quiser ter o mesmo fim, mulher — rosno com os dentes trincados.

Nada. Absolutamente nada alivia a sensação horrorosa que experimento no peito, como se meu coração estivesse podre, como se algo o estivesse esmagando e transformando em chorume.

— Por favor, não! — A mulher implora sobre o sangue que verte das feridas que eu mesmo abri no rapaz.

— Saia. — Impaciente, dou meu último aviso à sombra insubordinada.

— Então me mate, mas poupe a vida dele. Eu lhe rogo, filho do demônio, tende piedade. Por Tyron.

Uma sombra dando a vida... por outra? Isso é insano!

A espada paralisa no ar e um relâmpago trespassa minha coluna. Largo a arma e espremo a cabeça entre minhas mãos ensanguentadas, sem querer admitir que estou desorientado, perdido dentro de mim mesmo.

— Os demônios que atormentam nossas almas não podem ser arrancados com espadas, resgatador, mas com palavras — a mulher murmura sem perder contato visual, mas, dentro do temor que a toma, capto uma nota de piedade.

De mim?

Fecho os olhos com força e um sorriso irônico me escapa. *De fato. As palavras dela haviam acabado de salvá-los...* As moedas de ouro pesam toneladas em meus bolsos e em meu espírito. Jogo duas para ela e desapareço dali.

Meu animal dispara em uma velocidade incrível e atravesso o portal como um relâmpago.

— Nãããooo! — Escuto o berro de pavor, a voz que tem o poder de fazer meu coração vir parar dentro da boca, de acelerar meu pulso e congelar meu corpo, enrijecendo-o da cabeça aos pés.

Nina?!?

Meus olhos se estreitam, urgentes e ansiosos, e, numa fração de segundo, compreendem o que se desenrola à minha frente. A paisagem e os brasões confirmam o que meu faro adestrado já havia identificado: sangue, conflito.

Maldição! Os clãs já digladiavam por ela!

Entretanto, a situação não poderia estar tão perfeita. Tudo indica que a sorte continua do meu lado, que conseguirei resgatá-la. Então, por que sou impiedosamente bombardeado por uma sensação ruim, aflitiva? Seria porque o alívio inicial se fora? Teria a ver com a detecção de notas de um odor único trazido pelo sopro do vento, a energia dela pairando no ar de maneira tão fraca e instável? *Que inferno! O que estaria acontecendo com ela? Será que...?*

A tensão no ar é tão pesada que eles demoram a notar minha aproximação, conferindo-me segundos decisivos para sacar a espada e atacar com fúria assassina os dois cretinos que a imobilizam. *Dois zirquinianos para segurar uma garota tão pequena e delicada? Morram, covardes!* Sem perder tempo, dou meia-volta com o cavalo e, num movimento calculado, abaixo-me e puxo o corpo sem resistência dela para junto do meu. Sou imediatamente inundado por uma corrente de calor penetrante, dolorosa, e compreendo o porquê de sua força decadente e do halo com rajadas enegrecidas: ela tem pouca reserva de energia, está ardendo em febre e, para piorar, tinha perdido sangue.

O que haviam feito com ela? Por que estava tão debilitada assim? Eu a havia deixado em condições razoáveis com o filho de Kaller, raios! O incompetente não foi ao menos capaz de mantê-la sã? Qual desses bastardos foi o responsável pela ferida em seu braço? Seguro na marra o ódio, a vontade animalesca de esquartejar cada um deles, de fazê-los pagar caro pelo flagelo que a submeteram.

Foco, Richard! Atenha-se ao plano!, brada a sensata voz dentro da minha mente aceleradíssima.

Ela tem razão. Respiro fundo. Não há tempo a perder.

— Richard?! — A voz de Collin surge estridente demais e me resgata de meus pensamentos. Deparo-me com uma expressão de pavor em sua fisionomia. O imbecil tem os olhos esbugalhados, pálido como se estivesse diante de uma assombração.

Assombração? Não é possível. Será que...?

Checo rapidamente ao redor e, além dos corpos espalhados pela areia, vejo que seu séquito não está em melhores condições. Seus soldados me olham com expressões que variam da aturdida à horrorizada. John, por sua vez, está petrificado. E não acho que isso seja devido às feridas em seu corpo.

Faço força para segurar o riso.

— Bom trabalho, Collin. — Atiço, provocando-o. Preciso ver se o que estou imaginando é verdade. *Ele não pode ser tão idiota assim. Ou pode?*

— Mas... você... você estava morto! — exclama.

O ar escapole dos meus pulmões e é impossível conter a gargalhada estrondosa que explode dos meus lábios. Caçoo da situação, dizendo a ele para deixar de ser tão estúpido e começar a me seguir mais de perto. Sei que não há tempo para brincadeiras, mas é bom demais pisar um pouco mais na cara desse inútil. O idiota sequer imagina a surpresinha que o aguarda em *Zyrk*: perderá o trono de Thron para mim, aquele que levará a híbrida para a terceira dimensão.

Aos brados, deixo claro que a híbrida é minha missão e que acabarei com a raça daquele que se esquecer disso, inclusive do honrado (porém incompetente) filho de Kaller. Mas agradeço, ainda que com uma pitada do meu sarcasmo característico, a ajuda que John me prestou ao cuidar da híbrida enquanto eu estava fora. Sou interrompido em minhas ameaças quando sinto a energia dela tornar a decair.

Droga! Ela está piorando! Preciso agir o mais rápido possível!

Puxo com força as rédeas do meu cavalo, jogo uma manta zirquiniana sobre o corpo febril dela e rumo em disparada ensandecida em direção ao portal. Na verdade, a caminho do esconderijo que preparei para ficarmos, até o dia clarear em *Zyrk*.

Mal tenho tempo de sorrir intimamente com o berro apavorado de John que deixo para trás. Sou veloz e um guerreiro inato, sensato o suficiente para saber que não tenho como enfrentar uma fera, louco o bastante para arriscar tudo pelo plano.

Apesar da musculatura contraída, obrigo-me a manter os olhos abertos. A verdade é que resgato de algum lugar abandonado da minha infância a oração que Brita me ensinou e que fiz questão de apagar da memória quando presenciei a expressão de repulsa e ódio de Shakur ao me ouvir declamá-la.

E oro.

Oro incessantemente enquanto cavalgo acelerado. Peço a Tyron para que as bestas malditas não estejam tão perto da saída do portal, que nos conceda uma distância suficiente. Bem no fundo sei que estou depositando todas as fichas nas mãos da sorte.

O vento gelado de *Zyrk* nos recepciona e, para minha felicidade e alívio, nenhum sinal dos monstros demoníacos. Com pesar, desfaço-me do belo corcel negro e entro com a híbrida na gruta estreita, na verdade uma fenda estratégica no grande rochedo, ocultando sua entrada com pedras logo em seguida.

Nina faz perguntas que não estou disposto a responder, que não tolerarei responder. Não há tempo ou condições para conversas desnecessárias, o plano caminha bem e precisa seguir em frente: levá-la para Shakur o mais rápido possível, ser o maior resgatador de *Zyrk* e futuro líder de Thron.

Mas os porquês perdem a força. De repente me sinto perdido e os prêmios parecem tão insignificantes...

Rebato as perguntas dela caprichando nas respostas ácidas e no olhar de indiferença. Mantê-la quieta, distante, parece-me a melhor forma de abrandar o tremor que me invade e, principalmente, de controlar sua energia que vacila sem parar. Faço um torniquete em seu delicado braço para estancar o sangue. De pouca utilidade. Sua força diminui a cada instante.

Droga!

Preciso ocultar a todo custo a raiva que me toma por inteiro. Estou furioso comigo mesmo por permitir que isso esteja acontecendo, por ser um fraco. Não consigo admitir que estar diante dela (tão perto dela, por sinal!) seja capaz de arruinar com as minhas certezas e a minha determinação como um castelo de areia lambido por uma onda do mar. Custo a perceber que havia perdido uma das maneiras mais seguras de controlar sua força vital: seu halo desaparecera assim que ela entrou em *Zyrk*!

— Eu disse que era um erro. Nunca escondi que tinha minhas dúvidas — respondo com sarcasmo ferino a uma de suas investidas.

O que ela não imagina, entretanto, é que me encontro em uma sangrenta batalha, esforçando-me desesperadamente para convencer a mim mesmo que estou no caminho correto, que minhas ações são inquestionáveis. Percebo, atordoado, que estou sendo traído por minha própria boca. As palavras que saem dos meus lábios são mais perspicazes do que poderia imaginar...

Sim. Eu tenho dúvidas.

Questionamentos incessantes sobre o que fazer, como agir, o que ser daqui em diante. Mas, para meu horror, uma certeza possessiva e atordoante se agiganta dentro do meu peito em chamas e me paralisa, contamina, convence: se ela não for minha, não será de mais ninguém.

Isso é loucura, Richard! Você está sob o poder dela, não está raciocinando direito e...

— E não tem mais? — ela indaga.

— Não. — Fecho os olhos. Preciso ser forte. Shakur tem razão: ela é perigosa. Isso que faz comigo não é normal. Preciso ter o controle da situação. *Mantê-la distante! Por ora, ao menos...* — E, se você for um pouquinho inteligente, terá compreendido o que eu quis dizer.

Ela leva as mãos à boca, mas, apesar de visivelmente decepcionada, não recua.

E me imprensa.

Exige aquilo que não quero, que não consigo dar: respostas. Acuado, deixo uma gargalhada fria, de puro nervosismo, navalhar o ar que nos cerca e suas escusas intenções sobre mim. *Preciso me defender!* Sem titubear, brado a plenos pulmões a frase que incutiram em minha cabeça e que sei de cor desde que existo. Desesperado para me ver livre de seu ataque insuportável, acrescento à frase a pitada cáustica da ira e do descaso e afirmo que sou um zirquiniano, que não sinto nada, que não valho nada.

— Você valia tudo para mim — ela responde de um jeito humilde, triste, e me desarma de uma maneira que ninguém nunca foi capaz, nem mesmo Shakur.

O golpe é certeiro.

Tento a todo custo me manter firme, mas não é apenas o chão que é varrido dos meus pés. Sinto algo ruir dentro de mim. *Estou perdendo o combate...* O duelo de palavras é inesperadamente forte e perigoso. Meu coração pulsa em minhas têmporas ao perceber que os ensinamentos de toda uma vida de guerreiro desmancham, sem serventia, em minhas mãos calejadas. Não estou preparado para ele, não sou forte o suficiente para esse tipo de batalha, para *ela.* Transtornado e apavorado com a iminência da derrota, contra-ataco com palavras vis e agressivas. Quero acuá-la. Preciso que Nina desista de ir a fundo, que fique quieta e me deixe em paz com os meus demônios, que desista das respostas que me atormentam e que ela parece desesperadamente precisar.

Mas isso não acontece.

Ela avança, avança, avança.

E me assusta com tamanha determinação.

Suporto com os dentes trincados a lâmina assassina em que se transformaram suas frases e palavras. Ela é certeira e penetrante, a mais maligna e afiada que eu já havia enfrentado.

Num misto de decepção e amargura, Nina afirma que sou igual aos demais zirquinianos, que realmente não valho nada. Entre arfadas de compreensão e de pura dor, diz que entende que eu sou a morte dela e, para minha completa aniquilação, exige que eu cumpra o meu papel.

Matá-la!

Transformo-me em um covarde e, pela primeira vez na vida, fujo de um confronto. E recuo. *Por Tyron! O que eu faço? O que ela está fazendo comigo? Por que essa dor lancinante dentro do meu peito? Por que não passa? Por que acho que vou enlouquecer a qualquer instante? Por quê?*

Ando de um lado para outro como uma fera enjaulada. *Foco, Richard! Você precisa apenas de foco e...*

Mas, sem me dar tempo para encontrar oxigênio no ar, sem me dar a chance de compreender, chance de nada, ela nem percebe que finaliza a batalha e me destrói ao balbuciar seu perdão e me presentear com um olhar repleto do bom sentimento humano que eu ainda não entendo, mas que gera uma avidez enlouquecedora em todas as minhas células. Há nuanças de profunda compreensão pairando no ar e, ainda que arruinado, torno a estremecer por inteiro com o inimaginável: *Ela aceita o que sou, como sou!*

Mais do que isso. Ela implora baixinho por uma morte serena, sem dor.

Morte...

A fera adormecida dentro de mim não apenas acorda. Ela arrebenta com os dentes as correntes que a aprisionam e, num passe de mágica, cresce em tamanho e certeza, e ganha força colossal.

Se eu sou a Morte dela, então cabe a mim decidir!

E a decisão, sem qualquer sombra de dúvida, estava tomada: Eu não a mataria!

Abraço-a com desejo, espremendo meu corpo ao dela, mal contendo o gemido de prazer que me escapa e a onda perturbadora de arrependimento por tê-la feito sofrer, por ter lhe agredido com palavras hostis.

— Me perdoe, por favor. Nina... — Seguro seu rosto lindo com minhas mãos trêmulas.

Quero ficar olhando para ela, me deixar ser hipnotizado pelo turbilhão de emoções que acontecem dentro dos seus olhos. Há tanto a dizer, mas não consigo. Simplesmente não consigo. As coisas não estão saindo conforme planejei.

Desde que a encontrei, perdi o curso e a razão. *Mas, paradoxalmente, tudo faz sentido...*

Nina diz que me perdoa, que me entende, fala tantas coisas lindas, mas já não capto mais nada, a não ser o movimento de seus lábios ditando o ritmo das batidas frenéticas do meu coração.

A certeza é um soco na boca do estômago.

E me arremessa em novo furacão de tormentas ao me dar conta de que ela tem o destino traçado, os dias contados. E, principalmente, ela nunca poderá ser minha!

— Por Tyron! Eu não sei mais o que fazer! Eu preciso de você! Eu quero você, Nina — trovejo em agonia ao me dar conta de que o desejo que me impulsiona, a vontade irrefreável de cuidar dela e tê-la somente para mim, não exerce poder algum sobre nosso futuro e destino. É uma relação condenada desde o início, amaldiçoada desde a origem do mundo. — Mas eu não devo! Não posso!

Agarro-a com tanto desespero, como se pudesse transformá-la em parte da minha alma, do que sou e do que serei. Quero apagar as regras do universo.

— Me beija, Rick — ela pede e me acaricia.

— Eu não posso. Você está muito fraca — envolvo-a, aflito, e mal capto a feroz onda de eletricidade a passear por nossas peles porque meu corpo já é uma bola de fogo a me queimar por inteiro. E, sem que me dê conta, libero a palavra que se tornou tão preciosa para mim quanto a emoção que ela me faz experimentar, mais valiosa que sua própria definição: *Tesouro.* — Eu não posso, Tesouro.

Afasto-me novamente para olhar para ela. Quero fazer isso por horas, anos, para sempre. Devo estar perdendo as faculdades mentais e, por mais absurdo que possa parecer, pouco me importo. Quero mais.

Dela. De nós. Do mundo.

Será que meus olhos são capazes de cintilar a emoção arrebatadora que me toma, as chamas que incendeiam cada partícula dentro de mim? Será que ela consegue entender que o orgulhoso guerreiro à sua frente estragaria o momento se fosse tentar proferir com palavras o que experimenta? Será que ela consegue perceber que eu acabara de entregar as minhas armas e me rendia de bom grado ao seu exército implacável?

Pela maneira profunda e emocionada como ela me olha, acredito que sim. Nina é capaz de assimilar e decifrar aquilo que nem mesmo eu sei o que é, mas que se passa em um lugar tão profundo e até então intocado: meu espírito, minha dor.

Ela é tão delicada e, ao mesmo tempo, tão... *poderosa.* Nina é surpreendente, única de muitas formas. Uma voz ecoa dentro da minha cabeça. Afirma que isso não é apenas porque ela é uma híbrida.

— Eu estou bem. Me beija. — Seus olhos estão vidrados e ela me encara de um jeito absurdamente enlouquecedor.

Perco a determinação. Perco o ar.

Beijá-la... Ah, eu quero isso!

Há uma mão nervosa, inquieta, a me socar por dentro. Meu peito dói, reclama de tanto ser esmurrado e, ao mesmo tempo, parece deliciar-se com a sensação. *Por Tyron! A ideia de abarrotá-la de beijos me deixa ainda mais eufórico, ainda mais excitado do que assumir o reinado de Thron!*

Os pensamentos me massacram, o furacão de imagens febris que tentei sufocar durante todo o tempo em que estive fora está de volta.

Um filme sem sentido, início ou fim, uma enxurrada de pele exposta, beijos, pernas, línguas...

Eu quero mais que beijos? É isso?

Não seja louco, homem! Isso é impossível!

Nina aproxima seu rosto perigosamente do meu e deixa que nossas respirações se mesclem a ponto de eu não saber mais onde a minha acaba e a dela se inicia. Meu corpo é lambido por uma onda de ardor, um fogo impiedoso incendiando tudo, transformando em pó o que restara da minha fragilizada determinação e deixando à mostra a camada intocada de pele, vergonha, nervos e emoções. Aqui não há cicatrizes ou insensibilidade. Aqui sou susceptível à dor e, para minha surpresa e atordoamento, vibro com tal possibilidade. O vazio da minha existência se fora e me sinto preenchido e realmente feliz pela primeira vez na vida.

Ela me faz feliz?

Encaro-a de um jeito tão necessitado, tão desesperado, que tenho receio de lhe causar medo. Uma vontade crescente me aflige, urge, como se precisasse memorizar cada centímetro de seu rosto, olhos, nariz, boca...

E, sem que Nina perceba, ela me acerta com o golpe de misericórdia: ela parece um espelho, repetindo meus atos, vidrada em meu rosto como eu estou no dela. E, para me deixar ainda mais repleto de desejo do que achei que poderia ser capaz, ela o faz com uma expressão que dispensa explicações mesmo para um bruto como eu.

A fascinação está de volta em seu semblante lindo e ela me observa com carinho. Mais do que isso até. Capto admiração. Essa constatação parece um tiro de fuzil em meu peito. Explodo de contentamento. Derreto de prazer. Saber que eu, logo alguém como eu, estava sendo agraciado com a sua afeição.

Oh Tyron! Ela gosta de mim!

Não entendo o que se passa em meu peito. Tudo que sei é que preciso fazê-la se sentir feliz acima de tudo, acima de mim, de Shakur ou de Thron. Realizar seu simples desejo é tudo que importa.

Um beijo apenas. É tudo que ela quer: um beijo meu.

Alguém como eu poderia receber presente maior?

Mal preciso conter o sorriso enorme, pois, no instante seguinte, curvo-me sobre seu corpo precioso, deixando meus lábios se fundirem aos dela. Não consigo mapear a confusão atordoante de sensações que me atingem por todos os lados. Estou nervoso, feliz, agoniado, excitado, desesperado para possuir muito mais que sua boca febril. Minhas mãos latejam, estou em brasas, desintegrando de desejo e ardor nessa emoção consumidora de peles e almas.

Consumidora... de almas?!?

O paraíso acaba da mesma forma que havia iniciado: num piscar de olhos.

O corpo dela estremece por debaixo do meu e, sem mais nem menos, fica imóvel. Aguço meu olfato como um animal em situação de risco terrível e entro em pânico. Não admito aceitar a resposta cristalina que chega aos meus treinados sentidos: Nina está presa a esta dimensão por um delgado fio de vida, o restante da debilitada energia falhando, ruindo rapidamente, ameaçando se esvair a qualquer instante.

O pânico me desnorteia. Sou tomado por estado de pavor máximo. Não consigo agir, não consigo aceitar, tudo que consigo fazer é berrar e me desesperar, assim como fazem os coelhos idiotas de que sempre achei graça, assim como um... *humano!*

— NINA?! — solto um berro de pavor ao me deparar com a palidez mórbida em sua face irretocável, a assinatura inconfundível de uma raça condenada.

A minha raça!

Sacudo-a de maneira enlouquecida.

Eu estou enlouquecido.

— Não! Não! Não! Tesouro?! Fale comigo! — Rujo como um bicho mortalmente ferido ao ver a energia dela chegar a níveis perigosos. Um pouco mais e... acabou! Ela estará morta. A ideia me gera dor excruciante, maior que todas que já experimentei na vida.

Morta...

Espremo a cabeça entre as mãos, ciente da estupidez que acabara de cometer, da terrível e perturbadora verdade. Minha mente gira em uma nuvem ácida e escura, incapaz de aceitar a verdade arrasadora: *Eu era a morte dela e, como tal, estava apenas cumprindo minha missão!*

Desesperado, torno a olhar para ela e capto a energia efêmera e vacilante esvaindo-se, sinalizando o fim. A ideia faz meu corpo encharcar de um suor glacial, penetrante. A dor ultrapassa todas as barreiras. Fui mortalmente atingido. Estou agonizando, sangrando por dentro.

Não! Não!! Não!!! Por que não consigo aceitar esta maldita sina? Por que tenho a sensação de que preciso dela viva para me sentir vivo? Que, se eu a deixar partir, estarei colocando um ponto-final na minha própria existência?

Oh Tyron, não a deixe morrer! Tenha piedade! Eu lhe imploro!, solto um gemido gutural. O corpo lindo e inanimado é uma arma letal que desintegra meus sonhos e minhas vontades. Mais do que isso. Ele reflete o que se passa dentro de minha essência: sou um cadáver por dentro.

Tyron, se ela sobreviver, prometo o que você quiser, tudo que quiser!

Sem que me dê conta, desato a prometer coisas que, até um segundo antes, seriam impensáveis. Não hesito. Não há dúvida. Por ela eu seria capaz de ir adiante e cumprir as promessas, qualquer promessa. *Por favor!*

Para meu horror, a energia dela fica ainda mais fraca.

— Por Tyron, o que foi que eu fiz?! Tesouro, NÃÃÃO! — Meu uivo reverbera pela noite de *Zyrk* e é ainda mais assustador que o dos monstros infernais.

Preciso me afastar. Sei que minha presença só piora a situação, que sou o causador de tudo, o amaldiçoado buraco negro a sugar o que restou da sua luz incandescente. *Mas não consigo!* Simplesmente não consigo. Quero embalá-la, envolvê-la em meus braços e protegê-la para sempre. De tudo e de todos.

E, principalmente, de mim, o pior dos monstros!

— Minha Nina! Não! Eu sinto muito. Eu, eu... preciso de você como nunca precisei de ninguém. Muito. Eu daria minha vida para que você sobreviva. Eu daria...

Confesso o inconfessável, aquilo que guardei a sete chaves até de mim mesmo desde que ela entrara como um furacão no meu caminho e demolira todos os pilares da minha existência. Um som engasgado sai arranhando da minha garganta. O corpo dela solta um espasmo abaixo do meu. Fecho os olhos com força e prendo a respiração.

Oh céus! Acabou.

Não quero presenciar seu último suspiro. Não vou aguentar. Nãooo!!!

Desorientado, cubro seu rosto com o meu, forço meu ar para dentro de sua boca e pulmões e, numa contagem ritmada, pressiono seu tórax com as mãos. Efetuo manobras de ressuscitação, movimentos que há muito tempo li nos pergaminhos da Brita e que, julgando sem sentido, jamais pensei que um dia realizaria porque seriam contra tudo que fui treinado, contra tudo que sou.

Nada. Nenhuma resposta.

Solto um ganido de desespero e, entregue, afundo a cabeça na curva de seu pescoço. Inesperadamente uma energia sutil se espalha por minha pele. Reabro os olhos e me afasto o suficiente para perceber que algo diferente está acontecendo, que as bochechas de Nina estão ligeiramente coradas e molhadas, encharcadas com um líquido transparente e quente que caiu dos meus olhos...

Lágrimas? De mim? Seria a dor em meu peito tão torturante a ponto de me fazer produzir lágrimas ou o milagre estava de fato acontecendo? Que, mesmo sem entender os motivos, Tyron se compadeceu de mim?

Um espasmo forte. Ela volta a respirar.

Oh Tyron! Obrigado!

Agora sou eu quem asfixia de felicidade ao visualizar a energia dela retornar. Fraquíssima, mas constante. Era só continuar a abastecê-la. Arregalo os olhos ao notar que Nina ameaça despertar e, apesar de ser o que mais desejo no mundo, não permito. Dormir é importantíssima fonte de energia e recuperação para os humanos e é tudo que posso lhe oferecer até ela receber os tratamentos adequados em Thron. Aqueço seu pequeno corpo com a manta, envolvendo-o com cuidado exagerado, mas deixo parte de seu tórax exposto. Não estou mais tão confiante em minhas capacidades olfativas. Preciso ter certeza de que está respirando, que está viva. Tenho tanto medo de perder a graça alcançada, que sua energia se extinga num mero piscar de olhos, que se algum dos meus presenciasse a cena em andamento gargalharia de se contorcer ou, no mínimo, diria que fiquei louco.

Louco.... Acho essa opção a mais provável.

Chacoalho a cabeça, confiante e confuso ao mesmo tempo. Contrariando a lógica, tenho a nítida certeza de que é a energia dela que me mantém de pé, o oxigênio a abastecer meus pulmões. Contrariando a lógica, é ela que me faz sentir vivo. Mas...

Lógicas muitas vezes não são ilógicas?

Se existe morte em vida, não pode haver vida na morte?

Onde há vida, necessariamente haverá a presença da morte?

Onde há vida, não existem chances?

Talvez houvesse uma chance para nós, afinal?

Talvez...

Estremeço com a certeza que me invade: dispensarei os louros que um dia tanto almejei, serei a parte camuflada, a sombra protetora cujas mãos a conduzirão pela jornada desconhecida, que cuidarão dela como se fosse a mim próprio, a *minha própria vida...*

A emoção que a ideia gera em minhas células é uma explosão de euforia, um terremoto de ansiedade e preocupação, um cataclismo de compreensão e atordoamento. Eu estou sendo carbonizado vivo, dentro de uma fogueira de medo, felicidade, incertezas. Mas, em meio às chamas flamejantes, às chagas expostas, o guerreiro dentro de mim, possessivo e feroz, quer bramir alto e deixar claro que agora nada mais tem lógica, mas tudo faz sentido, e que agora lutará por ela, o meu novo reino.

Sem que ela e ninguém saiba, serei o seu resgatador principal, a protegerei com a minha espada, a minha força, o meu sangue e, óbvio, com a minha vida.

Porque dentro dela bate o meu coração, no final das contas...

Farei de seu corpo intransponível.

Serei seu estandarte, seu escudo e sua guarda armada.

Se nada permanecer, ela remanescerá.

Se meu mundo ruir, ela viverá.

Ainda que utilizando de meios escusos, ela sobreviverá.

A complicada equação fica evidente, não consigo decifrá-la, mas também não me deixo abalar.

Eu sou a morte dela, mas é somente ela que tem o poder de me matar.

Se sou a morte dela, não a deixaria morrer.

O irônico destino ri na minha cara.

Shakur tinha razão.

Que Tyron tenha piedade de mim!

20

NINA

PRIMEIRO ENCONTRO COM RICHARD — QUATRO ANOS APÓS O CONFRONTO NA CATACUMBA DE MALAZAR

— S-só por essa noite e... não sei se... — Richard engasga e a voz grave arranha, incerta, enquanto aponta para o hotel, uma bicentenária townhouse, no coração do Red Light district, com o letreiro apagado e a fachada desbotada sobre um restaurante tão antigo quanto.

Rick não está sem graça por causa do local decadente para onde me trouxe em meio ao temporal que desagua sobre Amsterdã. Ele me encara de um jeito diferente, ainda mais intenso do que sempre foi. Arrepio por inteira ao compreender o que entrar nesse lugar significa: um marco, o real divisor de águas em nossas vidas.

E o mundo do lado de fora acaba de ser extinto.

Ele e suas cinzas são levadas para longe pelo vento e pela água da chuva.

Tudo se foi.

Tudo, menos o sentimento que nos une como um ímã poderoso, pungente.

Tudo, menos nós.

Estou encharcada dos pés à cabeça e, ainda assim, meu corpo pega fogo e minha língua se gruda ao palato, tão seca que mal consigo engolir. As batidas frenéticas do meu coração reverberam em meus tímpanos, cambaleiam minhas pernas e ecoam pelas antigas construções da rua escura. Compreendo que Richard não está em condições melhores que a minha, que o que faz sua voz vacilar neste instante é o mesmo sentimento que me deixa petrificada em antecipação: medo, expectativa. Por detrás da cortina da penumbra e das grossas gotas da chuva posso ver com nitidez aquilo que deforma seus traços perfeitos, a sombra da aflição sobre um rosto apaixonante. Aproximo-me um pouco mais e suas pupilas zirquinianas o traem. Elas desatam a abrir e fechar de um jeito descontrolado, apavorante até mesmo para mim. Ele percebe minha reação, seus punhos se fecham e sua respiração acelera. Mesmo depois de quatro anos afastados, conheço-o o suficiente para saber que ainda luta e que está furioso por reconhecer a derrota para os próprios nervos.

Ele está realmente temeroso...

Por que faríamos amor depois de tanto tempo ou por que poderia me causar algum mal?

— Está ótimo. — Acalmo-o, levando um dedo ao seu queixo, tocando delicadamente a barba por fazer enquanto o faço olhar para mim. — Não tem por que se flagelar dessa forma. Conseguimos uma vez. Conseguiremos novamente.

Ele sorri com os olhos, mas sua testa é um emaranhado de vincos.

— Nina, meu amor por você é tão... — Ele engole em seco, mas não tira os olhos dos meus. Vejo aflição e desejo escorrendo pelas palavras não ditas. — Vou cuidar de você. Para sempre. Eu juro pela minha vida.

— Sei disso.

— Mas, como homem e mulher, quero dizer, em relação a *nós*... — Torna a tropeçar nos próprios sentimentos, agoniado. — E-eu não tenho certeza absoluta se... *conseguiremos.* — Ele arfa forte. — Você sabe o que eu quero dizer... Antes podíamos estar protegidos de alguma forma, afinal havia o acordo com Malazar e... Não para isso, claro! — Ele arregala os olhos, visivelmente preocupado que eu tenha compreendido de forma errada o que acabara de falar e suas gemas azuis triplicam de tamanho. — Eu fiz o pacto com o demônio por causa da *Malis Vetis* e pela pedra-bloqueio, nunca para possuir seu corpo, mas...

— Shhh. Eu sei, Rick. — Assinto com a cabeça e tranquilizo-o com um sorriso cúmplice. — Leila me contou.

— Leila?!?

Explico-lhe tudo da forma mais resumida possível, deixando claro que a Sra. Brit afirmou à Leila que nosso amor sempre foi verdadeiro.

— Mas na casa da Brita... nós... não conseguimos. E eu quase matei você e...

— Leila não entrou em detalhes, mas afirmou que fui alvo de uma força estranha, alguma magia, enquanto estava lá. Você não teve culpa. Não foi você quem sugou minha energia.

— Não?!? E-eu não entendo...

— Não precisa entender. Apenas acredite e confie, assim como eu.

— É tudo que mais quero, Tesouro — murmura. — Estar aqui com você é a prova de que digo a verdade. Mas, da outra vez, estávamos encurralados, não tínhamos tempo nem nada a perder e ainda éramos protegidos pela bolha de energia de Shakur.

— De Ismael — corrijo-o com um sorriso nostálgico.

— *Dele.* — Richard estreita os lábios e seus olhos ficam nublados por um instante ao se recordar do líder que tanto admirava. — Mas agora...

— Agora somos só nós dois — afirmo e seguro seu rosto lindo e arisco. — E temos todo o tempo do mundo.

Ele me encara com desejo ardente, os olhos praticamente dentro dos meus.

— Isso me apavora — confessa com a voz rouca.

— A mim também. — Sorrio. — Mas também me deixa feliz e cheia de ideias — digo num sussurro impregnado de malícia.

Rick me encara com emoção indescritível, do jeito profundo que somente ele é capaz, enquanto segura meu rosto com mãos enormes. Sou atingida por um jorro de faíscas prateadas e azuladas.

— É tudo que mais quero na vida. Te fazer feliz.

— Então nunca mais saia de perto de mim.

— Nunca mais, meu amor. Nunca mais — afirma ele, afundando os lábios quentes nos meus.

Carregando-me nos braços, Rick sobe os degraus, que rangem sob o peso, em direção ao nosso quarto.

E ao futuro mágico e incerto que nos aguardava.

— Só vamos... — ele torna a dizer, desorientado.

Observo, satisfeita, seu pomo de adão subir e descer tão ou mais veloz que o seu peitoral largo.

— Tentar — completo a frase que ele havia dito há quatro anos. Eu quero deixar claro que me lembro de tudo, de cada segundo, cada arfada, cada gemido e cada beijo que trocamos. — Como da vez anterior, o momento mais perfeito da minha vida.

Ele assente e sorri. Um sorriso tímido e raro para alguém como ele.

— Eu te amo tanto — confesso, permitindo que as palavras caiam deliberadamente lentas dos meus lábios, escorreguem pelo meu coração e se depositem em meus dedos que, tão devagar quanto, removem minha blusa, tênis e calça comprida encharcados. Quero que ele compreenda de uma vez por todas, memorize, carregue para sempre essa verdade consigo como as cicatrizes em seu corpo.

— Eu te amo mais do que tudo, Nina Scott. Nesse mundo e em qualquer outro você será o meu sol, será sempre tudo para mim — diz com a voz rouca, acompanhando meus movimentos de um jeito hipnotizado.

Sei que é verdade, a nossa complicada e linda verdade.

Richard rapidamente também remove as roupas molhadas. Vejo a cicatriz horrorosa na panturrilha esquerda, no local onde a fera de *Zyrk* o havia atacado. Ele está mais magro. Quatro anos em quase nada modificaram seu físico e seu rosto perfeito. Seus traços permanecem marcantes e definidos, a aparência ainda mais viril. *Ainda mais lindo...*

— Mas o que eu disse antes ainda está de pé, posso esperar o tempo que for preciso, eu posso...

— Shhh. — É tudo que consigo dizer porque minha voz está fraca, um sussurro lançado no ar, perdida em meio ao turbilhão de emoções que estremece meu peito e meus alicerces. A espera de quatro anos surge como uma força da natureza que finalmente havia se libertado das amarras do destino. Ela emerge como um deus implacável que exige seu território de volta, galopando furiosamente pelos meus hormônios enquanto pisoteia meu coração com selvageria. Sou apenas ansiedade e excitação. E, como uma viciada que nunca ficou curada, rendo-me por vontade própria, dependente de sua energia vibrante, tão magnética e poderosa como ele. *Como tudo nele!* — Vou explodir se esperar um segundo a mais — afirmo ofegante de desejo.

E de entrega.

Seu sorriso tímido se transforma, como num passe de mágica, em malícia arrebatadora, quase demoníaca. *Ele ainda consegue fazer isso e me deixar maluca...*

Perdida em meio ao frenesi enlouquecedor, às faíscas lançadas pelos seus olhos sobre mim, assisto, agora no patamar do insuportável, as labaredas do ardor lamberem minhas pernas sem piedade e meu corpo entrar em combustão. Estreito os olhos e, agoniadíssima com a espera, jogo-me sobre seu corpo rígido e febril.

— Ah, Nina... — excitado, ele geme com a voz ainda mais rouca.

Sinto meu corpo implodir de frio e de calor e de dor e de tesão e tudo isso de novo e de novo e de novo, inebriada por uma emoção gigantesca e sem precedentes. Não preciso de mais nada. A presença dele em minha vida é o suficiente para me matar de prazer e de felicidade muito antes que seu corpo e sua energia, tão potentes quanto uma bomba atômica, o façam. Pela forma como Richard geme e arfa sem parar, acho que ele experimenta a mesma colossal emoção que me toma.

Então Rick me agarra com lascívia, o olhar em chamas, as mãos imensas passeando por todas as partes do meu corpo, entorpecendo e eletrizando cada milímetro da minha pele enquanto abre caminho para as profundezas da minha alma. Vidrada, abraçada ao homem da minha vida, detecto novamente aquilo que faz o chão desaparecer dos meus pés e que, irremediavelmente, me arranca o fôlego. Sempre o arrancará: o voraz azul-turquesa de seus olhos cintilando luxúria, admiração, amor.

Por mim.

Estou levitando de contentamento, plainando de prazer, entorpecida de um sentimento tão gigantesco, tão possessivo e tão primitivo e, ao mesmo tempo, tão puro e tão sublime que eu ainda não creio que seja verdade, que eu não esteja sonhando acordada, ou pior, que eu não esteja delirando.

Mas então um calor arrebatador contrai minhas entranhas e faz minha pele arder em brasas, lambida por um fogo incessante, aniquilador, maravilhoso. Arfo alto e compreendo que não se trata de uma mentira ou um truque do meu subconsciente. Richard me traz de volta à vida quando me joga sobre a cama e cai sobre mim, preenchendo, como da vez anterior, o meu campo de visão e o meu coração. O ar quente de seus pulmões penetra em minhas narinas, traz a vida de volta para dentro do meu peito, e se transforma novamente no oxigênio que respiro, no meu mundo.

— Nina... — Escuto-o murmurar meu nome baixinho, de novo e de novo, sons de admiração e de entrega, de armas abaixadas, invadindo com força absurda cada membrana da minha existência, cada célula do meu corpo, do que sou, da minha identidade. Estremeço por inteira.

O que vivenciávamos agora era muito mais.

Da vez anterior caminhávamos para o tudo ou nada, o tudo era o nada e o nada era o tudo, não tínhamos mais nada a perder porque perderíamos tudo em questão de pouquíssimo tempo. Era uma despedida.

Mas hoje decidíamos nos unir por vontade própria, um querer visceral, de unir nossas horas, dias e anos que surgiriam no imprevisível horizonte da vida e do tempo.

Hoje era mais, muito mais.

É o futuro, poderoso e indefinido, que nos aguarda de braços assustadoramente abertos.

Fortes e excitantes!

— Por Tyron! Eu te amo tanto, tanto... — Ele solta um gemido baixo, algo entre um ganido de entrega total e um sussurro de prazer, o descontrole tomando conta dos nossos corpos e da situação. Duas bolas de fogo se unindo em uma combustão meteórica de desejo e de entrega. — Mais que a minha própria vida. Mais que tudo, *absolutamente* tudo.

Encaro-o entorpecida.

Ele me olha de volta.

Dentro da expressão faminta que toma conta de seu semblante vejo o sorriso sincero, o único, o mais lindo do universo surgir em seu olhar ao se deparar com o meu. Com a respiração entrecortada, ele pisca para mim de um jeito gentil, desesperado e submisso, como se me pedindo permissão para ir adiante. Aceno de volta, perdidamente apaixonada. Então, aumentando gradual e cuidadosamente a força empregada, Richard funde seu corpo enorme e indecentemente musculoso ao meu. Sufoco o gemido de prazer quando sinto o peso que tanto desejei novamente sobre mim, quando seus lábios mergulham nos meus e sua língua preenche cada canto da minha boca e do meu espírito, e se tornam parte de mim.

Do que sou. Do que fui. Do que serei.

E, como da vez anterior, a mágica acontece.

E ele me faz a mulher mais feliz do mundo, de todos os mundos.

Com uma irrefutável e incondicional diferença:

Agora é para sempre.

21

NINA

DEZ DIAS DEPOIS

— Não sei não. Tem certeza que é uma boa ideia? — Richard torna a perguntar no instante em que chegamos à portaria do requintado endereço onde Melly comemora o aniversário. Pelos trajes e número de convidados, os Baylor resolveram fazer uma celebração de arrasar.

Olho para Rick e vejo a sombra da hesitação escurecer o azul em seus olhos. Aliás, pensando melhor, ele está assim desde que colocamos os pés em Nova York.

Compreendo-o instantaneamente.

E, por Melly, seguro a onda de dor e de recordações que ameaça me derrubar. Se Amsterdã foi a porta para o episódio mais importante da minha existência, Nova York foi a antessala e o corredor para a outra dimensão, as perdas irreparáveis e as conquistas arrebatadoras, para a nova Nina. O filme da pobre garota solitária, nômade e infeliz entrando no novo colégio, a recepção animada dos colegas de turma, o primeiro emprego na livraria Barnes & Noble, o encontro com John e Samantha, os flertes idiotas com o cretino do Kevin, os joguinhos implicantes de um garoto vestido de dark, sarcástico e insuportavelmente lindo...

— Está com medo? — Atiço, mas sei que a verdade passa bem longe disso. *Medo. Se existe alguém que não conhece essa palavra, esse alguém é Richard.* Ele arqueia uma sobrancelha inquisitiva. — De encontrar o Phil, meu antigo e abandonado pretendente? — esclareço, brincalhona.

— Morrendo — ele afirma com o jeitão marrento restaurado, aquele que aprendi a amar. — Além do mais, não se sabe o que um sujeito ruim da cabeça pode aprontar, não é verdade? Depois daquele acidente de carro...

— Peraí! O Phil não perdeu o juízo. — Acho graça, mas entro em defesa do pobre coitado.

— Mas vai perder não só o juízo, mas os dentes e o rumo de casa se resolver colocar os olhos em você, em *qualquer parte* de você — frisa com um sorriso que é pura malícia e me faz ferver dos pés ao último fio de cabelo ao analisar o decote do meu vestido verde-esmeralda de um jeito intenso demais.

— Essa é justamente a prova de que ele está com as faculdades mentais em perfeito estado — rebato, fazendo-me de desentendida.

Ele nega com um imperceptível movimento de cabeça.

— É a prova de que o infeliz vai perder até os miolos de uma vez por todas. Sou capaz de ajudá-lo a dar um jeito nisso — arremata com um sorrisinho irônico, mas a ameaça está nas entrelinhas.

É a minha vez de revirar os olhos e controlar o sorriso bobo de vaidade que me escapa ao ver que meu amado morre de ciúmes de mim. *Se o Phil saísse da linha e olhasse para mim mais do que o necessário...*

Então Rick me puxa pela cintura e deposita um beijo delicado em meus lábios. Sem afastar o rosto do meu, sussurra carinhosamente olhando dentro dos meus olhos:

— Tem certeza mesmo, Tesouro? — indaga ele e, por uma fração de segundo, capto o vislumbre de outro sentimento cristalino em seu rosto irretocável: preocupação.

Meu espírito regozija ao compreender o que se passa em sua mente sempre tão rápida: Richard acredita que estará me protegendo ao me impedir de entrar na festa. Ele tem receio que eu padeça. Mais do que isso. Acha que vou sofrer ao me deparar com a Melly e com os meus antigos amigos depois de tanto tempo, em ficar a par das conquistas, presenciar a evolução que alcançaram nos últimos quatro anos enquanto eu tive que seguir em frente com uma vida errante.

Vibro intimamente, a felicidade escorrendo como mel por minhas veias. Pelo amor de Richard eu trocaria qualquer estabilidade, todas as faculdades, amizades ou cargos importantes. Por ele eu daria a minha vida. Estou dentro de um sonho maravilhoso. Graças a ele, há dez dias sou a mulher mais feliz de todas as dimensões e quero ardentemente que ele coloque isso em sua cabeça-dura de uma vez por todas.

— Absoluta, se você está comigo — murmuro com decisão e afundo meus lábios nos dele.

Rick os aceita com tanto desejo, tanta entrega, que por muito pouco quase mudo de ideia e me rendo ao seu chamado apaixonado. Mais um tantinho de sua língua deliciosa e de seus carinhos enlouquecedores para me fazer jogar tudo pelos ares, naufragar em seus braços, voltar correndo para a convidativa cama do nosso hotel e esquecer a melhor amiga que alguém como eu poderia ter.

Mas não posso fazer isso com Melly! Nunca!

E, utilizando todas as forças que possuo (todas mesmo!), afasto-me, ainda que trôpega, de seu abraço quente e viril.

Rick solta o ar com força, agoniado. Seguro o sorriso imenso, vitorioso, que ameaça rasgar meu rosto em dois. Observo seu corpão rígido e sua respiração entrecortada. Pelo visto, foi ainda mais difícil para ele a ruptura desse contato. Ele puxa a gravata preta para baixo, como se procurando oxigênio no ar.

— Vai chegar todo estropiado na festa — aviso.

— Argh! Isso aqui é uma camisa de força. Eu não sei como os humanos aguentam. Estou sendo enforcado!

Acaricio seu rosto e enxugo a gota de suor que surge em sua testa.

— Não vou demorar, mas Melly é especial — explico com calma enquanto arrumo o colarinho de sua camisa social azul. — Seremos discretos.

— Discretos... Ok — repete ele sem desgrudar os olhos dos meus.

Estremeço com a visão arrebatadora. A cor da camisa faz sobressair ainda mais o azul-turquesa de suas gemas resplandecentes e ele está simplesmente lindíssimo. A calça preta e os lustrosos sapatos e cintos da mesma cor dão o arremate final. Nem de longe se parece com o guerreiro de *Zyrk*, o sanguinário resgatador de Thron.

Afasto esse pensamento, uma voz dentro de mim afirma que essa época acabou. Agora trilhávamos um novo caminho, de paz e de amor. Um futuro apenas nosso.

— Pela barba da macaca!!! EU NÃO ACREDITOOO!!! — Melly solta um berro estridente seguido de um palavrão cabeludo ao nos avistar, abre um sorriso gigantesco e, largando os convidados para trás, vem correndo em nossa direção.

Todos os rostos se viraram para nos observar. *Que ótimo.*

— *Muito discretos* — Richard balbucia ao meu lado, fazendo ironia com a promessa que eu havia lhe feito instantes antes, o sorrisinho cretino lhe escapando. Disfarçadamente lhe dou uma cutucada.

— O quê...? O Super-Homem das trevas?!? — indaga ela com a voz esganiçada e os olhos esbugalhados ao detectar nossos dedos entrelaçados.

Richard estreita os olhos de águia em minha direção, mas fica calado. Tenho certeza de que meu rosto está bem mais vermelho que os cabelos da Melly.

— Então... Você e o sinistro... Ele e você... Os dois... Juntos?!? — Ela gira o rosto (dramaticamente, claro!) de mim para ele umas vinte vezes. *No mínimo.*

— Parabéns, amiga. — Dou fim à cena para lá de atordoante, puxando-a para um abraço forte e verdadeiro.

Melly aceita meu carinho de bom grado, feliz. Estremeço de satisfação. É maravilhoso poder vê-la de novo. De repente sinto-me abençoada ao perceber o fato raro em minha vida: duas pessoas que eu amava estavam bem aqui, ao meu alcance.

— Esquisita, vou te matar por manter *esse* segredo da sua melhor amiga — sussurra ela em meus ouvidos.

— E você é um livro aberto por acaso? — Rio alto e me afasto um pouco para observá-la melhor.

Ela revira os olhos e suas sardas piscam com força.

— Tá. Tá. Tá. Vão dar por falta de umas cinquenta páginas... — devolve espevitada.

— Eu não preciso apresentar o Rick, não é mesmo? — indago ao segurar a mão de Richard e aproximá-lo dela.

— Oi! — Melly se adianta, a mão na cintura, olhando-o de cima a baixo como quem vê uma assombração.

— Feliz aniversário — deseja Richard em tom formal.

— Há quanto tempo estão juntos? — Ela nem se dá ao trabalho de agradecer e, no estilo Melly de sempre, pergunta na lata.

— Dez dias — respondo.

— Quatro anos — Richard responde sem titubear, a voz grave atropelando a minha.

Eu e Melly giramos a cabeça ao mesmo tempo para encará-lo. E, assim como ela, também estou com os olhos arregalados. Richard, por sua vez, tem o rosto sereno e a expressão decidida e verdadeira. Meu coração vem na boca e engulo em seco com o inquietante significado dessa resposta e do quão profundo era o amor dele por mim.

Quatro anos... Nunca fiquei sozinha, afinal. Ele sempre esteve comigo!

— Depois explico — balbucio sem graça, o coração acelerado ao perceber que os olhos da minha melhor amiga mudaram do esbugalhado para o desconfiado.

Ela nos estuda um pouco mais e assente com uma piscadela marota. *Na certa Melly acredita que algum dos dois está mentindo e, da forma como me encara, esse alguém sou eu.*

— É sério?!? O marrentão? Tem certeza? Logo com... *ele*? — Melly pergunta assim que Richard pede licença para ir ao toalete.

É tarde, muitos convidados já se foram e como eu disse que nós também estávamos de partida, ela não perde tempo e vai direto ao X da questão. Consigo sentir a vibração alterada no seu tom de voz sempre acelerado: ela está preocupada comigo.

Assim como Richard.

Meu coração vibra no peito e, apesar de me sentir boba e infantil, fico emocionada com a sensação nova e acolhedora. Desde a morte da minha mãe e de Ismael, nunca me senti tão verdadeiramente amada. *As pessoas que importam no mundo se preocupam comigo!*

— Absoluta — digo com convicção irredutível.

— Mas o Clark Kent do mal me parece tão bruto, tão... diferente de você... diferente de todo mundo... — Ela repuxa os lábios e dá de ombros. — Não sei explicar, mas o olhar dele é meio assustador, sinistro, quero dizer, é lindo pra cacete, mas não é isso, é que...

— Shhh. — Acalmo-a. — Está tudo bem. Eu entendi o que quis dizer. Estou feliz.

— Isso eu já sei. Tá estampado na tua cara, esquisita.

Alargo o sorriso.

— Ele me completa, Melly.

— Ô! Tô vendo! Mas... Por quanto tempo? — rebate ela e, ao perceber que enrijeço no lugar, abaixa a cabeça e recua. — Pois tenho medo que ele te faça sofrer, Nina — confessa num sussurro enquanto olha para as próprias mãos. — Você é tão sozinha, tão carente... Precisa de alguém que te ajude a fincar raízes, um cara de família, que queira constituir laços, ter filhos, essas coisas *caretíssimas*, sabe como é — diz ainda sem ter coragem de me encarar. — Não acho que seja o estilo desse bad boy aí, apesar de ele ficar elegantérrimo com essa gravata e estar bem diferente da época do colégio, mais maduro e... Ah! Sei lá! Não me parece uma boa ideia! É isso!

Ela eleva a cabeça e me pega debochando dela ao fazer mímica com os lábios das palavras "laços", "filhos" e "família".

— Ah, quer saber? Desisto! Você já é bem grandinha! — Ela fecha a cara.

Mordo a língua para não soltar uma gargalhada estrondosa.

— Que bom que descobriu isso, mamãe Melly — remendo em tom infantil.

— Depois, quando vier chorar no meu ombro, não diga que eu não avisei, tá legal? — diz fazendo bico, o queixo elevado e o olhar furioso, mas não me encara e finge observar um grupo de pessoas mais à frente.

Seguro seus ombros e a faço olhar para mim.

— Eu te amo. Você sabe disso, não sabe? — afirmo baixinho, toda a emoção e verdade fluindo pelas palavras.

Os olhos de Melly cintilam. Ela sorri e coloca as mãos sobre as minhas.

— Eu sei. Eu também te amo.

22

NINA

TRÊS ANOS DEPOIS

— Vamos esticar numa boate — anuncia Liz, uma colega de trabalho, durante o coquetel comemorativo dos vinte e cinco anos da empresa de viagens onde eu trabalho. — Já que está livre, não quer vir com a gente?

Sorrio educadamente, mas meneio a cabeça em negativa. Adoro dançar, mas sem Richard por perto a ideia não me parece tão atrativa. Ainda que por apenas dois dias, é a primeira vez em três anos juntos que ele precisou se afastar e meu coração está apático, pesado como uma bigorna.

— Depois eu te levo para casa, Grace. — Brat não perde tempo e faz a oferta, animadinho demais para o meu gosto. Algumas doses de vinho foram o suficiente para fazer sua coragem despertar.

Grace Andrews... Sete anos se passaram e, apesar de o nome ter se tornado palatável aos meus sentidos, permanece um intruso em meu cotidiano, um lembrete de que, querendo ou não, a vida que levo, ainda que feliz e harmoniosa, tem suas estruturas suspensas por alicerces de *mentiras*.

— Obrigada, Brat. Mas não será necessário — recuso da maneira mais gentil possível.

Brat é gente boa e sempre quebra meu galho quando sou arrancada da cidade de maneira intempestiva, quando meu amado pressente o perigo iminente, a presença constante de algum zirquiniano pelas redondezas. De início, Richard os eliminava, mas eu não suportava imaginar que estava sendo a causadora de mais mortes. Venho afirmando a Rick (e a mim!) que agora estamos em uma nova era de nossas existências, uma etapa permeada por vida e não por mortes. Ele aceitou de bom grado o meu pedido e, para minha surpresa, parece até satisfeito em não ter que executar mais vidas, com a condição de que eu não questionasse seus meios que, invariavelmente, resumiam-se a algo sobre o qual eu já estava mais que acostumada a fazer: fugir.

No fundo, não tenho do que reclamar dessas viagens relâmpago. São providenciais escapadas da rotina, férias repentinas impregnadas de muito sexo, risadas e romance. Richard faz questão de arrancar meu fôlego ao me levar aos locais mais lindos e incríveis do mundo, verdadeiros paraísos dentro do planeta Terra, muito deles desconhecidos à maioria das pessoas, lugares que ele descobriu enquanto ainda era resgatador de Thron. Rick é um homem prático, de poucas palavras, e tais atitudes são a forma de declarar sua paixão e se equiparam a versos e buquês de rosas.

E ele sempre acerta. Sempre!

Nosso amor transborda, e a cumplicidade que experimentamos ultrapassa meus sonhos mais audaciosos. Gentil e atencioso, Richard é simplesmente perfeito. Amo esse cara cada dia mais, com uma força arrebatadora, como se isso fosse possível. A certeza é tão atordoante quanto maravilhosa: ele é o homem que eu quero para sempre ao meu lado, por todos os dias da minha vida, até o meu último suspiro.

— O cão de guarda mal-encarado finalmente deixou o posto pra mijar? Deve estar com a bexiga explodindo depois de todo esse tempo. — Brat avança, indelicado.

Não respondo e também não fico chateada. A bebida é capaz de modificar o temperamento de qualquer um, até mesmo o do meu pacato colega de trabalho.

— Brat! — Liz o interpela, as mãos na cintura.

— O cara não é normal, será que ninguém enxerga isso? Ele fica vigiando a Grace como um lunático! — solta exasperado, encarando-me com o rosto vermelho. — A forma como ele parece estar em todos os lugares o tempo todo, como te segue por todos os lados, como olha pra você, Grace... Parece que tá vendo um pedaço suculento de carne, ou uma aparição divina, ou sei lá o quê — continua, inflamado. — Isso não é normal! Aliás, nada naquele cara é normal. Sabia que essas características são típicas dos psicop...

— Brat, para! — Liz torna a chamar sua atenção. — Ele é o namorado da Grace!

Engulo em seco. A informação é verdadeira. Em parte.

Por ter excepcional conhecimento sobre ligas, ouro e pedras preciosas, Richard trabalha como freelancer, prestando serviços de consultoria para uma joalheria que fica na mesma avenida da companhia de viagens, a apenas uma quadra de distância. Sei que é uma forma de ele ficar por perto e ainda matar o tempo com algo que o agrade.

— Deixa ele, Liz. Tá bêbado — digo com calma e determinação. — E, só pra constar, Richard é mais do que isso, Brat. Para que fique claro, o *cara* — friso a palavra — é o meu marido.

Ambos giram a cabeça em minha direção, atordoados com a inesperada notícia. Brat joga o corpo para trás e se afasta com os olhos arregalados e a expressão perturbada.

— E-eu não sabia, Grace. Desculpa. É que... vocês são tão novos e... — Liz abre um sorriso amistoso, meneia a cabeça e os olhos cintilam emoção. Assinto e sorrio discretamente para ela, pego minha mochila e me despeço de todos. — Quem sabe um dia eu não terei alguém assim também... — murmura ela em meu ouvido quando estou prestes a sair.

— Um psicopata? — Brinco ao ver a expressão modificada em sua fisionomia.

Ela balança a cabeça em negativa e confessa baixinho:

— Um homem perdidamente apaixonado por mim.

Caminho pelas ruas, repletas de turistas. O clima está agradável, a noite em Paris segue seu curso natural, e, a despeito do zum-zum-zum alegre das pessoas, a sensação de solidão me ataca com vontade. Por causa *dele*, pela falta que sinto de seus braços musculosos e de sua presença titânica a me envolver e me proteger. Há três anos deixei minhas armas baixarem e acho que estou me transformando em uma covarde.

É a primeira vez que dormirei sozinha desde então...

Não tenho pressa. Vou gastar o tempo e chegar exausta em casa, o suficiente para desmaiar na cama imensa e fria sem o seu aconchego. Um sorriso ansioso me escapa. Amanhã à noite ele estará de volta.

Compro um crepe de Nutella em uma barraquinha de doces e, olhando as vitrines iluminadas das lojas, vou ziguezagueando pelos grupamentos de brasileiros, seguindo o caminho mais longo possível. Sem me dar conta, acabo fazendo um percurso diferente para casa, avançando por entre becos e ruelas desertas. Escuto um estalido distante e uma energia diferente penetra minhas narinas. Sou abruptamente arrancada do meu torpor. Giro a cabeça em todas as direções e não me deparo com nada, a não ser com a estúpida mancada que eu acabara de cometer: encontrava-me sozinha à noite numa rua de pouquíssimo movimento.

Merda! Como me distraí assim?

A energia é estranha, mas Richard havia treinado meu olfato o suficiente para saber que havia algum zirquiniano por perto. *Mas agora Rick não está aqui para te proteger, sua idiota!*, berra furiosa uma voz dentro de mim. Meu coração vem à boca e avalio minhas opções que, no caso, trata-se apenas de uma, a única em que fiquei realmente boa nos últimos tempos: correr.

Finco os pés no chão, a pulsação nas alturas, todos os músculos preparados para dar a arrancada. Mas, de repente, meu corpo é paralisado de forma abrupta, uma mão gigantesca sobre meus olhos.

— Shhh. Estou decepcionado... Terei que intensificar os treinamentos. — A voz grave entra pelos meus ouvidos e inunda o meu espírito.

O arrepio se transforma num calor inenarrável, aquecendo-me dos pés à cabeça. Em seguida, lábios quentes, úmidos e ferventes passeiam pelo meu pescoço. Começo a derreter por dentro, a pele eufórica, imersa em prazer, o sentimento expandindo-se por todas as células, aquecendo minhas extremidades com uma força arrasadora, ainda mais pungente do que eu poderia imaginar.

Richard!

— Fiz de propósito — murmuro, assim que sua mão deixa meu rosto e passeia pela minha cintura.

— Hã-rã. — Ele solta uma risada baixa e me gira. Observo-o com atenção. Rick tem olheiras, a expressão cansada, mas o azul em suas gemas preciosas chega a me queimar de tão intenso.

— Que bom que chegou! — solto feliz, o sorriso imenso, e afundo a cabeça em seu peitoral de aço, meu porto seguro. Ele solta o ar com força, satisfeito. — Mas... — Afasto-me um pouco. — Houve algum problema? Por que voltou antes do previsto?

— Achou mesmo que eu te deixaria ficar tanto tempo desprotegida? — Ele estreita os olhos, mas alarga o sorriso cafajeste.

— "Tanto tempo"? — Repuxo os lábios. — Peraí! Você queria ver se eu sabia me cuidar sozinha? — Empino o queixo, furiosa com a ideia que me vem à mente. — Então foi um teste?

— Não. Mas, se fosse, estaria reprovada — devolve implicante, entretanto, capto a preocupação em seu semblante e nas entrelinhas.

— Sei. Devo pressupor então que, pelo tempo recorde, não deve ter conseguido o que precisava — rebato com atrevimento. Detesto quando ele faz suspense. Talvez seja por causa do meu passado, mas odeio qualquer tipo de suspense. Rick segura o sorrisinho maroto e arqueia as sobrancelhas. *Argh! Claro que ele tinha conseguido!*— Posso saber o que estava fazendo, afinal? — indago sem paciência, a voz mais áspera do que eu gostaria.

— Você não reconheceu a minha energia — afirma ele e uma expressão diferente, um misto entre a travessa e a triunfante, toma seu rosto, deixando-o ainda mais lindo.

— E...?

— Vamos comemorar muito essa noite, Tesouro. — Ele mordisca o lábio com malícia, me puxa mais para perto e, sem pedir licença, afunda a testa na curva do meu pescoço, como se precisasse disso para recuperar suas próprias energias, um misto de alívio e de realização entremeados à respiração quente e estranhamente acelerada que me atinge em ondas. Sua barba por fazer pinica minha pele de um jeito que me faz arrepiar ainda mais enquanto ele salpica beijos deliciosos em meus ombros. Suas habilidosas mãos fazem carícias enlouquecedoras pelas minhas costas e me puxam ainda mais para junto dele, espremendo-me do jeito que mais adoro e acordando meus hormônios da forma que somente ele é capaz.

— Rick! Eu quero saber *agora*! — insisto, fazendo força (nem tanta assim) para me afastar. Preciso compreender o que estava acontecendo ali antes que seus carinhos perfeitos me façam esquecer de tudo.

— Descobri uma nova forma de protegê-la. — Ele solta um gemido baixinho quando nossos corpos perdem o contato, o olhar de luxúria se vai, mas não a animação em seu semblante. Estremeço. E não é de contentamento por escutar o que ele havia acabado de confessar, mas pela forma como ele me encara, como nunca deixou de olhar para mim durante todo esse tempo em que ficamos juntos: com tanta admiração que tenho a sensação de que sou a mulher mais especial do mundo, mais do que isso até, que me transformei, assim como o Brat havia afirmado, em uma aparição divina. — Vire-se — comanda com candura e com um sorriso resplandecente.

Repuxo os lábios, desconfiada, mas o faço. Um toque gelado, delicado, desliza pelo meu pescoço no mesmo momento que sinto a respiração quente e entrecortada de Richard me atingir a nuca. Abaixo a cabeça e meus olhos se arregalam.

Um colar!

— Tanto tempo... finalmente consegui, meu amor. — Sua voz sai rouca e falhando. — O presente que eu sempre quis te dar.

Encaro, embasbacada, a linda joia em meu pescoço e a inesperada atitude. Meu coração desata a inflar dentro do peito. Perco o ar de tanta emoção.

— É lindíssimo! Oh Rick...! — Toco com cuidado o delicado colar feito de minúsculas pedrinhas que cintilam diversas nuanças de cor em contato com a luz. — São... preciosas?!?

Ele gira meu corpo e me faz olhar para ele. Seu semblante está emocionado e ainda mais intenso que o habitual. Isso me toca profundamente.

— Para você, sim. Serão mais do que isso. — Ele se adianta ao ver a confusão em meus olhos. — Estava atrás de algo assim há muito tempo. Não consegui reproduzir a pedra que a sua mãe fez, mas...

— Um amuleto de proteção! — exclamo e uma estranha emoção flui pelo meu corpo. Lembranças. Lágrimas instantaneamente encharcam meus olhos ao me recordar do meu passado, da minha mãe e do presente único que ela fizera para mim quando eu ainda era uma menina, mas que se perdeu no pântano de Ygnus, há sete anos.

— Isso, mas... — Sua voz arranha, preocupado ao ver minha reação. Acha que sou invadida por uma onda de tristeza, mas estou apenas emocionada. — Tesouro, não fique assim. E-eu... não pude levá-la comigo nessa viagem porque haveria muitos da minha espécie por perto e não seria... seguro. Você precisa de proteção e não sou onipresente. — Ele repuxa os lábios e confessa: — Tive essa ideia há algum tempo, depois de, secretamente, ter acesso a certos estudos da Leila.

— Foi lá na Itália, não foi? Por isso chegou tão tarde naquele dia? — indago ao juntar as peças do quebra-cabeça.

Rick assente e tudo faz sentido. No ano anterior, tinha me levado para a Itália em outra lua de mel maravilhosa. Ele me surpreendeu ao dizer que ia dar uma volta de moto quando eu disse que queria dormir à tarde, após fazermos uma trilha de bike e eu estar exausta até o último fio de cabelo. Geralmente, ele ficaria me fazendo companhia, como sempre faz, mas naquela vez foi diferente. Ele queria sair. Imaginei que, no seu íntimo, ele desejava matar as saudades da região, da casa da Leila, o lugar que adorava frequentar quando ainda era o resgatador principal de Thron.

— Fui atrás de repostas, Nina. Leila sempre foi fera no assunto, mas, como estou morto para todos, eu não podia falar com ela, mesmo sabendo que manteria segredo. Seria perigoso demais — ele murmura, pensativo. — Sendo assim, entrei sorrateiramente naquele celeiro onde Leila fazia suas experiências e tive acesso aos seus estudos e anotações. Vi que era possível sintetizar energias, só não sabia como acondicioná-las de um jeito que parecessem naturais — explica. — Então, na semana passada, quando um senhor chegou à joalheria com uma pedra rara, uma que eu nunca tinha visto e que emitia uma radioatividade bem sutil, descobri que aquele cristal era, na verdade, um grande reservatório de energias, e tudo fez sentido! Mas era apenas teoria, eu não sabia se daria certo. Juntei informações e consegui sintetizar um composto zirquiniano a partir de minerais e ervas, mimetizá-lo e, finalmente, colocá-lo nas "pedrinhas mágicas" — pisca para mim —, a forma como eu decidi chamá-las agora. Mas meu trabalho não ficou tão sofisticado quanto o da sua mãe. Serve apenas para você se fazer passar por um dos meus, ainda que por apenas alguns minutos, dando tempo para a senhorita colocar essas perninhas possantes para funcionar.

Engasgo, ainda mais emocionada.

Durante todo o tempo, Rick só estava pensando em mim, sempre em mim...

— Nina...? Você entendeu o que expliquei? — indaga ele, ainda agoniado com o meu estado de atordoamento. Assinto e estreito os olhos em sua direção.

— Deixa ver se entendi... Se um zirquiniano passar perto de mim, ele acharia, por causa deste colar, que haveria outro zirquiniano por perto e não uma híbrida?

— Exatamente.

— Isso é... incrível! — Vibro alto.

— Graças aos céus! Pensei que você estivesse chateada comigo e... — Ele finalmente sorri, aliviado.

— Ah, Rick. Eu amei! De verdade!

Ele acaricia meu rosto com a ponta dos dedos trepidantes, o olhar faiscando emoção. *Ou apenas refletindo a descarga de sentimentos que me toma por inteira?*

— Os ensinamentos da Brita e da Leila serviram para alguma coisa, no fim das contas.

— Serviram para muita coisa porque você é brilhante. Você sabe disso, não sabe? O quanto eu te admiro? — Faço questão de dizer em alto e bom som, preocupada que alguém como ele, acostumado a uma vida de batalhas e vitórias, um guerreiro, o maior resgatador de todos os tempos, se arrependesse por ter que viver como uma sombra, apenas para vigiar os meus passos e me manter viva.

— *Hummm*... Depois do jantar, acho que vou querer uma explicação mais detalhada sobre essa admiração. — Ele alarga o sorrisinho cretino que me deixa *daquele* jeito. — Quero que me convença, na nossa cama, usando apenas esse colar e... nada mais!

Libero uma gargalhada.

— Combinado, mas agora vamos subir a torre Eiffel! Quero comemorar! — determino, animadíssima.

— Comemorar as "pedrinhas mágicas"?

— Não, meu amor. Comemorar nossos três anos e dois meses juntos!

Nem acabo de falar e Rick me puxa mais para perto com desejo arrebatador, encarando-me com o olhar vidrado.

— Negativo — murmura com a voz rouca. — Comemorar nossos sete anos, quatro meses, dez dias e — checa o pulso — vinte e duas horas juntos.

Pisco, envaidecida, a certeza fazendo meu corpo arrepiar da cabeça aos pés de felicidade extrema. As contas batiam com o nosso primeiro encontro, o início de tudo. Desde o princípio...

E o homem da minha vida funde seus lábios aos meus enquanto me envolve nos braços do seu amor incondicional.

Ele nunca se esquecia.

Ele nunca se esqueceria.

Nunca.

23

NINA

SEIS ANOS JUNTOS

Sorrio para a imagem refletida no espelho, determinadíssima. A decisão está tomada. Agora é só ter coragem de ir adiante, de...

— O que está havendo, Tesouro? Ainda não está pronta? — Richard dá uma batidinha na porta do nosso quarto. Capto a hesitação em seu tom de voz.

— Mais dois minutinhos — peço.

É a primeira vez que eu tranco a porta desde que estamos juntos. O que Rick ainda não sabe é que, para mim, trata-se de uma noite especial. Caprichei na produção como nunca. Estou usando um vestido novo, vermelho, de seda pura, bem justo ao corpo e modelando minhas formas, saltos altos na cor bronze, assim como a linda bolsinha a tiracolo. Passei no salão, fiz escova, pé e mão. Agora, eu estou dando os últimos retoques na maquiagem. Meus lábios parecem volumosos, acho que exagerei no batom, mas não o removo.

Gostei do resultado.

Não quero que Richard pense duas vezes. Eu preciso que concorde sem pestanejar, que fique tão tonto com a visão, tão arrebatado de desejo, que elimine de uma vez por todas a sombra do medo que deforma suas feições quando menciono o assunto, ainda que despreocupadamente.

Está na hora de falarmos sobre isso, afinal, seis anos se passaram, ou dez pela contagem dele...

Desta noite ele não me escapa. Respiro fundo e abro a porta.

— P-por Tyron! — ele gagueja e cambaleia para trás, os olhos imensos e vidrados.

Há seis anos eu não o ouvia dizer a antiga expressão zirquiniana. É o suficiente para fazer meu ego flutuar até Marte e meus lábios escancararem num sorriso.

— Gostou? — pergunto só para implicar, ciente de que é desnecessário, envaidecida do que sou capaz de despertar nele, no homem mais lindo de todas as dimensões.

— Muito... gostosa... — balbucia atordoado enquanto observa com atenção cada milímetro do meu corpo e me faz esquentar por inteira. Sua expressão é cristalina e reluz luxúria e fascinação. — E-eu posso tocar? — indaga desorientado. — Mas... Eu não posso deixar você sair assim, e-eu não...

Solto uma gargalhada e elimino a distância entre nós, deixando meus lábios a milímetros dos dele, provocando-o.

— Se você se comportar direitinho, vai poder bem mais do que apenas tocar — sussurro maliciosamente em seu ouvido.

Ele avança, parece desesperado para me agarrar e me beijar, mas recuo na hora H. Richard se desequilibra.

— O que essa cabecinha linda e maquiavélica está tramando? — pergunta com a voz rouca. O peitoral sobe e desce com uma velocidade incrível. Ele tenta controlar a agitação que o toma e torna a se aproximar, deixando o rosto perfeito e viril perigosamente próximo ao meu. O azul-turquesa em seus olhos lança raios cintilantes sobre mim.

Segure-se, Nina!

— Saberá no fim da noite, se for um bom rapaz — sibilo com a expressão travessa, empinando bem o corpo, colocando lenha na sua fogueira, excitando-o. — Por ora, quero apenas... dançar.

A respiração dele vacila, vejo labaredas crepitantes escurecendo o azul de seus olhos, mas Rick se segura como pode e entra na brincadeira.

— Ah, é? Quer guerrear comigo, Tesouro? — Ele contrai os olhos e morde o lábio para conter o sorrisinho diabólico. — No final desta noite será você quem pedirá por clemência.

— Será? — Enfrento-o sedutoramente. — Hum... Tenho sérias dúvidas sobre isso.

— Tá! Então vamos logo! — Ele segura minha mão com força e diz, entre o decidido e o agoniado: — Acho que já nos atrasamos demais.

Sorrio intimamente.

O primeiro round foi pra conta.

— Vamos para casa, Tesouro — Rick implora baixinho, beijando e mordiscando minha orelha, as mãos deslizando pela minha cintura.

— Já?

Checo o relógio. *Droga! São duas e quarenta da madrugada e ainda não arrumei coragem para tocar no assunto!*

— A gente continua essa dança em casa. Prometo — sussurra e me encara com um semblante apaixonado enquanto, num piscar de olhos, vasculha rapidamente ao redor. Eu preciso segurar a vontade absurda de gargalhar. Não consigo ver a tempo o que Rick faz porque é sempre rápido e discreto, mas ele não me engana. Ele disfarça bem, mas, por raros instantes, detecto a expressão de cão de guarda em ação, verdadeiramente perigoso, direcionada para qualquer macho que ouse colocar os olhos em mim. Os sujeitos não arriscam e desaparecem rapidinho do meu campo de visão. — Você venceu, tá bem? Eu faço tudo que quiser, mas vamos embora. *Por favor!* — pede com a voz rouca e urgente quando uma música sensual começa a tocar e deixo meu corpo seguir no seu ritmo.

— Ok — respondo, vitoriosa. — Mas antes a gente precisa conversar.

— Feito! — ele assente, aliviadíssimo, enquanto me puxa com velocidade pela boate afora.

— Você está me deixando preocupado — Rick diz quando abro a boca pela terceira vez, mas nenhum som sai de meus lábios.

A situação não poderia ser tão perfeita para tocar no assunto: passeando de mãos dadas com o homem que amo pela Champs-Élysées em uma madrugada linda, quente e vibrante. Ainda que ansioso com a minha postura, vejo-o, vez ou outra, observar o céu noturno com fascinação. Mesmo depois de tantos anos vivendo na segunda dimensão, Rick ainda parece maravilhado com o véu de estrelas a reluzir sobre nossas cabeças.

— Não vou mais evitar — confesso finalmente, aproveitando-me de sua postura serena. — Quero engravidar.

Instantaneamente sua testa se enche de vincos, como se sentisse dor profunda, e ele paralisa no lugar.

— Esse assunto novamente... — Ele meneia a cabeça, a voz ainda mais grave do que de costume, o olhar faiscando algo que não consigo identificar. Em alguns raros momentos, como este, Rick se distancia de mim e continua um enigma a ser decifrado.

— Quero um filho seu, Richard — digo cautelosamente, com tato redobrado, enquanto uma explosão acontece em meu peito. Percebo que é mais que querer. Trata-se de um desejo ardente e sufocado.

— Não — devolve ele com força, inflexível. — Vamos embora! Depois a gente conversa.

— Me solta! Quero conversar agora, droga! — Escapulo de sua pegada e dou um passo para trás. — Se não está a fim de falar sobre o assunto, pode ir! Eu fico.

Richard me encara com a expressão transtornada, os olhos gigantescos, enquanto começa a andar de um lado para outro. Reconheço o antigo cacoete de tensão e percebo que é a primeira vez que discutimos desde que ficamos juntos.

— Então era isso o que tinha em mente desde cedo, não? — indaga com fúria velada na voz mais que fria. Uma veia pulsa forte em sua têmpora. — Me deixar louco de desejo para me fazer cair na sua armadilha?

— Armadilha?!? — Explodo com uma gargalhada nervosa, sem conseguir acreditar nas palavras que acabara de escutar. — Querer um filho da pessoa que eu amo e vivo junto há seis anos agora se chama armadilha? Acha mesmo que eu estou te manipulando? Podia esperar tudo de você, menos uma grosseria desse nível!

— D-desculpa, Tesouro, não é isso o que eu quis dizer, é que eu... — O corpo dele enrijece e seu rosto perde a cor.

— Você o quê, Richard? — indago, inflamada. — Acha esse meu desejo muito sem noção? Ardiloso demais? — Arregalo os olhos, assustada com a ideia apavorante que me vem à mente. — Só queria *a mim*, mas nada que viesse *de mim*? É isso?

— Não diga tolices, Nina! — ele ruge, exaltado, as mãos na cabeça, o rosto em brasas. Vejo o tremor em seus dedos. — Claro que eu quero *tudo* que vem de você! Eu sou louco, perdidamente, completamente, desesperadamente apaixonado por você, raios! Mas você é uma humana e eu sou um zirquiniano, maldição! Somos diferentes! Não tenho esse tipo de desejo e...

— Eu sou uma híbrida! — retruco no mesmo tom e, em seguida, abaixo as armas. — Mas, sim. Eu tenho esse desejo — confesso num sussurro. Não quero brigar. Mais do que isso. Compreendo o que se passa dentro dele. Sinto que o que Rick diz é verdade: laços afetivos nunca representaram nada para a sua espécie. — É o que eu mais desejo na vida: um filho seu.

— Nina, eu... Eu não sei — Richard murmura, abaixa o olhar. Seu pomo de adão sobe e desce várias vezes. A voz rouca e vacilante deixa óbvio o medo que o aflige. — Algo me diz... tenho medo de... perder você.

Eu me aproximo dele e, delicadamente, seguro seu rosto arisco entre as minhas mãos. Quero que ele leia a verdade dentro das lágrimas dos meus olhos e do meu espírito. Quero que ele tenha certeza do meu amor infinito por ele.

— Rick, você sabe que não precisa ter receio, não sabe? Que te amarei da mesma forma depois que o nosso filho nascer. Da mesma, não! Ainda mais. Não quero que jamais se sinta ameaçado porque são tipos de amor completamente diferentes, únicos — afirmo e deixo a emoção indescritível fluir por minha pele e pontas dos dedos. Toco seus lábios. — Mais do que isso, meu amor. Um filho será a única coisa verdadeiramente nossa, igualmente meu e seu, o grande milagre da união de dois corpos que se completam e de duas almas que se amam.

Como um ímã sugado para seu campo magnético, no instante seguinte já estou aninhada em seu peitoral acolhedor, o lugar mais perfeito do universo, a morada da minha vida, do meu coração e dos meus sonhos. Richard solta o ar com força, mas me recebe com carinho, os braços musculosos me envolvendo em seu amor sem medidas.

Sinto sua energia correr acelerada em picos e vales.

Experimento seu medo.

Sorrio.

— Se é o que você quer... — Ele suspira e sua voz sai falhando, uma nota baixa lançada ao vento. — Então, que Tyron assim permita.

24

SAMANTHA

TRÊS ANOS APÓS O GRANDE CONFRONTO NA CATACUMBA DE MALAZAR

— O que você aprontou agora, Sam? — John me indaga com uma das sobrancelhas ruivas arqueadas assim que chego ao acampamento. Nosso grupamento se encontra nas imediações de um vulcão adormecido em uma cordilheira no Chile.

Reviro os olhos. Já devia estar acostumada a receber ordens, mas gosto de ter iniciativa, de fazer as coisas ao meu modo, e ter sido a resgatadora principal de Windston acabou deixando marcas. Balanço a cabeça e sorrio. No final das contas, até que foi uma ótima troca. Estou de volta ao meu antigo reino, Storm, convidada pelo próprio filho de Kaller a ingressar no pelotão principal. *No pelotão dele...*

— Nada de mais... — Pisco descontraidamente, enfiando a mão esquerda no bolso da minha calça comprida para esconder o ferimento.

Os olhos de águia de John me checam de cima a baixo, mas nada encontram. Contudo, o olfato dele é acima da média e sei que, mesmo que eu tenha removido as manchas, ele já identificou traços de sangue na minha roupa.

— Fala — ordena ele.

Os rapazes se aproximam ao perceberem que irei receber nova bronca. Por eu ser a única mulher na caravana principal, acho que eles se divertem em nos ver em um duelo de palavras já que nossos treinos são sempre em particular.

— Então... Como é mesmo aquele ditado humano? Ah, lembrei! *Quem brinca com fogo pode acabar se queimando...* — Olho enviesado para John que apenas me encara com a expressão ilegível. Detesto quando ele faz isso. — O maldito humano merecia, ora!

Murmurinho generalizado.

— Quietos! — John brada e todos o respeitam. — O. Que. Você. Fez? — exige ele.

— Ele era um sádico, John! — Apresso em explicar. — Um maluco que adorava maltratar a humana com quem vivia. Presenciei o cretino torturá-la por prazer. Daí resolvi que o idiota tinha que experimentar o próprio veneno antes de partir.

— Fez justiça com as próprias mãos? — Ele estreita os olhos em minha direção.

— Claro que não! Q-quero dizer... mais ou menos. O sádico merecia! Além do ma...

— Um mês de trabalhos burocráticos e sem participar das caravanas! — ele me interrompe, austero.

— Um mês?!? Ah, não — gemo.

Risadinhas ecoam pelo lugar. John encara os subordinados com o cenho franzido. Os homens se calam rapidinho, preocupados que a represália possa respingar para o lado deles.

— Para que não se esqueça de que não aprovo e que eu nunca aprovarei esse tipo de conduta. Sob qualquer circunstância! — John diz com a voz grave. — Se tornar a me desobedecer, as consequências serão severas — dispara, inflexível. — Cumprimos missões. Não somos justiceiros! Está claro?

— Mas os homens de Thron, eles...

— Você andou conversando com homens de Thron? — Ele estreita os olhos cor de mel em minha direção.

— E-eu?!? N-não! Óbvio que não! É que...

Droga! Ele percebeu!

A cara de John fica horrorosa, as sardas cintilam num tom vermelho-rubro de cólera extrema. Acho que é por causa do ódio que ainda sente de um fantasma, do Richard, mas odeia tudo cuja origem seja do reino vulcânico.

— Pouco me importa como sejam as partidas daquele clã sombrio — assinala ele com os dentes trincados. — Sou eu quem determina como devem ser as regras do nosso reino, fui claro?

— Sim — murmuro.

— Ótimo. Agora vá descansar. Partiremos de madrugada.

— Quando é que vai aprender a me obedecer, Samantha?

A voz de John rasga o ar como a minha adaga, ecoando na planície desértica do lado de fora do castelo e me pegando de surpresa. É a primeira vez que ele fala comigo desde a bronca que me deu, há oito luas.

— O que vossa alteza está fazendo por essas bandas tão tarde da noite? — Ironizo.

— Agora que as bestas desapareceram, o mesmo que você, eu acho — comenta com jeito amigável e percebo, satisfeita, que ele não está mais chateado comigo.

Caminho até o tronco de árvore decrépito, um esqueleto retorcido e perfurado em diversos pontos, e removo minha adaga. Ao longe, alguns arqueiros encontram-se a postos no passadiço e dão cobertura ao futuro rei de Storm que agora conversa tranquilamente comigo. A paz que nos cerca, entretanto, é tênue. As feras se foram, mas os rumores insistem em afirmar que as sombras estão se multiplicando nos nossos pontos cegos e, ainda que proibidas de formar aglomerados organizados, elas estão cada vez mais em sintonia, deixando os reinos e o Grande Conselho em estado de alerta.

— Você não precisa gastar o tempo — resmungo, a língua tão afiada quanto a lâmina da minha arma. — Que eu saiba, vai embarcar em outra caravana amanhã e não apenas daqui a vinte e duas luas.

Ele acha graça de algo que eu tenha dito.

— O que foi?

— Acho que os humanos estão te contaminando. Você está ficando muito... *dramática* — ele frisa a palavra com a expressão brincalhona. — E não adianta revirar os olhos. Foi você mesma que se colocou nessa situação.

— Então escolha melhor os meus resgatados!

— Samantha! — John rebate em tom ameaçador.

— É sério, John. Não quero parecer insubordinada... — digo em baixo tom e com respeito, camuflando o que sinto por ele. — Você sabe o quanto admiro sua forma de agir, o quanto eu o acho nobre e justo. Não estou chateada com o castigo que me submeteu, de ter que ir a Sansalun para obter os nomes dos proclamados de cada mês... que, por sinal, achei até interessante — confesso. — A verdade é que não sei se conseguirei obedecer às suas ordens, de fornecer uma morte limpa e serena, caso eu me depare com outro sádico porque acho que, mesmo o respeitando muito, acabarei fazendo tudo da mesma forma.

John alarga o sorriso e seus olhos cor de mel brilham como nunca sob a lua da madrugada. Algo bom estremece em meu peito.

— E eu a admiro ainda mais por isso, Sam.

— Hã? — engasgo, os olhos quase saltando das órbitas.

Ele me admira? Ele havia dito isso?

— Não pela insubordinação, claro — John acelera em explicar, a expressão divertida estampada na face. — Mas pela sua coragem em ir contra uma ordem minha, ainda que sob risco de punição, para tomar uma atitude que julga, e talvez seja, mais acertada que a minha. — Ao ouvir suas palavras, minha boca despenca em queda livre e meu coração sapateia no peito. — Foi isso mesmo que ouviu. Apesar de eu não concordar com a sua atitude, consigo compreendê-la. Mas lembre-se que apenas cumprimos as regras. Não cabe a nós julgar.

— Eu sei, mas...

— Shhh! Você tem total razão. Vou avaliar melhor os seus resgatados. Isso não acontecerá novamente.

— Obrigada — balbucio com a expressão abobalhada, mas realmente feliz. — Bom... Acho que as broncas e as punições acabaram então.

— Quem disse que a punição foi por causa disso?

— Não foi?

John fecha a cara.

— Pensa que me engana? Captei o sangue em sua essência. — Sua voz sai áspera de repente. — Você se arriscou à toa.

— Arriscar? Com aquele humano ridículo? Desde quando perco uma luta para algum homem? — devolvo com jeito displicente. — Foi apenas um corte superficial.

— Não quero você correndo riscos! — John determina, intransigente, a fisionomia amistosa rapidamente substituída por um olhar distante e indecifrável. — E também não admito você lidando com os homens de Thron!

— Não "lido" com eles! — resmungo ao perceber que o momento de descontração entre nós já havia acabado, que, aliás, vinham ficando cada vez mais raros e rápidos, e que ele voltara a se esconder no casulo onde passou a hibernar desde que fora mortalmente atacado pela besta na catacumba, ou melhor, desde a morte da híbrida...

25

SAMANTHA

SEIS ANOS APÓS O GRANDE CONFRONTO NA CATACUMBA DE MALAZAR

Encontro a minha caravana acampada logo depois da entrada do portal do deserto do Saara. Fui tão bem-sucedida na "missão burocrática" dos proclamados que o Grande Conselho determinou que eu deveria ficar com a função de maneira permanente. E, como eu jamais abriria mão de estar no grupamento dos meus sonhos, o pelotão de John, preciso me desdobrar para cumprir adequadamente as tarefas nas duas frentes.

Do alto do meu cavalo procuro pela cabeleira ruiva em meio aos demais, mas não a encontro. A sensação ruim no peito, aquela que me acompanha havia tanto tempo, cresce num galope mais rápido que o do meu animal. Sigo em direção às dunas situadas a oeste, na região onde um grande amontoado de pedras foi o refúgio do John e do Tom há seis anos, quando a loucura do resgate da híbrida assolava *Zyrk* como uma febre insana e frenética. John vem para esse lugar sombrio toda vez que passa por aqui. Diz que a região lhe confere paz, mas sei que não é verdade. Enxergo com perfeição a sombra escura do luto no dourado dos seus olhos...

Avanço pelas dunas ainda mornas e o vejo ao longe, exatamente onde imaginei, a postura abatida na expressão taciturna, o pensamento distante, como se procurando algo em meio ao oceano de areia e de recordações.

Procurando por ela...

Diminuo o galope, mas o ritmo do meu coração cresce vertiginosamente.

Seis anos se passaram e John não havia esquecido a híbrida... Ela ainda povoava seus sonhos e, para a total desgraça de uma guerreira, estava mais viva dentro dele do que nunca.

Engulo e não encontro saliva, não encontro nada. Sou aquilo que me envolve, um deserto que carrega perda e decepção. Uma ardência febril surge nas pontas dos meus dedos e se aloja atrás dos meus olhos. *A batalha estava perdida, afinal. Eu nunca teria armas para vencer um fantasma. Não havia como combater a guerra perdida, alcançar o inalcançável.*

Depois de tantos anos e para a minha total consternação, percebo que não mais odeio a híbrida. E não é porque ela está morta ou porque foi espantosamente generosa e entrou em minha defesa quando a fera da noite ia me matar, ou porque intercedeu a meu favor junto a John, ainda que eu não merecesse. A perturbadora verdade é que o ódio que antes direcionava para ela tomou novo caminho e, inquestionavelmente, migrou para a pessoa que vejo refletida no espelho todas as manhãs.

Vivo um fracasso. Não sou capaz de fazer John olhar para mim como ele olhava para ela. Sou uma estúpida sem orgulho! Jamais conseguirei que ele me presenteie com nada além... disso. E, ainda assim, estou aqui, a rodeá-lo como um velho bicho de estimação, implorando por migalhas de sua atenção.

Reparo nele novamente. O corpo curvado e a expressão de dor acertam-me o queixo e a alma, e me derrubam. A certeza cristalina de que John nunca será meu, de que jamais sentirá por mim o que experimentou pela híbrida me queima por dentro.

E me destrói.

Respiro fundo, pela primeira vez na vida questionando o que eu havia me tornado, o caminho que eu havia seguido. Achei que bastaria tê-lo por perto para que a minha existência fosse completa. *Mas, talvez, não seja isso. Talvez precise de mais. Talvez...*

— Finalmente — ele diz sem mexer um músculo sequer, pegando-me de surpresa. *Teria percebido que eu o observava?*

Disfarço a mancada, aproximo-me e, em seguida, desço do meu animal.

— Ah! Então sentiu minha falta... — brinco, apossando-me do seu bordão usual.

— Com certeza, Sam. — Ele não rebate, conforme eu esperava. Ao contrário, responde com gentileza, mas a voz baixa e cadenciada é desprovida de qualquer emoção enquanto continua a mirar o pôr do sol no horizonte. — O negócio aqui fica desanimado sem você por perto.

— Quem mandou arrumar uma função burocrática para mim? — implico. — Lilith é boa acompanhante, mas por que substituíram Ylon? Há três anos faço o percurso com ele e, bem, Ylon era mais divertido.

— Kaller achou melhor. — Dá de ombros e, ainda que quase que imperceptivelmente, capto o esboço de um sorriso vitorioso em sua fisionomia abatida.

— Os velhacos lá do Grande Conselho não sabem mais viver sem mim — acrescento, convencida, na intenção de deixar o clima mais leve.

— Verdade. Por falar nisso, alguma novidade? — John gira a cabeça, os olhos repentinamente alertas e ansiosos, procurando uma resposta dentro dos meus.

Pisco algumas vezes, a compreensão do que se passa à minha frente subitamente me arrancando o ar. *Um descendente?!? Toda essa urgência visível nos vincos de sua testa era porque aguardava ansiosamente o dia da sua procriação?*

— Nada ainda — murmuro, aturdida com a constatação. Richard era o meu parceiro de procriação, mas havia morrido no grande confronto. Minha chance de procriar se fora com ele, mas não padeci com a ideia. Não como John parece estar sofrendo. — Não se preocupe. Logo chegará o seu dia.

— Claro que sim. — Ele abre um sorriso triste e o dourado das suas gemas sempre tão flamejantes desbotam bem diante dos meus olhos.

26

SAMANTHA

QUATORZE ANOS APÓS O GRANDE CONFRONTO NA CATACUMBA DE MALAZAR

— Samantha, o que você acha que poderá acontecer ao nosso reino? Quero dizer, você tem conhecidos importantes no poder e... hã... tem mais experiência... — Lilith engasga algumas vezes e, assim que chegamos aos imensos portões de entrada do Sansalun, ela finalmente cospe a pergunta que tanto a incomodara por todo o caminho. Os olhos faíscam ansiedade e confirmam o que eu me negava a perceber.

Os boatos estavam se espalhando...

— "Experiência"? — Fecho a cara e, fingindo não compreender a questão em xeque, giro o rosto em sua direção. — Está me chamando de velha por acaso?

— Oh, não! Claro que não, Sam. — As bochechas da minha subalterna ficam vermelhas de constrangimento. — É que John anda tão cabisbaixo, tão visivelmente abatido. Todos afirmam que o prazo dele esgotou e que Storm corre risco de...

— Prazo? — interrompo-a, subitamente sem ar, agoniada com o rumo da conversa, como se duas mãos estivessem se fechando ao redor do meu pescoço.

— O prazo de procriar, ora! — Ela se defende como pode. — John está ficando velho, tem trinta e cinco anos e...

— Trinta e três! — Corrijo-a num rosnado porque sei que John tem a mesma idade que a minha e, principalmente, porque, ainda que Lilith não tenha dito em alto e bom som, ela também achava o mesmo de mim. — E não diga tolices! Já anunciei procriações em homens e mulheres com mais idade!

— Muito poucas. E, quando acontece, são crias fracas, até inúteis, *dizem*. Você sabe muito melhor do que eu que as procriações bem-sucedidas de *Zyrk* acontecem cedo, com zirquinianos ainda jovens! — ela devolve de supetão e sem qualquer constrangimento. — Nenhum rei teve seu descendente depois dos trinta anos de idade. Nenhum na história da terceira dimensão! Pode averiguar.

Congelo da cabeça aos pés sob o manto da culpa que me veste com perfeição assombrosa. Não tolero admitir que me sinto aliviada com a delicada questão. Mas o que Lilith diz é a apavorante verdade. Storm precisa de um descendente.

Do descendente de John.

E, no entanto, só de imaginar John tendo momentos íntimos com outra mulher que não seja eu faz meu sangue ferver. Obriguei-me a apagar essa maldita ideia da cabeça, o pensamento que arremessava minha mente num ciclone enlouquecedor toda vez que vinha buscar a lista dos proclamados do mês. Depois de vários anos, o pânico havia abrandado, adormecido e sido jogado para algum lugar abandonado nas profundezas do meu cérebro. Mas o assunto proibido em Storm, aquele que era sussurrado pelos cantos, agora pipocava por todos os lugares que passava e não dava mais para tapar os ouvidos e fingir que nada estava acontecendo. A familiar sensação ruim estava de volta e me afligia com força total.

— Não dou ouvidos a fofocas sem sentido — murmuro, tentando a todo custo camuflar meu atordoamento.

— Samantha, você até pode não se preocupar, mas essas questões de hereditariedade são importantes para os líderes. Storm nunca passou por isso antes e agora corre o risco de ficar sem um descendente de sangue! Os conselheiros estão preocupadíssimos e Kaller mais nervoso do que nunca. Coitado do John! Teria uma cria excepcional — Lilith solta, comovida. — Uma fonte segura me contou que nosso rei fica berrando como um louco à noite, dizendo que o filho é um incapaz, uma vergonha para a linhagem real, um fraco!

Um fraco...

John já foi um guerreiro forte e destemido. Tinha ido contra o próprio Kaller, exalava o brilho da vida e da determinação. Naquela época seus feitos se espalharam por *Zyrk*. Ainda que longe de mim, era um John admirável... *Mas havia um motivo para isso, ou melhor, existia uma híbrida a iluminar seus caminhos e uma paixão a fortalecer seus atos.*

— Finalmente! Que bom que chegou, Samantha! — saúda Braham de repente ao longe, livrando-me do tenebroso assunto ao me chamar para a entrada das torres.

— Aguarde-me aqui — ordeno à minha acompanhante.

— Foram quantos nomes da vez passada? — Lilith indaga, curiosa.

— Quatorze.

— Não trocar os casais e ainda lembrar com exatidão os melhores dias e horários para cada um deles... Por Tyron! Como consegue ser uma guerreira tão habilidosa e ainda por cima ter essa memória incrível?

— Treinamento e foco. Algo que só a "experiência" é capaz de nos dar — implico, arqueando uma sobrancelha. Lilith repuxa os lábios e assente. No fundo, ela sabe que eu posso ser a guerreira com mais idade de Storm, mas que continuo sendo disparado a melhor. — Fica aí. Será rápido. — Afirmo com uma piscadela e me afasto em direção ao único mago realmente atraente em meio àquele bando de velhos estranhos.

— Ao seu dispor, senhor — digo ao me aproximar. — Pode dizer os nomes.

— Desta vez não serei eu a lhe passar os nomes dos proclamados, Samantha. — Braham sorri e meneia a cabeça.

— Não?

— O magnânimo não para de perguntar por você. Nunca o vi tão agitado.

— Sertolin? — questiono, catatônica.

— O próprio. Acompanhe-me. — Ele aponta para as proibidas câmaras suspensas. Raríssimos foram os zirquinianos que colocaram os pés nesse lugar sagrado.

— Mas… Por quê? E-eu…

— Acalme-se. Você não fez nada inadequado, se é o que a preocupa. O mestre deve ter seus motivos para querer lhe falar pessoalmente. Sempre tem. — Braham alarga o sorriso e dá de ombros. — Venha. Não gosto de deixá-lo esperando.

Com os passos trôpegos e o coração agitado demais, acompanho o mago de porte atlético. *Por que o mestre dos mestres se importaria em quebrar os protocolos e permitir que eu, uma simples guerreira de* Zyrk, *entre em seu santuário? Por que faz questão de me dizer pessoalmente os nomes dos proclamados do mês?*

— Não se assuste — Braham pede de forma gentil quando um pequeno redemoinho de energia surge nas suas mãos. A colmeia de luz roxo-prateada expande-se rapidamente e nos envolve. Maravilhada, sinto sua vibração se espalhar por minha pele e um calor com rajadas glaciais percorrer meus pulmões. O ar me escapa. Fecho os olhos e, ao reabri-los, por um instante acho que estamos flutuando, mas então compreendo que há uma película transparente, finíssima, a nos envolver. Tudo ao meu redor é feito de vidro: paredes, chão, teto, móveis. — Parece, mas não é vidro. Trata-se de magia — Braham explica sem mais nem menos. Não sei se utiliza seus poderes para ler o que se passa em minha mente ou se minha expressão assombrada fala por si só. — Mestre, a resgatadora de Storm chegou. — Ele me anuncia para a câmara vazia.

Então é a vez de o corpo de um senhor muito idoso e de estrutura pequenina se materializar bem diante dos meus olhos. *Por Tyron! Aquele era o famoso Sertolin? Eu ouvi sua voz enquanto ainda estava aprisionada na catacumba de Malazar, mas nunca tive a oportunidade de vê-lo de perto.*

Abaixo a cabeça em reverência.

— Seja bem-vinda, minha jovem — diz com a voz surpreendentemente grave para um senhor de aparência tão franzina enquanto se acomoda, sentando-se no ar, ou melhor, em uma cadeira feita do tal vidro mágico. — Obrigado, Braham, meu querido. Sei que posso contar com o seu silêncio e a sua discrição.

— Sempre, magnânimo. — O belo mago de cabelos compridos negros faz uma mesura e desaparece diante dos nossos olhos.

— Aproxime-se, Samantha — Sertolin pede com educação assim que ficamos a sós. — Serei rápido.

— P-por que o sen...?

— Por que quis chamá-la aqui para anunciar os nomes dos proclamados de Storm deste mês? — Sertolin ajeita os óculos e vai direto ao X da questão. Não é chegado a formalidades ou a palavras complicadas como a maioria dos magos. Gosto disso. — Sinceramente? Ainda não sei, mas todos nós precisamos aprender com os erros do passado. — Repuxa os lábios e as rugas triplicam em sua pele sem viço. — Se não fui capaz de escutar o alerta naquela ocasião, a linguagem incompreendida que lateja em nossas mentes, aquela a que os humanos chamam de intuição, não o farei novamente. Ainda que não tenha uma resposta razoável para lhe dar.

— Não entendo o que diz, senhor — confesso honestamente.

Ele sorri. Mas, para minha surpresa, o grande mago não está zombando de mim. Ao contrário, parece satisfeito com a minha resposta.

— Aprendi a decifrar muitos dos enigmas do Nilemarba, mas ele ainda é caprichoso...

— O senhor se refere ao... Livro Sagrado?

— Exatamente.

Levo as mãos à cabeça, ainda mais confusa.

— O que há de tão importante em termos de procriação agora que a híbrida e Richard de Thron morreram e as feras da noite foram eliminadas? — indago sem rodeios.

Vejo seus olhos desbotados arregalarem por detrás das lentes grossas dos óculos, as sobrancelhas brancas totalmente arqueadas.

— Você não é apenas forte e destemida, resgatadora. Tem os genes da inteligência. E isso é bom. Muito bom... — O poderoso mago se ajeita na cadeira.

O que Sertolin queria dizer? O que estava acontecendo aqui, afinal?

— Vamos aos nomes, senhor? — acelero em dizer, ansiosa em sair da situação perturbadora.

— Então é verdade... — murmura. — Não precisa mesmo de um papel para anotar os nomes, como os enviados dos demais clãs?

— Não, milorde.

— Você é mesmo... *diferente*, quero dizer, isso é mesmo incrível! — Ele se corrige, esfregando a longa barba branca enquanto me observa com interesse redobrado. Parece impressionado, ainda mais satisfeito do que antes.

Então, sem tempo a perder, Sertolin desata a dizer os nomes dos escolhidos, seus parceiros de procriação, os dias específicos e os horários mais propícios para os melhores resultados nos acasalamentos. Vou anotando mentalmente. É verdade que a minha memória nunca me deixou na mão, mas achei importante criar um método próprio, uma forma de gravar tudo sem correr riscos de algum esquecimento.

— Dezoito? Uau! Um recorde! Finalmente vamos colocar o pessoal para trabalhar, não? — solto debochada assim que ele acaba de enumerar os procriadores do mês. Sertolin estreita os olhos e repuxa os lábios em uma linha fina. Só então me dou conta de que não estou com um dos meus pares para brincar dessa forma, que acabo de faltar com o devido respeito ao grande mestre dos mestres. — D-desculpa, magnân...

Mas sou interrompida por uma sonora gargalhada.

— "Trabalhar." Adorei o termo! — Sertolin ri animadamente, como uma criança que acaba de participar de uma travessura. Acho graça do meu pensamento. Na verdade, ele é tão pequenino que, se não fosse pelas rugas, de fato pareceria uma criança. — Não precisa se desculpar, minha jovem. Sempre tive grande apreço pelas pessoas autênticas — afirma, recompondo-se.

— Obrigada, senhor. — Respiro num misto de alívio e constrangimento. — Estou dispensada?

— Não — ele determina com a voz grave e a expressão preocupada, todo o divertimento subitamente deixado para trás. — Deixei para o final a notícia que Storm tanto aguardava.

Meu pulso dá um salto e meu coração esmurra o peito. *Não pode ser. Não!*

— Isso mesmo que imagina. — A voz sai baixa, é lenta e cautelosa, enquanto estuda minhas reações com interesse exagerado.

Estremeço.

— John. — O nome despenca dos meus lábios. O mago assente.

— Tardou, mas a vez dele chegou, para o alívio de Kaller.

— Com quem? — indago de maneira brusca, sem conseguir camuflar a cólera no meu tom de voz.

— Isso faz diferença? — Sertolin estreita os olhos, mas sua fisionomia não é mais especulativa, muito menos acusatória. Para minha surpresa e atordoamento, sua expressão ganha brilho e parece cintilar de emoção, como se tivesse descoberto a resposta para algo deveras importante. Encaro-o com força exagerada. Sertolin sorri ao dizer o nome da agraciada: — Esthevla de...

— De Windston?!? Isso é um absurdo! Ela é uma menina! — interrompo-o de bate-pronto, a mente a mil por hora.

— Pelo visto, você a conhece — ele murmura.

— Carreguei no colo quando *eu* era resgatadora principal de Windston!

— Ah! Bom, ela não é mais uma menina. Tem dezenove anos.

O sorriso do grande mestre se alarga e faz a fúria ganhar proporções gigantescas dentro de mim com a indesejável constatação: *Sim! Eu estava ficando velha!*

— Qual a data e o horário? — indago, impaciente, nervosa. Quero acabar com essa conversa e ir embora daqui o mais rápido possível.

— Dentro de cinco luas, ao nascer do sol.

— Perfeito — rosno e faço nova reverência. — Eu já posso me retirar? — Sertolin não responde e apenas me encara com a expressão satisfeita demais, quiçá, maravilhada. O ódio germina como uma praga em meu peito. — Posso? — repito. Trinco os dentes para não cometer a loucura de faltar com o devido respeito ao maior de todos os magos e ser imediatamente condenada ao *Vértice*.

— Você tem bem-querer pelo filho de Kaller, não?

Meu corpo petrifica, meus olhos arregalam e todo raciocínio me escapa.

— O-ora, magnânimo, é c-claro que sim, afinal, ele é o meu resgatador principal e… — Minha voz sai esganiçada.

— E? — Sertolin inclina o pequeno corpo para frente, como se quisesse ver minhas reações ainda mais de perto. Dou um passo para trás.

— E-ele será um ótimo líder, é justo e…

— E?

— Sua cria terá genes excelentes, o que é ótimo para Storm, e…

— E?

Mas que droga! O que ele queria que eu dissesse?

Respiro fundo, recuperando parte da minha racionalidade. Não vou cair na armadilha, qualquer que seja ela.

— Com todo o respeito, meu senhor, mas não sei aonde quer chegar.

Sertolin arqueia ambas as sobrancelhas.

— Sabe sim, Samantha — diz com força e convicção.

Recuo ainda mais.

— Posso ir? — pergunto novamente e ele nega com um imperceptível movimento de cabeça.

— Há mais um — confessa com a expressão modificada.

— Outro? Por Tyron! Isso não acaba nunca?!? — explodo.

— Não foi você mesma que disse que os stormianos precisavam trabalhar? — Ele faz piada da minha gracinha anterior.

— Pois o exército ficará desfalcado com tantos procriando! — bufo sem conseguir abrandar meus nervos. — Pode dizer os nomes.

— Honir de Thron e... — Ele faz uma pausa. Uma veia lateja em seu pescoço enquanto ele me encara com uma força esmagadora. Todos os pelos do meu corpo arrepiam em resposta. — Você.

O ar é arrancado abruptamente dos meus pulmões. Estou asfixiando dentro do torvelinho de cólera, incompreensão e surpresa que Sertolin acabara de me arremessar.

— Eu?!? — indago, num misto de sobressalto e atordoamento.

Apesar de tudo em mim indicar se tratar de uma brincadeira de mau gosto, meu bom senso afirma que o grande mago jamais faria isso.

— Sim. Você, Samantha de Storm — ratifica com o semblante ilegível.

— Impossível! Com todo o respeito, magnânimo, mas deve haver algum engano. Eu já tive a minha vez e a perdi. Foi no dia do confronto com Malazar na catacumba, no mesmo dia em que Richard de Thron, que seria o meu parceiro, foi morto.

— Não há engano algum e não pense que não fiquei tão assombrado quanto. Por isso fiz questão de lhe dar a notícia pessoalmente — confessa com a voz falhando. — Averiguei com os mensageiros interplanos e o Nilemarba confirma. É você.

— Não pode ser.

— Mas é — rebate. — Eu sei, eu sei. Parece erro. Foi o que pensei também — ele acelera em dizer ao ver minha expressão perturbada. — Mas nunca mais questionarei as vontades de Tyron. Nunca mais — arfa e, para minha surpresa, suas mãos estão tão trêmulas quanto as minhas. — Tudo tem um porquê. Se não hoje, num futuro tudo isso certamente fará sentido. Tenho a mais absoluta convicção.

— Eu não tenho mais idade.

— Claro que tem.

— Não para gerar uma cria que valha a pena! — retruco, exasperada. — Por Tyron! Por que isso agora? Por que eu? — Levo as mãos ao rosto, perdida dentro de mim mesma, porém não mais furiosa.

— Não fique assim. — Sertolin tenta me acalmar. — Se Tyron lhe concedeu uma segunda chance é porque existe um motivo importante. — Sua voz sai baixa e comedida. — Samantha, o que vou dizer agora nada tem a ver com o que está escrito no Nilemarba, mas sim com o que lateja em meu espírito e atiça minha energia como há muito tempo não acontecia. Ao contrário do que imagina, algo me diz que sua cria será importante, muito importante. As sagradas escrituras não voltariam atrás se não fosse por um motivo nobre, esteja certa. Seu filho será especial, aja por isso.

— Agir? Como assim?

— Eu disse *agir*? Estou ficando velho mesmo. *Creia nisso*, foi o que eu quis dizer — ele se corrige, mas o olhar cintila com intensidade, mais vivo e penetrante do que nunca, como se quisesse me dizer algo importante. Como se quisesse que eu lesse nas entrelinhas.

Pisco forte. Várias vezes. Estranhamente suas palavras alcançam uma parte desconhecida dentro de mim e, sem que me dê conta, estou sendo tomada por uma sensação diferente, excitante, que faz as minhas pernas tremerem e o meu coração ricochetear.

— Quando será? — pergunto sem conseguir camuflar a emoção que me toma.

— Dentro de quatro luas.

27

SAMANTHA

— Malditas gaitas! – praguejo internamente, tentando disfarçar o tormento a que fui arremessada num piscar de olhos, meu mundo se desintegrando numa velocidade assustadora, como um castelo de areia se esfacelando, frágil, diante do poderoso e irrefreável vento da mudança. Com o coração ardendo em brasas, a dor pungente a me paralisar, presencio as notas da alegria embrenhando-se em tudo ao meu redor, corpos e espíritos.

Storm está em festa.

Desde que anunciei a tão aguardada notícia, meu reino respira aliviado, inala a fragrância da esperança, os ares que regem a certeza dos novos tempos. Por precaução, o velho Kaller interrompeu todas as caravanas e é só sorrisos. Os vincos constantes em sua testa desapareceram e agora John exibe uma fisionomia leve, entre a tranquilidade e o contentamento. Em apenas três luas ele já gargalhou o que não conseguiu fazer nos últimos quatorze anos. Sua aura de felicidade é tanta que, quando não está fazendo brincadeiras com os soldados de seu pelotão, fica assoviando pelos cantos do castelo. Fico feliz por ele. A saliva gruda e arde na garganta, ácida e repugnante.

Não falo a verdade. Não inteiramente...

Estou satisfeita por Storm e por saber que John ficará bem no fim das contas. Mesmo antes de nascer, seu filho já carrega a paz em seus genes, renovará os votos da força do sangue e trará aquilo que é fundamental para todo o reino: poder.

— Ei, Sam! Vem cá! — Avlon me chama para a entrada do grande anfiteatro onde ele, John e mais três rapazes não param de conversar e gargalhar. Hesitante, eu me aproximo. — Conte-nos. Essa Esthevla é aia ou guerreira? — Ele vai direto ao ponto, como um camarada se dirigiria a outro numa roda de amigos, como todos ali me veem, inclusive John.

— Faz diferença? — indago entredentes e eles estranham meu comportamento. Balanço a cabeça, solto o ar: — Guerreira. Não há dúvidas de que o descendente de John terá os melhores genes possíveis. Os genes de um rei. — Os homens aprovam as palavras. John mantém a cabeça baixa, mas detecto novos vincos se aprofundando em sua testa e uma veia latejar em seu maxilar. — Beba, ou vai acabar desidratando — digo ao lhe estender um copo com suco de ameixa e me afastar.

— Sam, espere! — John vem ao meu encontro e, vendo que não diminuo o passo, segura meu ombro. — O que houve?

— Estou indisposta. Não tenho dormido bem. — Minto, mas ele não é capaz de perceber a mentira descarada. Nunca é.

— Ah! Então é... — murmura, olhando dentro dos meus olhos.

— O que mais poderia ser?

— É que achei que... nada — ele engasga e, por um breve e inesquecível momento, seus olhos cintilam ao observarem meus lábios. No instante seguinte, no entanto, a maldita névoa da indiferença retorna e ele se recompõe. — Sempre fui péssimo nessas questões de perceber o que os outros estão sentindo. — Ele abre um sorriso desbotado. *Negativo, John. Você sabe que isso não é verdade. Você era bom para compreender o que a híbrida sentia...* — Mas você sempre sabe quando estou precisando de alguma coisa.

— Sou boa observadora — balbucio.

— Sem dúvida. — Ele pisca e, com o semblante repentinamente animado, me puxa para fora do anfiteatro, na lateral do grande pátio de entrada, um local onde a música estridente das gaitas não esteja triturando nossos ouvidos. — Estou nervoso, Sam. Muito mesmo — confidencia ele num sussurro.

— Não seja tolo! — rebato de supetão e percebo que sou eu quem está ficando nervosa. Não tenho estômago ou condições emocionais para discutir esse assunto com ele. John, para variar, também não é capaz de perceber isso.

— Eu sei que não há necessidade, que está tudo chancelado pelo Grande Conselho, mas... e se algo der errado? E... se eu... não conseguir?

— Claro que vai conseguir, ora! Vou buscar um suco para mim também — digo com a voz estrangulada, tentando me esquivar a qualquer custo, mas John me segura com força pela mão. Parece desesperado. Congelo ao experimentar o calor inebriante de seus dedos entre os meus, mas quem me paralisa é o tremor, o medo que lhe massacra a alma e percorre minha pele. Engasgo. — N-não fique assim. Está escrito no Nilemarba. Vai dar tudo certo.

— Eu sei disso. É que... — John abaixa a cabeça.

Seguro na marra a vontade arrasadora de afundar minhas mãos em seu cabelo de fogo e me aninhar em seu peito, enchê-lo de carinhos e acalmá-lo de alguma forma.

— Não há erro. Dentro de duas luas é só ir lá, procriar e pronto — afirmo com os dentes trincados.

Estremeço por inteira ao lhe dar essa resposta. Ela me faz lembrar da minha própria sina, da verdade que ocultei de todos em Storm e que arde dentro de mim. *Meu acasalamento será amanhã!*

Agir...

O inusitado verbo utilizado por Sertolin. A ideia insana. Começou como um simples sopro em minha mente e em menos de três luas ganhou corpo e se transformou em um ciclone devastador.

Se aceitar o destino do Nilemarba, terei ódio irrefutável de mim mesma, carregarei fel em meu peito pelo resto dos meus dias. Se escutar o chamado desesperado que vem de algum lugar dentro de mim, deverei abandonar a vida que tenho, deixar tudo para trás, inclusive John, e ir direto para o *Vértice*.

Oh Tyron! Ajude-me! Estou tão perdida. Se ao menos John me desse algum sinal, um mínimo indício de que se importa comigo, que me quer...

— Droga! Já tentei de tudo, mas não consigo me acalmar, Sam! — John pragueja, imerso em seu flagelo pessoal e alheio aos meus tormentos. — Se ao menos meu pai permitisse o consumo de álcool para essas ocasiões especiais. Tom afirmou que fiquei tão relaxado quando o usei, ele disse que eu fiz tantas loucuras e que...

— Foi Tom que disse? — questiono num rompante, olhando bem dentro de seus olhos, o pensamento a mil por hora. — Você... não se lembra do que fez?

Ele encara o chão por um longo momento, repuxa os lábios e coça a cabeça.

— Não — confessa.

— Mas você disse que beijou uma zirquiniana e... — Dou corda, acelerada. Preciso saber mais.

— Você ainda se lembra disso? — ele indaga com as sobrancelhas arqueadas e as sardas faiscando divertimento. — Ah, claro! Como pude me esquecer da sua estupenda memória! — Ele finge exasperamento. — Sim. Foi Tom quem me contou os detalhes. O álcool me desinibiu, é certo, mas também me fez esquecer.

— Esquecer... de tudo? — balbucio com o coração ameaçando sair pela boca.

— *Quase* tudo — ele repuxa os lábios.

Sua confissão é exatamente o que eu precisava escutar. A notícia que acabo de obter somada à ideia insana que me consome gera uma explosão atômica em minha mente, desfaz as amarras que vinham me sufocando e lança todas as minhas convicções para o espaço. Sou lambida por um fogo abrasador. O pensamento é um choque, uma pancada certeira, um caminho sem volta se eu decidisse tomá-lo...

— Você não terá problema algum. Esthevla lhe dará uma ótima cria — finalizo, afastando-me de cabeça baixa, o coração esmurrando o peito, a sombra da expectativa me seguindo de perto.

— Sam! — Ele novamente me chama, a voz diferente, rouca demais.

Estanco o passo e giro a cabeça por sobre o ombro. John me observa com um sorriso triste nos lábios, a expressão abatida de quem se desculpa por algo que não sabe o que é.

Mas eu sei.

Observo, emocionada, mas não mais perdida, o mapa que guiaria meus passos pelo resto da minha existência, a constelação de sardas lindas e inesquecíveis.

Conheço todas elas de cor. Todas.

Sentirei falta delas. Sentirei falta *dele.*

Sorrio de volta, um sorriso sem volta.

A decisão estava tomada.

28

SAMANTHA

DIA DA PROCRIAÇÃO (QUATORZE ANOS APÓS O CONFRONTO NA CATACUMBA DE MALAZAR)

— Sam? O que houve? — John tem os olhos arregalados, os cachos vermelhos desgrenhados e caídos sobre a testa, como poucas vezes tive a oportunidade de ver, o rosto amassado de quem acaba de ser acordado de um sono profundo.

Estou na penumbra do corredor. Ainda é madrugada e, baseando-me no frenesi enlouquecedor que começou nas pontas dos meus dedos e agora se espalha por minhas entranhas, devo estar dentro do meu período de procriação. Assim que clarear, Honir de Thron, meu parceiro designado pelo Grande Conselho, virá me requisitar. Como determinam as regras, os machos é que se deslocam para o clã das fêmeas, com exceção dos filhos dos líderes, que devem permanecer protegidos em seus castelos, óbvio!

Mas Honir não encontrará nada. Nem ele, nem ninguém.

— Posso entrar? Eu preciso conversar com você em particular — sussurro por segurança, mas sei que não é necessário. Não há qualquer movimento do lado de fora. É o intervalo entre as trocas das equipes internas. O horário foi escolhido a dedo. Isso sem contar que conheço de olhos fechados todas as passagens secretas deste palácio.

— Claro! — Ele abre passagem, fechando a porta atrás de si.

Observo a confusão escancarada em seu semblante. Na verdade, observo muito mais do que isso. Com o coração martelando o peito e a boca seca como um deserto, estremeço, extasiada, ao me deparar com seu corpo perfeito e seu rosto irretocável tão ao meu alcance. Nem mesmo a grande cicatriz deixada pela besta da noite, aquela que, se não fosse a excepcional intervenção da curandeira baixinha, teria tirado a vida de John, consegue diminuir o encanto que seu corpo exerce sobre o meu. As centenas de sardas que cobrem seu peitoral torneado ganham vida e me chamam, convidativas, para perto. *Bem mais perto...*

— Eu trouxe um presente. Acho que vai *ajudar*... na hora... — balbucio e dou um passo à frente, mostrando-lhe o que vinha escondendo em ambas as mãos.

— Isso é...? — John arregala os olhos ainda mais. Assinto com a cabeça, o sorriso vitorioso a dividir meu rosto em dois. — Por Tyron! Mas como...?

— Como consegui Necwar? — rebato, orgulhosa, balançando as duas garrafas no ar. — Viver um tempo fora daqui teve suas vantagens. Fiz contatos por toda a *Zyrk*.

Um sorriso indeciso surge em seu rosto lindo. *Estávamos indo bem...*

— Você... fez isso... por mim? — John deixa as palavras escorregarem de seus lábios, abaixa a cabeça e esfrega a barba por fazer. Quando torna a olhar para mim, as lavas vulcânicas de seus olhos exibem tons mais claros e suas pupilas se abrem e se fecham sem parar. Meu pulso acelera de imediato. *Por que ele está tão tenso assim? O que se passa em seu peito? Por que, apesar de sermos amigos durante tantos anos, de uma vida inteira, ele nunca dividiu suas dores, dúvidas e temores comigo? Por que fez questão de se trancar atrás desse muro intransponível e nunca me deixou entrar?* — O que seria de mim sem você, Sam? O que seria...

— Não sou tão bondosa assim — murmuro com o coração pulsando em meus tímpanos. — Tenho uma condição.

John me observa, paralisado, aguardando. *Chegou a hora! Coragem, mulher!*

— Quero que celebre comigo — digo com a voz falhando e o ar escapando. Eu nunca senti isso antes, nem mesmo nas piores missões. — Hoje. Agora.

— Hã? — John cambaleia, os olhos imensos a refletir uma emoção que não sei definir. *Ah, não! Ele não pode recusar minha investida!* — N-não sei o que dizer, eu...

— Então não diga nada — interrompo-o, dando um passo em sua direção.

— Desculpa, Sam, mas não... — Ele solta o ar com força, visivelmente transtornado, perdido dentro da situação embaraçosa. — Não vou conseguir e... Não sei o que fazer... E você é tão, tão...

— Shhh. — Aproximo-me um pouco mais, ardendo nas labaredas da expectativa e do sentimento enlouquecedor que não sei nomear. Quero que ele olhe para mim e presencie o fogo do desejo a me consumir sem piedade. — Apenas feche os olhos e deixe acontecer.

— Eu não... Não posso... — John esfrega o rosto sem parar. Suas palavras de recusa me cortam como nenhuma arma foi capaz até hoje, mas, ainda que com a alma sangrando, seguirei em frente. Lutarei com todas as minhas forças até o dia clarear.

— John... — Trago o ar com determinação e avanço. Sou uma guerreira. Não vou recuar. É chegado o momento do tudo ou nada. — Apenas feche os olhos e aceite meus carinhos. Somente hoje. Por favor...

John emite um som estranho, surpreso com a oferta, completamente perdido. Sufoco o grito de pânico, a expectativa me desintegrando por dentro. Mas, de repente, o mundo é uma aquarela de tons alaranjados e tudo ganha sentido. O sorriso, até então indeciso, expande-se em seus lábios, entre o audacioso e o radiante, enquanto seus olhos emitem ondas magnéticas fortíssimas, prendem os meus e me sugam para perto. Uma emoção diferente, inocente e, ao mesmo tempo, perturbadora, paira no ar. Dou outro passo em sua direção. John não hesita dessa vez e elimina a distância entre nós.

— Sim. Vamos comemorar, Sam. Por tudo que nós já passamos juntos, acho que merecemos isso, não? — ele diz e toma uma das garrafas de minhas mãos trêmulas.

John a abre, faz um brinde a Tyron e, após me dar um pouco para beber, entorna uma grande quantidade de seu conteúdo garganta adentro.

Então é a minha vez de ficar atordoada. Meu corpo parece ter algum tipo de defeito porque só faz tremer e esquentar e suar e manter meus lábios abertos num sorriso bobo e contínuo. O plano segue a mil maravilhas e, com o passar dos minutos, John vai ficando cada vez mais animado e desinibido. Ele bebe e bebe e, engraçadíssimo, relembra com alegria diversas travessuras da nossa infância, brinca, reconta passagens divertidas que vivenciamos nos últimos tempos, faz piada de tudo e de todos. Regozijo internamente ao me dar conta de que neste John regado a Necwar não há espaço para tristezas ou fantasmas do passado.

Não há lugar para a híbrida.

Ele está leve, a aura exalando uma alegria que transborda e me faz gargalhar genuinamente, como nunca na vida.

— Eu... Posso te tocar? — John indaga de repente, a voz grave e a respiração ofegante a me causar calafrios ininterruptos.

— Pensei que não pediria — sussurro, o coração ameaçando sair pela boca, ciente de que tudo na minha vida culminara para chegar ali, que minha existência teve um único propósito: esse momento.

Com ele.

John se aproxima lentamente, as mãos gentis a percorrer meu pescoço. Minha cabeça tomba para trás. Eu, a maior de todas as guerreiras de *Zyrk*, acabava de entregar minhas armas e me rendia por vontade própria.

Para ele.

— Sam... Sam... — John repete meu nome, os lábios grudados à minha pele enquanto solta gemidos de satisfação.

Meu corpo responde, estremecendo da cabeça aos pés. Seguro seu rosto e o faço olhar para mim, quero que presencie o fogo do contentamento desintegrando minha pele e expondo minha alma. John sorri, e ainda que sua expressão esteja ligeiramente aérea devido ao Necwar, seu sorriso parece de entrega. Por mais insano que seja meu pensamento, capto paz dentro da luxúria enlouquecedora que faz as veias de seu peitoral saltarem. Entorpecida de emoção, puxo-o para mim, meus dedos embrenhados no emaranhado de tufos vermelhos e desejos amordaçados. John arfa alto e, no instante seguinte, nossas roupas já estão no chão e sua boca está colada à minha, a língua invadindo meu território, implodindo todas as muralhas da minha alma e fincando, definitivamente, sua bandeira em meu coração.

Sou a certeza absoluta: nada se compara ao que vivo neste exato momento. Mesmo que não seja real, ainda que graças ao efeito de uma bebida proibida, estou vivendo o maior de todos os sonhos, o que tive a vida inteira: ter John para mim.

Ainda que por poucos minutos, ele seria meu. Somente meu.

E, ainda que por poucos minutos, eu faria que seu mundo fosse apenas eu. Eu e o sentimento maravilhoso e genuíno que nutro por ele. Em algumas horas eu não estaria mais aqui e ele não se lembraria do que fizemos, do nosso momento íntimo. Não poderia forçá-lo a experimentar por mim o que sempre senti por ele, mas não deixaria outro zirquiniano me tocar ou tampouco aceitaria os desígnios do Grande Conselho.

Eu seria a dona do meu caminho, do meu destino, do meu mundo!

Entretanto, no caminho que eu tomaria, no destino que eu selaria e no mundo que eu adentraria, eu, Samantha de Storm, deixaria de ser uma sombra para me tornar outro tipo de sombra. No futuro que aqui nascia, John seria apenas uma lembrança do passado. A melhor delas, por sinal. E a única.

Ah, John! Não mais poderei estar ao seu lado.

O corpo dele estremece no clímax. Um sorriso me escapa.

Mas parte de você estará para sempre comigo.

29

NINA

TREZE ANOS JUNTOS (DEZESSETE ANOS APÓS O CONFRONTO NA CATACUMBA DE MALAZAR)

— Nós vamos sumir do mapa por dois dias, linda. Tenho uma surpresa para esse fim de semana. — Richard me abraça por trás e sussurra animado ao pé do meu ouvido. Depois de alguns incidentes, Rick achou melhor nos mudarmos de Paris. Já passamos por Roma e Budapeste e, no momento, estamos morando em Barcelona. Em todas as cidades escolhidas, nós mantivemos os mesmos tipos de empregos. — O voo é à noite.

— Quero pistas. — Tento colocar algum divertimento em minha resposta. Não quero que ele perceba que estou perdendo a guerra para os nervos, fraquejando.

— Eu não posso dar, ora! Senão não seria uma surpresa.

— Diga ao menos que tipo de roupas devo levar. Da última vez quase derreti de tanto calor no México.

— Mas foi o lugar de que mais gostou. — Ele mordisca minha orelha.

— Com certeza. A celebração do dia dos mortos foi memorável! — Abro um sorriso travesso. — Ver você fantasiado de "morte" e desfilando pela Avenida Reforma misturado a tantas *calaveras* foi a cena mais hilária que presenciei desde que nos conhecemos.

Ele solta uma risada gostosa, gira meu corpo, beija minha testa e me encara por um longo momento. Tento vestir a fisionomia mais alegre possível. Fracasso. Tenho certeza de que ele é capaz de ler meus pensamentos e captar a agonia que cresce em minha alma. Não quero aceitar os fatos. Não vou aceitar. *Mas estou perdendo a fé.*

— Estive pensando... — murmura, a voz hesitante, resgatando-me de meus tormentos.

— O que foi?

— Nina, já passou tanto tempo e... não sei se... conseguiremos... — Ele abre um sorriso entre o indeciso e o derrotado.

Recuo.

— O que você quer dizer com isso? — Enrijeço e o sangue lateja repentinamente forte demais em meus ouvidos, deixando-me pronta para um novo confronto.

Não vou desistir. Eu quero um filho. *Se ele pensa que...*

— Adoção — solta baixinho, quase num sussurro.

Perco a reação, o ar, o chão.

A saliva seca em minha boca e um véu de lágrimas embaça minha visão. Fico desorientada com a oferta, por um lado emocionada com a atitude generosa demais, impensável para um zirquiniano, um ser que mal teria afeto pelo próprio descendente quanto mais por uma criança oriunda de outro progenitor. Por outro, entristecida, magoada por compreender que ele estava desistindo e colocando um basta no nosso sonho. Ou melhor, no *meu* sonho.

— Muitos humanos decidem pela a...

— Se temos tempo pela frente e somos saudáveis, por que diz isso? — Eu o interrompo, aflita, a voz mais agressiva do que gostaria. Não quero ir adiante com a maldita conversa.

Quero um filho dele, um filho nosso. Ponto-final.

— É verdade, meu amor. — Ele me surpreende, respondendo com carinho e a maior paciência do mundo. *Curioso... Toda vez que tocamos nesse assunto ele deixa de ser o Rick implicante, marrento e brincalhão de sempre para se transformar num sujeito calmo e tolerante. Tolerante até demais.* — Nós temos tudo isso, mas talvez nossos sistemas celulares não sejam compatíveis. Nunca pensou nessa hipótese? Afinal, pertencemos a espécies diferentes.

— Nunca — apenas balbucio e me afasto, perdida no turbulento conflito dentro de mim mesma. — Vou arrumar minha mala e tomar um banho.

— Faça isso. — Richard assente com um discreto movimento de cabeça e, percebendo minha reação arisca, dirige-se em direção à porta. — Já deixei a moto na oficina. Vou treinar um pouco. Não demoro.

Assim que a porta se fecha, pego o celular e ligo para Melly. Meu coração está agitadíssimo e preciso de alguém para dividir minhas neuras e sofrimentos. Ela é a única a saber (depois de dar um chilique e quase enfartar, claro!) que sou uma híbrida e que Richard é um zirquiniano. O que Rick não sabe, entretanto, é que eu lhe contei em segredo o problema que nós vínhamos enfrentando nos últimos anos, sobre o meu desejo enlouquecedor de ser mãe e das nossas fracassadas tentativas.

— Adoção... — matuta ela do outro lado da linha e, para minha surpresa, não capto a mais leve pitada de gozação. — Talvez seja mesmo uma boa ideia, esquisita.

— Não. — O silêncio, após minha resposta taxativa, confessa a gravidade da questão e o que verdadeiramente se passa na cabeça e no coração de Melanie. — Não, Melly! — reafirmo, arrasada.

— Nina, há quanto tempo você e o sinistrão estão tentando?

A fisgada aguda, da certeza inaceitável, se alastra pelo meu peito e trinca meus pilares.

— Sete anos. — O murmúrio sai num sopro frio e amargo.

— Hum... Você ainda é linda e o Clark Kent das trevas continua... bem, continua carrancudo, sinistro, gato, marombado etc., mas a vida passa e não adianta olhar para trás, amiga. O tempo não perdoa. Assim como eu, você já tem trinta e quatro anos. Quer você queira ou não, nossa "fase fértil" está indo embora — assinala com o tom de voz atipicamente sério e derrotado.

Estremeço, ainda mais arrasada por dividir esse fardo com ela. Melly vai bem na profissão, é uma advogada respeitada, mas permanece solteira após duas grandes desilusões amorosas. E, apesar de brincar e levar a situação na esportiva, esse mesmo tempo implacável fora o responsável pelas notas de tristeza que vinha captando em sua voz e no seu olhar nos últimos anos.

Respiro fundo e balanço a cabeça, aborrecida comigo mesma. Eu havia encontrado o meu grande amor, lutado por ele e, como um milagre de Deus, tínhamos vencido uma maldição milenar. Ainda que oriundos de mundos distintos e intocáveis, conseguimos ficar juntos. Eu não tinha direito de reclamar.

— Melly, foi mal, é fixação minha — engasgo. — Tenho andado tão egoísta, eu não quis...

— Não esquenta, mulher. Para que servem os amigos, afinal?

Meu coração dá uma murchada.

— Você sempre foi mais que isso. Você é a irmã que eu escolhi para mim e para...

— Shhh, esquisita, eu sei... — ela me interrompe, tenta imprimir uma nota de ironia, mas a voz arranhando a trai e lhe dá uma rasteira. Está emotiva.

— Eu aqui falando e falando! Desculpa, amiga. Perdão por ser tão insensível — acelero em dizer ao perceber que não tenho motivos para ficar arrasada, que sou uma premiada por ter o amor da minha vida junto a mim, incapaz de olhar para os lados e ver as tristezas do mundo, das pessoas ao meu redor, da amiga que tanto amo. Sinto-me péssima. — O que está acontecendo?

— Não estressa, esquisita. Estou bem. É sério! — ela diz através de um suspeito espirro.

— Tem razão. Adoção é uma boa ideia, no fim das contas. Uma ótima ideia, por sinal — digo com a voz restaurada, a sementinha das possibilidades germinando com velocidade em minha mente. — Ah! E é bom você tratar de melhorar os modos! Afinal, a madrinha, como uma boa segunda mãe, tem que dar o exemplo.

— Madrinha? Eu? — Ela solta um gritinho fino. — Oh céus, estou ficando realmente velha!

— Olha o drama!

Melly solta uma risada autêntica. Arrepio de felicidade e alívio. O clima leve está de volta.

— Finalmente terei com quem dividir minhas ideias engenhosas — rumina ela com a voz endiabrada.

— Ideias estapafúrdias e insanas é o que quis dizer?

— Por aí! — confessa com uma risadinha malévola. — Isso se eu sobreviver à fúria do sinistrão. Ele continua com os treinamentos fortes mesmo com o lance na perna?

— Sempre. Faz parte da essência dele. Rick só perdeu a velocidade, mas acho que está ainda mais forte do que quando eu o conheci.

— Ok. Então o jeito é eu ficar fera na corrida — dispara ela com determinação. — O assombroso nunca conseguirá colocar as mãos na madrinha ligeirinha aqui.

Gargalho alto. Melly é impagável.

— Fica tranquila. Ele é um zirquiniano — acelero em explicar. — Rick não terá essa adoração que nós, humanos, desenvolvemos pelos nossos bebês.

— Ufa! Que alívio!

— Mas quem vai te estrangular se fizer alguma loucura serei eu! — ameaço e ela ri de novo. — Bom, agora preciso desligar, amiga. Uma viagem incrível me aguarda.

— Nojenta exibicionista.

Eu posso imaginá-la girando os olhos e suas sardas ainda mais vermelhas.

— Eu te amo — despeço-me.

— Eu também, esquisita!

— Eu sabia que vinha quentura pela frente! — brinco. — Nós vamos para o... Saara? — pergunto por perguntar, feliz da vida, assim que saímos pelo desembarque no aeroporto internacional de Argel e minhas suspeitas se confirmam.

Rick nada diz e apenas sorri o tempo todo, realmente satisfeito, ao observar que eu estou entre os estados maravilhado e o abobalhado enquanto faço tudo ao mesmo tempo: pulo, grito, gargalho, encho-o de beijos.

— Venha, grilinho saltitante. Se continuar me agarrando assim, não responderei por mim e vai acabar perdendo a surpresa. — Ele suspira, com visível dificuldade de se livrar de meus carinhos. — A moto já está alugada. A viagem será cansativa se quisermos chegar a tempo, então vou utilizar meus truques para te fazer apagar. Valerá a pena.

— A tempo de quê? — questiono tão eufórica quanto uma criança diante da possibilidade de ganhar um brinquedo há muito aguardado.

— Você verá. — Ele pisca maliciosamente, salpica um beijo em meus lábios e me puxa, entrelaçando os dedos nos meus.

Meu rosto está em suas mãos e meus lábios em seus lábios. Rick está me beijando e beijando e beijando. Então ele me deita sobre a manta do deserto e nossas peles suadas e fundidas acompanham a dança sincronizada, única, do nosso sexo. Seu corpo largo e másculo está sobre o meu, uma das mãos em minha nuca, a outra descendo pela cintura, deslizando para trás do meu joelho, para mais perto, para ele.

Meu amor me arranca o ar, me afoga com sua língua, derrama beijos em minha garganta. Sinto as fagulhas de sua eletricidade me incendiando por dentro, me matando e me ressuscitando a cada toque ou respiração. Sua boca é mel e ácido e ciclone e fogo e tudo isso de novo e de novo, embriagando-me num frenesi de loucura e paixão que, a despeito de todos os anos que passamos juntos, a cada gesto ou movimento seu, nunca deixo de me surpreender com o que gera dentro de mim, com o sentimento imensurável que experimento por ele, por tudo dele.

Richard é nitroglicerina pura, um reservatório de sentimentos inflamáveis, em combustão, que me faz ir pelos ares, que aniquila meu autocontrole e me incendeia de todas as formas possíveis com seus toques ousados e, ao mesmo tempo, tão gentis e cheios de significado.

Sinto meu coração apaixonado correr por minhas veias, extravasar pelos meus poros, se derramar por sua barba e sua boca. O órgão se esquece do corpo que deixou para trás, desesperado em se jogar dentro dele, necessita que Rick o saboreie, o acalente, que o deixe fazer ninho dentro de seu peito e de sua alma. O ar me escapa novamente e, num misto de frenesi e de entrega, sinto algo bater forte dentro de mim. Fecho os olhos e experimento a sensação inebriante de encontrar outro coração, bem maior e mais pungente que o meu, montando guarda no lugar abandonado e se apossando do meu peito, do meu amor, de tudo que sou, de mim...

O maior coração que já encontrei na vida. O maior coração de todas as formas e de todos os mundos.

O *dele*.

— Gostou? — Rick aponta com o nariz para o céu, envolvendo meu corpo nu com a manta fervente que é a sua pele, as cicatrizes afundadas em meu peito, marcando a minha alma e a minha essência, o olhar totalmente atento ao meu.

Meu semblante em êxtase, de felicidade extrema, não deixa evidente que a noite de amor tinha sido simplesmente maravilhosa?

Abro um sorriso tão gigantesco quanto o oceano de areia à nossa volta, e seus olhos cintilam, refletindo a luz da majestosa lua cheia sobre nós. Richard havia montado um acampamento na mesma região que estivemos há dezessete anos, quando eu acabara de descobrir (e acreditar!) que ele era um ser que vinha de outra dimensão, um zirquiniano. Tinha sido um dos poucos lugares em meio à perseguição enlouquecida em que eu fora arremessada, onde senti as armas dele baixarem e sua postura arredia abrandar. *Assim como hoje...*

A forma como está emocionado deixa claro que Richard se sente feliz e leve, talvez até mais do que isso.

— É perfeito, Rick. Tudo aqui: a noite, o lugar e, principalmente, a companhia.

— Planejei isso há muito tempo, mas a lua cheia nunca batia com a data do momento mais sublime da minha existência, o ponto de ruptura em minha vida, a nossa noite juntos em *Zyrk*, naquela gruta.

— É hoje?!? Você guardou a data...? — pergunto com o coração pulsando em meus ouvidos, embasbacada ao ouvir uma confissão tão romântica. O traço marcante de Richard sempre foi a força. Com o sangue guerreiro a correr em suas veias, suas provas de amor são, geralmente, por meio de atos. — Eu não consegui saber exatamente que dia foi depois de tanto tempo em coma... Passei a considerar como "nossa data" quando você retornou para mim, naquela noite de chuva em Amsterdã, quatro anos depois.

— Temos duas então, Tesouro. — Ele pisca e sorri, um sorriso verdadeiro e caloroso. — Porque nossa primeira noite juntos jamais saiu da minha mente. Seu cheiro ficou impregnado em minha pele e espírito. Passou a ser parte do que sou e do que sempre serei.

Acaricio seu rosto irretocável com a ponta dos dedos, o sentimento pungente a martelar meu peito. *Como isso era possível? Dezessete anos se passaram e eu o achava ainda mais lindo e apaixonante do que antes.*

— Mas me recordo também da nossa noite aqui, do céu único sobre um deserto dessa magnitude, da lua cheia envolvendo esse oceano de escuridão, e do reluzir das estrelas, pungentes intrusas, testemunhas do início de algo tão perfeito como nosso amor. — Ele frisa e capto sentimento puro fluindo de suas palavras.

— As estrelas... — balbucio emocionada. — Vejo a forma como olha para elas. Sua face se transforma, Rick. Sua postura se abranda e você abaixa as armas, como se, na presença delas, você se sentisse realmente seguro, em paz. Tenho a sensação de que é a sua forma particular de orar, meu amor. Você sempre foi fascinado pelas estrelas.

— Não tanto quanto sou por você ou por vê-la feliz. — Ele salpica um beijo em minha boca. — E vi o quanto você ficou impressionada, realmente maravilhada com a lua cheia do Saara. Achei que, sem ela, o lugar perderia o encanto. Também não queria vir em outro momento.

— Tenho andado um tanto egoísta nos últimos tempos. Você não merece, é tão bom para mim, tão... — balbucio. — Desculpa.

— Não sou nenhum santo, minha pequena, não se esqueça desse detalhe. Se me empenho tanto é porque sou retribuído à altura. Você me faz o homem mais feliz do mundo. De todos os mundos!

— Ah, Rick! — Fungo, emocionada, e afundo o rosto em seu peitoral de aço, tentando a todo custo conter a lágrima que escorre por minha bochecha ao me dar conta de que ele havia falado comigo exatamente como Ismael, meu pai adotivo, fazia com a minha mãe. Percebo o quanto ele está ficando parecido com Ismael (ou Shakur!) antes que o fogo da desilusão carbonizasse sua pele e seu espírito.

— Shhh. Não fique assim — ele acelera em dizer, a voz grave e urgente a sussurrar em meus ouvidos.

Instintivamente puxo-o para mim e o beijo com vontade inexprimível, sem parar. É tudo que consigo fazer quando as palavras me escapam. Richard fecha os olhos e aceita o carinho com a expressão de deleite, como um bichano feliz a ser afagado.

— Já parou? — Ele reabre um dos olhos algum tempo depois.

— Rick, talvez a adoção seja uma boa ideia, afinal — confesso, hesitante.

Ele assente.

— Agora que isso está definido, e-eu... hã... tem uma coisa que preciso contar. Algo que aconteceu há muito tempo. Não sei se devia...

— Minha voz sai abafada. — É que... M-mas não tenho certeza e... Meu bebê... — As palavras enroscam-se num emaranhado, sem início ou fim, e me emudecem.

— O que está havendo? Que bebê? — Richard indaga num rompante, sentando-se na toalha. Ele segura meus ombros com força, aflito, e me faz olhar para ele. Não adianta disfarçar. Ele já captou o tornado de energias escuras, pesadas, rodopiando sobre mim. Balanço a cabeça, transtornada. *Não sei se foi uma boa ideia mencionar...* — Tesouro, acalme-se. Se não quiser contar não tem problema, eu vou entender, afinal, fiquei quatro anos fora e... — contemporiza, mas a cor é varrida de seu rosto.

Oh Deus! Não era nada disso do que ele estava imaginando! Coragem, Nina! Ele merece saber a verdade!

— Nosso bebê! — Acelero em explicar ao vê-lo tão arrasado. Despejo a possível verdade que, por medo, vinha omitindo, as sentenças atrapalhadas, tropeçando capengas umas sobre as outras. — Eu acho que eu perdi um bebê... nosso filho. Não sei ao certo...

— Nosso filho?!? — Ele fecha os punhos e seus olhos triplicam de tamanho. — Nosso? Por que nunca me contou?

— Não sei se é verdade, se estava realmente grávida — confesso.

— Como não sabe? — Rick avança, os dedos nervosos deixando marcas em minha pele, os olhos de águia cravados nos meus. — O que está me escondendo?

— Fiquei mais de três meses em coma depois da punhalada, Richard! — disparo e ele recua, o corpo rígido, a fisionomia massacrada. *Droga! Mesmo sem querer, era eu quem o estava ferindo!* Seguro sua mão enorme entre as minhas e tento tranquilizá-lo. — Foi durante esse tempo. A médica responsável não entrou em detalhes, desconversou quando eu perguntei, disse que hemorragias internas podem ocorrer algum tempo depois de um trauma forte, mas uma enfermeira que cuidou de mim afirmou de pés juntos que isso aconteceu no terceiro mês de internação. Segundo ela, não é comum hemorragias desse nível se darem tanto tempo depois e que ouviu alguns médicos comentarem sobre saco amniótico, placenta, níveis altíssimos de beta HCG e...

— Beta o quê?

— HCG. É o hormônio que confirma uma gravidez — explico. — Segundo a enfermeira, os níveis eram tão altos que parecia de uma gestação muito adiantada, que a minha barriga e os meus seios cresceram absurdamente, mas então, de repente, veio o sangramento e...

— Um aborto — ele murmura, a expressão grave de quem está começando a juntar os pontos e a montar o quebra-cabeça.

Puxo o ar com força.

— A enfermeira afirmou que fui levada para uma cirurgia de emergência, disse que ela foi orientada a separar material para uma curetagem. A médica, entretanto, negou que tal cirurgia tenha acontecido, que foi apenas um procedimento padrão.

— A enfermeira viu o bebê morto?

— Não — balbucio desanimada.

— Então, de fato, pode ter sido uma hemorragia. Quem garante que essa enfermeira falava a verdade?

Meneio a cabeça e sinto o gosto amargo da derrota.

— Também achei o mesmo, até o dia em que a mulher apareceu com um ultrassom e um exame de sangue realizados em mim em uma mesma data — digo em baixo tom, a cabeça pesada sobre os ombros.

— E...? — Richard eleva meu queixo com a ponta dos dedos.

— Enquanto o exame de sangue confirmava uma gravidez em andamento, com todas as taxas hormonais acima da média para a época da gestação, o ultrassom não mostrava absolutamente nada, a não ser um útero dilatado, escuro e vazio.

Rick solta o ar aprisionado nos pulmões e seu piscar sai lento. Em seguida me puxa para si, aninhando-me com cuidado e carinho em seu peitoral acolhedor, meu porto seguro de sempre, enquanto acaricia meus cabelos. Sinto o descompasso de sua respiração.

— Não sofra, Tesouro. Se aconteceu, é porque não era para ser. Tyron sabe o que faz.

Sim, Tyron sabia.

E acabava de preparar uma grande surpresa para nós...

30

Richard

— Obrigado por responder a esse chamado repentino — Zymir se adianta.

— Você sabe que pode contar comigo — respondo de bate-pronto, meu sangue guerreiro satisfeito em finalmente poder retribuir a ajuda do passado. Desde que me salvou no deserto das dunas de vento do Muad, há dezessete anos, essa é a primeira vez que o braço direito de Wangor me pede algo.

— Sente-se. — O anão aponta a cadeira de palhinha em frente à sua, na agradável cafeteria à beira-mar. O gesto não é apenas para podermos conversar cara a cara, mas, principalmente, por perceber a preocupação estampada na musculatura da minha face. Sua expressão, entretanto, não parece muito melhor que a minha. — Talvez seja melhor Nina não ficar a par desta conversa.

— Por que não? Aconteceu algo com Wangor...? — engasgo ao imaginar o pior. Há três anos o avô de Nina não vem visitá-la por causa de problemas de saúde, apesar de sempre mandar notícias por Zymir.

— Acalme-se. Wangor está velho e fraco, mas bem, dentro do possível. Os anos cobram seu implacável preço — responde ele com um dar de ombros e não consigo evitar a comparação. Apesar de ser contemporâneo de Wangor, Zymir exala vitalidade, além de aparentar ser bem mais novo. — Meu líder não sabe que estou aqui, resgatador. Ninguém sabe, na verdade — confessa enigmaticamente o fiel escudeiro do rei. Por mais que eu tenha imenso respeito por Zymir, algo dentro de mim fica em alerta, desconfortável. *Por que ele viria conversar comigo escondido de Wangor?* — O que vou lhe confidenciar é muito sério. Não posso dizer a fonte, mas...

— Fale! — disparo, acelerado.

— Ok. Vou direto ao ponto. Existe algo... hã... *diferente*... acontecendo com a Nina? — indaga ele sem mais nem menos.

— "Diferente?!?" — Não consigo evitar a contração violenta em minha testa e um suor gelado se espalha por minha nuca.

— Não me olhe desta maneira, resgatador — o anão devolve com a voz grave demais para alguém da sua estatura. — Sei que a segurança dela está acima de tudo para você e é justamente por isso que preciso que não me oculte nada.

Meu coração é arremessado para dentro da boca. *Segurança?*

— Não há nada de errado e Nina está ótima — rebato de imediato, a voz mais hostil do que deveria. — Por que não estaria?

Zymir esfrega o rosto e, após suspirar, contempla o mar.

— Há aproximadamente dois meses, algumas coisas... *estranhas* — escolhe a palavra com cuidado — vem acontecendo em *Zyrk*. Muitos dos nossos desaparecendo sem deixar pistas, corpos encontrados sem qualquer causa aparente de morte, nada de violência, ou envenenamento, ou doença. Sem motivo algum — arfa e solta com sarcasmo: — Puff! Zirquinianos morrendo sem mais nem menos. E você sabe o quanto a nossa espécie é resistente...

— Magia. — A palavra simplesmente escapole dos meus lábios trêmulos, as engrenagens do meu cérebro trabalhando a mais de mil por hora.

Ele assente.

— Há rumores por toda parte. Sombras afirmam que viram manchas negras sobrevoando as áreas onde os corpos estavam, mas nada foi encontrado.

— Escaravelhos de Hao? — Minha pergunta sai num sussurro afônico.

— Ou coisa pior — Zymir responde com desgosto e, encarando-me, larga a bomba: — Kevin acaba de fugir da prisão. Não sei durante quanto tempo o Grande Conselho conseguirá ocultar essa vergonha, afinal, isso nunca aconteceu na história de Sansalun. — Ele fecha os olhos com força e uma veia lateja em seu anguloso maxilar. — Você sabe o que isso significa, não sabe?

— Mas que merda! Não pode ser! — esbravejo, desorientado, pouco me importando que meus berros ecoem pela cafeteria e façam as inúmeras cabeças girarem em minha direção. — Você quer dizer que... Von der Hess está por trás disso tudo?!?

— Provavelmente — murmura com a expressão sombria.

A punhalada é forte demais. Presencio a paz que julguei alcançar escorrendo pelos meus dedos e indo para o ralo. Saber que Kevin havia fugido e que Von der Hess estava vivo era demais para os meus nervos. O bruxo albino fora o culpado pela morte de Guimlel e, indiretamente, pela de Shakur também. Se existe alguém que eu odeie com todas as forças que a ira é capaz de produzir em nossa essência, esse alguém é ele.

Zymir segura uma das minhas mãos e me faz olhar para ele. Vejo forte preocupação nas rugas da sua face. Pior. Encaro o reflexo das minhas pupilas vibrando dentro dos seus olhos grandes e desbotados.

— Se Von der Hess estava vivo, por que só agora ele resolveu reaparecer? Por que esperaria dezessete anos? — indago com os dentes cerrados.

— Porque existe um motivo grave, muito grave — dispara Zymir, severo.

Observo tudo de mais importante em minha jornada trincar bem diante de mim: meu mundo, minha paz, minhas verdades. Uma sensação estranha, opressora, cresce em meu peito e me faz asfixiar com o próprio ar.

— Ah, não! Nina... — Espremo a cabeça entre as mãos, arrasado, furioso.

Zymir não perde tempo e me atropela.

— Se a víbora resolveu sair da toca em que se escondeu durante todo esse tempo é porque tem muito a ganhar. Eu me indago: o que sua abominável magia negra teria captado de diferente no ar? E é por isso que eu lhe pergunto novamente: existe algo acontecendo que você não tenha nos contado, Richard? Talvez eu possa ajudar.

— Não há nada acontecendo, inferno! — Rujo como um bicho ferido e acuado. Tento esconder o tremor que se apodera do meu corpo e do meu espírito. Fracasso.

Oh Tyron! Nina corre risco!

— Se você diz... — Ele suspira forte ao encarar os dedos calejados. — Mas ambos somos guerreiros que cresceram na adversidade e sabemos quando o exército inimigo está prosperando e se fortalecendo. Pressentimos o perigo muito antes dele nos atacar, não é mesmo? Algo me diz que o mal está fazendo cerco. Espero que estejamos preparados quando ele atacar.

Atacar... Por que só agora? Isso não faz sentido!

— Acabou? Preciso ir embora — indago, aflito demais, desesperado em ir para casa e me certificar que Nina está bem, que não há perigo à sua espreita.

— Não sei se estou mais preocupado com Nina ou contigo, resgatador. — O anão estala a língua em sinal de reprovação. — Pode não parecer, mas tenho admiração pelo guerreiro que você é. Fui muito bom com as armas, sabe? Mas nunca vi nenhum zirquiniano igual a você. E olha que já vi de tudo.

— Talvez porque corra o sangue de Malazar em minhas veias — retruco entre o sarcástico e o feroz. Mas me arrependo imediatamente. — Desculpa, Zymir. Eu não quis...

— Shhh. Não precisa se desculpar. Passei a entender seu modo de ser há algum tempo. — Ele sorri. — Saiba que tenho gratidão pelo sentimento incondicional que você nutre pela híbrida. Se alguma paz retornou ao coração de Wangor, foi graças a você, por saber que a vida da neta está segura sob a sua proteção. E, indiretamente, isso me deixa muito satisfeito também, meu jovem.

— Não sou mais jovem. — Sorrio em retribuição, mas é um sorriso amargo. — Queria poder protegê-la como antes.

— Então deixe-nos ajudá-los — ele avança. Minha testa se franze abruptamente com sua insistência sem cabimento. Ele recua. — Ok. Se você não quer dizer...

— Não há nada para dizer e não precisamos de ajuda, raios! Está tudo bem com a Nina! — rosno, mal conseguindo disfarçar meus punhos cerrados. — Tenho certeza que o Grande Conselho resolverá essa questão e *Zyrk* permanecerá em paz!

— Será? Meu instinto não parece ir de encontro a essa ideia. Além do mais, você conhece a profecia melhor do que ninguém.

— A profecia caducou! — trovejo, aflitíssimo. Quero sepultar o maldito assunto a qualquer custo.

— Pode ser que sim, pode ser que não... — matuta ele em alto e bom som. — Vou lhe contar outro segredo.

— Prefiro não ouvir.

— É importante — ele devolve sem dar a mínima. — Samantha de Storm obteve uma segunda data de procriação determinada pelo Nilemarba. Era ela a zirquiniana destinada a acasalar com você, não era?

Meu queixo despenca. Impossível camuflar a surpresa em minha face.

— Isso foi há três anos — ele acrescenta, estudando-me com atenção redobrada. — Se ela foi premiada com uma segunda chance, por que você não seria?

Afundo no assento, apático, diante da perturbadora notícia. *Por Tyron! Samantha obteve uma segunda chance? Então será que eu e Nina...?*

— A cria dela vingou? — Minha voz sai falhando, repleta de ansiedade.

Zymir retorce os lábios e inclina o corpo no assento, mas sua expressão é ilegível.

— Ninguém sabe. E esse é um dos motivos de eu estar aqui, meu caro — diz com a voz rouca, encharcada de uma emoção que não consigo decifrar: medo, euforia, ansiedade? — Samantha desapareceu no dia do próprio acasalamento.

— Desapareceu?!? Como assim? Ela morreu?

— Não sei. Acho que não. — Arqueia uma sobrancelha. — Olheiros a viram nos arredores do deserto de Miak, dois dias após a data de procriação. Boatos correm, é lógico, e um mercenário contou que a encontrou ao sul das minas de Thron alguns meses depois, usando uma roupa larga, que lhe escondia a barriga, o que é bem suspeito em se tratando de Samantha, que sempre adorou trajes muito justos, não? Foi a última notícia que tivemos dela, mas como a fonte não é lá muito confiável...

— Samantha vivendo como uma mercenária? Isso é insano! — disparo sobressaltado, me negando com todas as minhas forças a enxergar pedaços da cena que começava a ser desenhada bem diante dos meus olhos. *Maldição!* Nada do que o anão diz faz sentido, entretanto, a sensação opressora ganha força como uma besta da noite e crava suas garras afiadas em meus nervos, músculos e certezas, dilacerando-os, transformando--os em pedaços de pânico e desespero. — Posso ir? — Coloco-me de pé num rompante, o coração dando murros fortíssimos no peito, a mente desorientada.

Não quero ouvir mais nada. Preciso pensar. Preciso definir estratégias. Preciso sair daqui e ver como Nina está!

Zymir tem a expressão nebulosa ao abaixar a cabeça e apertar os dedos das miúdas mãos.

— Vá, meu caro. E que Tyron esteja com vocês!

31

VON DER HESS

Verme.

Repugnante.

Praga.

Flagelo.

Assim eles me chamam.

E, assim como os desprezados, sou o conjunto de adjetivos pungentes e ignorados por detrás da minha couraça branca e evoluída:

Resistente.

Adaptável.

Indestrutível.

Rejeitado, esmagado e descartado como uma barata.

Mas eles se esquecem que baratas são exímias sobreviventes...

Baratas resistem às guerras, aos venenos, às lendas.

Baratas destroem a racionalidade dos cérebros, provocam nojo e medo. E o medo é um exército invisível e silencioso, tão mortal quanto a lâmina de uma espada. Assassino.

Baratas são sagazes, sabem a hora exata de agir; têm faro aguçado e reconhecem o momento de sair das sombras para morder, famintas, a ferida exposta enquanto assopram os ventos da mudança.

Baratas são capazes de alçar voo e atravessar portais.

E haverão de dominar o mundo!

Verme.

Repugnante.

Praga.

Flagelo.

Assim eles me chamam.

Uma gargalhada explode de dentro de mim.

Sim, talvez eu seja tudo isso e muito mais.

Muito mais...

32

RICHARD

Imprimo força na perna problemática, pois preciso voltar para casa o mais rápido possível. Uma sensação sombria acompanha meus passos e se infiltra, sorrateira, pelas camadas mais profundas da minha pele e da minha fé, comprimindo furiosamente o meu coração de um jeito que há muito não experimentava, desde que... Chacoalho a cabeça em negativa.

Não! Pare com isso, homem! Nina não corre risco algum! Nada mudou. Acalme-se! Não existe nada diferente acontecendo. Os estranhos episódios em Zyrk *não têm qualquer relação com ela, absolutamente nada. São apenas fatos desagradáveis que poderiam ocorrer em qualquer época, até porque ninguém sabe que estamos vivos, que Nina sobreviveu.*

Von der Hess... Von der Hess... Von der Hess...

O maldito nome fica pulsando como um coração dentro da minha mente acelerada. *Se a víbora resolveu aparecer depois de tantos anos é porque tem um objetivo em vista, óbvio, mas... isso não significa que tenha algo a ver conosco ou especificamente com Nina! Claro que não! Sou um tolo! Estou tenso à toa e não quero que a mulher que eu tanto amo se preocupe, que capte qualquer alteração no meu comportamento, que sofra sem necessidade.*

Trato de melhorar meu ânimo antes de abrir a porta de casa. Encaro o botão de rosa entre as cicatrizes das minhas mãos, o mimo que resolvi trazer para disfarçar minha tensão e alegrá-la. *Nina sempre adorou rosas brancas...* Puxo o ar com força e giro a maçaneta.

E a encontro de costas, encarando a paisagem pela janela da sala de estar. Estranhamente Nina não se vira de imediato em minha direção, mal se mexe, enquanto fecho a porta atrás de mim. Suas costas sobem e descem. A respiração, entrecortada demais, me atinge em ondas de calafrio e calor excruciante. Numa fração de segundo, começo a suar e a tremer ao mesmo tempo, visão e oxigênio me escapando, as imagens ganhando forma, a dúvida se transformando na certeza impensável, tão sublime quanto apavorante, e me acertando o queixo como um soco em cheio, poderoso.

Não pode ser!

— T-Tesouro...? — Minha voz sai rouca e falhando, engasgada em meio à confusão de emoções que se avolumam em minha garganta, desesperadas para serem cuspidas pelo corpo que teima em aprisioná-las. — O-O que houve?

E, em câmera lenta, ela se vira.

E me presenteia com o maior sorriso de todos, o mais apavorantemente lindo e irretocável em meio ao véu de lágrimas que encharcam suas bochechas e fazem seus olhos cintilarem como nunca. Está usando um belo vestido vermelho de veludo, de mangas compridas. Emocionadíssima e sem parar de sorrir, Nina assente com a cabeça enquanto seu rosto delicado, o mais perfeito de todos os mundos, se vira para baixo. Ela arfa alto quando as mãos trêmulas ganham vida, contornando e acariciando a própria barriga.

A rosa vai ao chão.

Pétalas de fascínio e horror plainam no ar.

Cambaleio, asfixiando, atordoado, um soldado perdido dentro do campo de batalha, em sua própria batalha.

Quem era o inimigo, afinal?

Num simples piscar de olhos, as peças sem sentido se encaixam, as engrenagens do mundo se alinham, minhas armas desintegram, minhas forças evaporam e o que restou da minha fé se equilibra, trôpega e arruinada, no delgado fio da vida que avança sobre o precipício da morte.

O motivo estava ali dentro...

Para os terríveis acontecimentos em *Zyrk*.

Para o reaparecimento de Von der Hess.

Para aquilo que, inevitavelmente, ainda estava por vir.

E tudo faz sentido em minha mente destroçada antes mesmo que meu amor confesse a verdade que, sem sombra de dúvida, seria o nosso grande milagre ou... a nossa maldição:

— Estou grávida, Rick!

AGRADECIMENTOS

Obrigada. Obrigada. Obrigada.

A todos aqueles que, direta ou indiretamente, participaram do processo de construção desta obra. Mente de escritor é "coisa doida", e saber que vocês — Rafael Goldkorn e a incrível equipe da Editora Valentina, Luciana Villas-Boas e incansável equipe da VB&M, amigos leitores, blogueiros... — embarcaram de cabeça nessa aventura comigo é simplesmente tão tocante quanto maravilhoso!

Obrigada. Obrigada. Obrigada.

Você, querido leitor, é tudo na vida de um escritor, e, portanto, eu adoraria ouvir seus comentários e sugestões. Envie um e-mail para **fmlpepper@gmail.com**. Se quiser saber um pouco mais sobre mim e curiosidades sobre a Trilogia *Não Pare!*, visite **fmlpepper.com.br** ou a fanpage **facebook.com/fmlpepper**

Milhões de beijos e até a próxima!